華文小說
創作百變天后
凌淑芬

遺落之子

輯一　荒蕪烈焰

【作者序】

故事該有的原貌

各位親愛的舊讀友、新讀友、大讀友、小讀友、男讀友、女讀友，大家好，我叫凌淑芬，我是個作者，好久不見了。

——因爲太久沒出書了，總覺得好像新書一開始應該要重新介紹一下自己。

我不知道以前看過凌某人作品的讀友們有沒有發現，多年來，我一直稱自己是一個「作者」，而不是「作家」？因爲私心裡，我總認爲要成爲一個「家」，應該是技藝有所專精、練功等級夠高的人。對我來說，當一個「作者」簡單多了，就只是一個單單純純寫作、創作的人。

我生命中的主要創作，過往一直是以愛情小說爲主。然而，即使是走在愛情小說的領域裡，我也總是喜歡搞些反叛，寫些跳脫於「愛情」這個領域的主題。

因此，我寫過烽火革命，我寫過天才的抑鬱，我寫過青春校園，我寫過僞聊齋風，我寫過靈異鬼怪，我寫過科幻蟲洞。

我把許多心中所思所想，甚至包括社會議題引發的一些心情，隱匿在「愛情小說」的這個包裝下。

我不喜歡長篇大論的說教，也向來不認爲自己是一個夠格幹「傳道、授業、解惑」這檔子事的人，所以，我總是將它包裝成一個輕鬆快樂的愛情故事。

但，二十年過去，我開始想寫更完整的故事。

放心，凌某人沒有要開始說教談心了。人家要我寫這麼正經的東西，我怕我會寫到一半自己先笑出來。（完全曝露了不太正經的本性）

只是，有許多故事，在我心中的原始構想，它並不全然屬於愛情小說的領域，例如我曾經寫過的「烽火系列」；其實我想寫的是一群人努力翻轉逆勢、挑戰命運的過程，但因爲以前發表的媒介一直是在「愛情小說」的領域裡，受限於篇幅長度，受限於主題，我勢必要砍掉許多在愛情小說裡算「枝枝節節」的劇情，然後把焦點放在「愛情」這件事上。

愛情是美麗的。

愛情是人類世界最被歌頌的一種情感，所以我依然想寫愛情，我依然會寫愛情。

但我想：除了只能用「愛情小說」包裝，我能不能眞正的去寫一本很忠於我腦中所想的原貌的作品？

我能不能眞正寫一個「平行時空」的主題？

我能不能眞正寫一個「浪漫冒險」的主題？

我能不能眞正寫一個「革命戰爭」的主題？

這個「能不能」，包含我自己個人的能力有沒有辦法做到，以及，有沒有公司願意出版這樣的小說？

我合作了多年的老東家，我眞的要非常感謝他們。他們一直以來都給我無條件的支持，我相信我即使寫一些出格於愛情小說的作品，他們依然願意出版。

只是，我想要跳脫出我習慣了的這個舒適圈，試著去觸及更多不同的人群。有一日和在出版界工作許久的老友聊天，老友聽完我的說法，跟我說：「好啊！妳要是能寫得出來，我們一起來試試看。」

於是，讀友們，你們手中的這套書出現了。

這套書，將是一部浪漫冒險、平行時空、拳拳到肉、激烈拚鬥、感情經營的小說……聽起來好複雜！

其實也沒那麼複雜，它就是一個男人被丟到一個全新的末日世界去，然後要想著怎麼活下去順便跟他的女主角談情說愛一下、順便要打很多壞人和怪物的小說……等一下，這樣講好像還是很複雜？算了！大家自己看吧！

其實，根本上來說，現在的凌淑芬跟以前的凌淑芬沒有什麼不同。

許多讀友都知道我很喜歡看怪東西，犯罪啦、推理啦、心理學啦、行爲科學啦、科普知識啦、社會學啦……只是，以前我會把這些主題很委婉地藏在「愛情小說」的表象裡，但現在的我，會用更完整的篇幅，呈現我腦中想像的故事。

而大家，可以看到我完整故事該有的原貌。

希望大家喜歡這些故事。

讓我們一起來翻開好久沒有翻開的書頁吧！

楔子

怦咚、怦咚、怦咚、怦咚、怦咚——

震耳欲聾的鼓聲追著他不放，如影隨形，無論他怎麼跑都甩不掉。

他狂亂地疾奔著。

呼——呼——呼——

刺耳的風聲加入鼓聲中，太吵了！好吵。安靜一點。可不可以安靜一點……

安靜才是安全，安靜才不會露出形跡，安靜才有生存機會。

他拔腿狂奔。

神智昏昧，迷亂。

他在哪裡？

痛，四肢百骸的痛……該死的痛……

怦咚、怦咚、怦咚、怦咚、怦咚——

呼——呼——呼——呼——

過了一會兒他才發現，那陣鼓聲是他的心跳，而那陣風聲是他的喘息。

他好累……

他在哪裡？

前方出現一個巨大的深褐色物體，可是他看出去彷彿有人用油抹過他的眼睛，全世界只剩下一片模模糊糊的光影。

他看不清楚……

樹幹！

近到可以看清楚的那一刻，一根直徑超過兩公尺的神木橫倒在路中間，他已經快撞上去了。

細胞記憶跳出來取代狂亂的神智，他的腿肌繃緊，屈膝，彎腰，從丹田深處湧出一股熱力，他提氣一躍，輕輕鬆鬆躍過兩公尺高的斷木，摔落在另一側的泥土地。

他在地上打了兩個滾，勉強爬起來。

湧現的內力在他四肢百骸衝擊，衝得他氣息窒悶，張口欲嘔。

不行，不能在這裡停留，後面的東西會追上來……

是什麼東西在追他？

他記不得了。

隱約只記得強烈的獸類腥臭、咆哮聲，他避開牠們了嗎？

「吼——」

那陣夾著腥臭的咆哮果然緊追在後，不是他的幻覺。

他直覺地舉起右手，右肩卻一陣劇痛，他改揮出左掌，在胸前亂竄的那股內力湧上膻中，順著左手的經脈強勢湧出。一掌揮去，那隻撲來的野獸腦門迸裂，跌地而死。

死去的獸有山獅一樣的體型，卻有兩根像野豬的獠牙，這是什麼鬼東西？

這是什麼地方？

他是誰？

他發生了什麼事？

他爲什麼在這裡？

他盲亂地轉了一圈，密不透風的叢林像一片綠色巨幕往他壓過來。

他怎麼會在叢林裡？不對！他應該在……在……

紐約！

紐約，這個名詞在他支離破碎的神智裡開了一道小門。

布魯克林大橋。

紐約市的天際線。

他在一間華麗明亮的辦公室裡。

坐在辦公桌後的是一個英俊到近乎罪惡的中年男人，他的太陽穴微有銀絲，卻絲毫不減他的俊美……

D，你幫我跑一趟南美，那兒有些事我只放心你去。

這個俊美的男人是他的老闆，南先生。他爲什麼叫自己「D／狄」？

他的名字叫做D／狄嗎？他想不起來，他什麼都想不起來……

腦海裡的場景切換，這次是在一個比較家居的場合，他面前是另一個男人。

這男人強壯，高大，古銅色的皮膚，帶些歲月痕跡的東方臉孔極具吸引力，笑容彷彿會傳染一般。他沒有前一個俊美，但是狄心中就是感覺對他更親近一點。

那男人嘴角咬著根棒棒糖，狄不知怎地就是知道，這是那人戒菸之後留下來的習慣。

小子，這趟辛苦你了。粗糙的大掌往他肩頭一拍。晚上過來吃飯，若妮今晚燉了沙鍋，艾兒和法蘭克都很想念你。

師父。

他心中生起一陣暖意。

那男人是他的師父，這世界上只有師父會叫他「小子」。

他師父叫什麼名字？

叫……開陽。對，辛開陽。北斗七星的其中一顆。

他腦子裡突然湧起從小到大師父教他武功的畫面。

拳法、內力、輕功……他會武功！二十一世紀幾乎失傳的絕學，卻在師父和幾個師叔伯的身上傳了下來，而他的師父毫不藏私地傳給了他。

「嘎——」

一道從天而降的黑影往他的頭頂抓下來，他在地上打個滾避開了。

一隻黑色巨鳥羽翅亂拍，每根羽尾的尖端竟然都收成針尖般，被拍中了一定是滿臉血痕。

他掌力揮出，被那隻巨鳥的翅膀掃中一記，他已經傷痕累累的身上立時又添加三道血痕。

那隻鳥直衝上天，又回頭往下朝他撲過來。

牠竟然有三隻眼睛！他媽的這到底是什麼鬼地方？

他應該在紐約才對，在自己寬敞舒適的公寓裡。

他不應該在叢林！他不應該全身都是傷！這個世界上除了師父和幾位叔伯，沒有人有能力將他傷成這樣！

他滾地避開那隻三眼怪鳥的襲擊，卻壓在自己受傷的右肩上。

「啊——」他抱著右臂沙啞地低吼出聲。

他的右肩脫臼了，爲什麼？他爲什麼不記得？

「嘎——嘎——」那隻不死心的怪鳥在天空打了個旋，第三度俯衝而下。

他拾起腳邊的一段枯木，怒吼一聲，身形突然暴起，躍到半空中和怪鳥迎面相逢。那怪鳥沒有料到人竟然會「飛」，大吃一驚，要轉向已經來不及了，他手中的枯木電光石火插入牠正中的那隻眼睛，人和鳥同時落地。

「啊！」他再度痛苦地嘶喊，緊緊抱住脫臼的右肩。

他對準旁邊的神木，喬正位子，狠狠撞過去，喀答一響，他的右肩滑回原位。

他躺在地上喘息。

不行……他必須跑……這個森林不安全，他必須繼續跑……

他不知道自己跌跌撞撞跑了多久，可能是十分鐘也可能是十小時。無論他怎麼跑，這座綠色的惡魔總是困住他。

他出不去……他逃不出這座詭異的叢林……

這是哪裡？

突然，他從一個縫隙衝了出去，天光乍亮！他一手掩著眼睛，幾乎被刺瞎，跌跌撞撞地倒在地上。

劇烈的頭痛讓他知道他快失去意識了。

不行，他不能失去意識，這裡不安全……

勒芮絲，快來！這裡有人！

他的腦子裡有人在說話。他努力想擠出一張臉來搭配「勒芮絲」這個名字，卻怎樣也想不起來……

怎麼可能有人？叢林裡已經六年沒有生人出現了。

不對，不是他腦子裡的聲音，真的有人在說話。

「勒芮絲，在這裡，妳看！」

他躺在地上，手半遮著眼，刺耳的天光讓他頭疼得像要爆炸一樣。

在他即將失去意識前，一張模糊的臉孔突然逼近他眼前。

「嘿？嘿！你還好吧？你是從哪裡來的？你為什麼在這裡？」

他昏了過去。

1

溫格爾醫生的聽診器在昏迷的男人胸前移動。

他盡量避開男人身上的傷口，這可不容易，因為他身上幾乎找不到一塊完整的皮膚。

不過溫格爾明白，就算自己碰到他的傷口，他應該也不會有感覺。如果不是他的胸口還會規律地起伏，任何人都會以爲躺在床上的是一具破碎的屍體。

站在床旁的勒芮絲——他的姪女兼護士——緊緊盯著他。

今年五十四歲的溫格爾醫生是典型的歐洲白人。沙金色的頭髮如今已半是白絲，臉頰瘦削而長，身形清癯。在他細框眼鏡後是一雙散發仁慈光芒的藍眸，艱難的叢林生活雖然讓他的臉上盡現歲月痕跡，卻沒有減損他心中對醫療志業的熱愛。

他是一名無國界醫生，總是待在全世界最原始險惡的地方提供他的醫療服務，他早就習慣了命運丟給他的變化球。

聽完心跳，量完體溫，測完血壓，數完脈搏，做完各種這個野地醫療營所能做的基本檢查之後，溫格爾醫生解下脖子上的聽診器，對他的姪女微笑。

一縷陽光透過屋頂的破洞落在他銀白的髮上，讓他溫和的神情有一種近乎聖潔的光芒。

「如何？」勒芮絲立刻問。

「他雖然看起來像是從絞肉機走出來的，但出乎意料，他所有的傷都是皮肉傷，沒有什麼致命性。他很明顯脫水，體力不支，加上營養不良，我懷疑他在叢林裡可能已經迷路一段時間了，不過他竟然沒有一根骨頭斷掉，主要器官也都沒有受到損害，我想我們現在需要擔心的只是他身上的傷口。

「別小看皮肉傷，他身上的傷口眞的太多了，我不禁好奇他到底是怎樣可以讓自己傷成這樣。這些創口一不小心就會感染，而感染會丟了他的小命。梅姬！」他轉頭對守在門口的女人喊：「請妳打一些乾淨的水來，我們得幫他清洗一下。」

年輕女子應了一聲，離開了。

「然後呢？」勒芮絲緊迫盯人。

「然後？噢，他的後腦杓有個不小的腫包，可能是他昏迷不醒的原因。妳說妳們找到他的時候，他看起來神智迷亂，不能分辨方向？」

「是。」

「他應該有腦震盪，我們只能等他自己醒來。」溫格爾搖頭嘆息。

梅姬提了一桶水進來，溫格爾起身出去，讓兩個女人清理榻上的病人。

這個世界在三十年前發生了劇變。

一開始只是過度活躍的太陽閃焰（Solar flares），全球政府都發出警告，大家都知道事情很嚴重，但以前也不是沒有發生過太陽閃焰，所以沒有人眞正放在心上。

直到事件發生後，所有地球上的人才知道後果竟是如此災難性，但那時已經太遲了。

第一波嚴重的太陽閃焰將地球上所有的電子產品摧毀殆盡。

天上的衛星掉下來，地球的通訊網路全部瓦解；後續接連數波的太陽閃焰產生的強烈高溫，讓許多城市燃燒成灰燼，核電廠爆炸、電器設備爆裂，人類文明可以說基本上已經瓦解。

這一波天文災難歷時六天，但是已經摧毀了地球人口的十分之九。全球滿目瘡痍，各國幾乎陷入無政府狀態，而這只是另一波災難的開始。

人類醜陋的天性在末世之中展露無遺。倖存下來的那十分之一人口爲了活下去，搶劫、殺戮、爭權奪利，資源戰爭在全球各地不斷上演，這一波人禍又毀掉僅餘人口的十分之一。

終於，經過一段時間，人類明白沒有一個人可以單獨在這個世界活下去，於是區域性的文明開始重建。

人們將災變稱之爲「大爆炸」，災後的殘破世界稱之爲「後文明時期」。

人類將自己殘存的文明社會築成一個個「生存區」，在每個生存區之間只有寸草不生的荒土，人們將之稱爲「荒蕪大地」。

大爆炸之後，世界各地出現許多變異種生物。

受輻射感染的人類大部分都死了，未死的生下畸形胎，不過反而沒有出現「變種人」，動植物界卻出現了許多以前沒有的變異種，這些變異物種的共通點是巨大。

由鹿變異的「龍角鹿」體型足足有一匹象的大小，禿鷹變異的水陸兩棲「巨鳥獸」體型像始祖鳥，燈籠草變異的「食屍花」最大可以長到一間房子大。

這些變異種的另一個共通點是它們通通是肉食性。所有最危險、最兇猛、最暴烈的變異獸都在荒蕪大地上橫行。

生存區與生存區之間的交流變成一件危險的事情，有些專門負責往來於不同生存區的商隊組成公司，一般人稱他們爲「流動掮客」，專門從事各地的貨物交流。他們的收費極度驚人，因爲每一趟旅程等於是他們旗下的人冒著生命危險而行。

這還是指那些有機會通行的荒蕪地帶，更多的荒蕪大地是再多的錢都不會有人願意送命幫你走貨的。

國際交流變成幻夢，出國度假旅行是不可能的事。基本上，每一個生存圈自成一個小型的社會體，國界的概念瓦解成一個又一個被荒蕪地帶隔開的「生存區」。

溫格爾是一名無國界組織的醫生。大爆炸發生時他才二十四歲，剛受聘進一家法國的醫院擔任住院醫師，休假之餘投入慈善救助。直到他取得專任醫師資格之後，更是辭掉了醫院的工作，成爲全職的義務救援醫師。

大爆炸發生的時候，他正在非洲的肯亞義診，由於當地一個軍閥提供碉堡保護，他和其他醫生成功躲過了劫難，然而他遠在歐州的父母卻沒有。

幸運的是，他移民到南美洲的哥哥——也就是勒芮絲的父親——一家逃過一劫。

其實接下來的二十年人類雖然過得艱難，在苟延殘喘中依然找出了生存之道。城市開始重建，電力和文明設施在生存圈裡漸漸恢復，區域型媒體開始運轉，荒蕪大地雖然滿佈怪物，有些路徑還是能夠通過，小區域的貿易交流得以持續。

他依然繼續做他的無國界醫生，在他能夠去得了的地方提供他的醫療服務。

他自己沒有結婚生子，他的父母死了，他哥哥的家就成了他唯一的家；每一年夏天他都會回哥哥家住一陣子，他的兄嫂總是敞開手臂迎接他。

他們的女兒勒芮絲，就像溫格爾生命中的小太陽，從小便愛黏著這個塵埃滿身的叔叔。她愛纏著他說他在沙漠、森林、戰區、貧民窟的故事，她滄桑疲憊的叔叔就是她的英雄，她長大之後也要像她的叔叔一樣，走過荒蕪大地，到各個角落濟世救人。

他哥哥曾笑著說，他的寶貝獨生女被弟弟搶走了。

那是一段極美好的時光。

溫格爾還記得八年前的那個夏天。

當時兩眼閃著光芒的勒芮絲已經是個十六歲的美麗少女了。她的美貌與她的拉丁裔母親如出一轍：泛著淡金光澤的肌膚，豐厚濃密的巧克力色鬈髮，眼尾微微上揚的一雙魅人貓眼，與豐滿玲瓏的誘人身段。

任何人只要看她一眼就知道，這是一個長大之後會讓許多男人心碎的小美人兒。

可是這小美人兒滿腦子只想著跟叔叔一起到窮鄉僻壤去行醫。

她興奮地告訴叔叔她已經是護校一年級的學生，將來她要陪他一起走遍世界各地。有一天，她甚至要讀醫學院，變成跟他一樣厲害的醫生。

「叔叔，我這個夏天跟你一起去實習好不好？我已經上了一年的課，基本的打針、包紮護理技巧我都會了，我去了一定能幫得上忙的。」

當她用那閃亮的眼神看著他，他怎能說不？正好那個夏天他要到一個相對安全的地方——席而瓦雨林。

「席而瓦雨林」是後文明時期最大的一片雨林，是前世紀亞馬遜叢林遺留下來的。它的外圍全被荒蕪地帶包圍，只剩下一條進森林的通路。大爆炸之後，附近的人逃入叢林，在叢林開墾出一片叢林生存區。

當時進叢林的路並不那麼危險，流動掮客有固定往來的時程，叢林生存區的治安也相對安全，於是溫格爾同意了。

沒有人料想到這兩個月的「實習之旅」會變成永恆。

就在暑假即將結束、他準備帶勒芮絲回家之前，另一波猛烈的太陽閃焰爆發。

其實在三十年前的大爆炸之前，天體科學家估算出這波爆發將是千年以來最強，事後可能會有一串「回聲效應」——亦即太陽能強烈的爆發過後，會有一股反作用力，將在不遠的未來回彈一次，才能將這波閃焰的能量完全釋放，直到下一個千年。

二十二年過去了，人們已經漸漸忘了這件事，於是大自然再度以最殘酷的方式提醒他們。

八年前的回聲爆炸其實沒有三十年前的大爆炸那麼嚴重，充其量只有三分之一的能量而已，可是在人類文明已經苟延殘喘的情況下，它造成的殺傷力不亞於大爆炸。

被襲擊的地帶，所有生存區滅絕，所有半變異物種完全變異，世界上少數勉強可通行的荒蕪地帶終於完全被怪物佔據。

再沒有流動掮客。再沒有救兵。溫格爾和勒芮絲離開叢林的路從此斷絕。

他的醫療營本來就設在叢林裡，是在幾個小鎮的中間點。回聲爆炸時，他的醫療營裡有二十幾個病人和家屬，兩名醫師，六名護士，再加上勒芮絲。

濃密的叢林遮擋了大部分的電磁波和高熱，醫療營倖存了下來。

接著，叢林生存圈的倖存者陸陸續續逃進森林裡，他們散落在林間，有一些人來到醫療營，但絕大部分的人依附了另一群「飆風幫」的人。

飆風幫是溫格爾和勒芮絲對他們的統稱，他們其實就是叢林生存圈的一群混混，平時騎著重機在幾個小鎮間橫行。據說他們給自己起了個自以爲很酷的名字叫「飆風騎士」，勒芮絲心情好時就叫他們「飆風幫」，心情不好時就叫他們「騎兩輪的」或「那群混蛋」。

想到他在這座森林裡的惡鄰居，溫格爾不禁蹙起眉。

「叔叔。」勒芮絲自他身後追了出來。

溫格爾停了下來。她平時在大家面前都叫他醫生，只有在心煩的時候才叫他叔叔。

「勒芮絲，怎麼了？」

勒芮絲咬了咬下唇。

一夜之間被迫成長，她已不再是那個天眞的小女孩。她除了必須幫她叔叔的醫務，也扛起了管理這整個營區的工作。

溫格爾承認自己是一個除了行醫之外什麼都不懂的男人，尤其當他一頭鑽入醫藥研究的世界時，往往好幾天心不在焉。醫療營的人每天都要吃要穿，如果沒有勒芮絲管著，他們可能早就像原始人一樣衣不蔽體了。

「梅姬說，那個人有可能是從『外面』來的。」勒芮絲小聲說。

「但是外出的路早就斷了，更別提荒蕪大地上都是噬人獸。既然我們出不去，別人就進不來。」

「如果不是從外面來的，你如何解釋他的憑空出現？叢林裡從來就沒有外人闖入過，他不可能一個人在這座叢林裡躲了八年，現在才被我們發現吧？」

「比起他一個人橫越幾百公里的荒蕪大地，我倒認為他在叢林裡躲了八年的可能性比較高呢！」溫格爾嘆息。

出了叢林，最近的一個生存區在三百公里之外。在回聲爆炸之後，沒有人知道外面的世界是不是還有活口。

「可是，我們一直躲在叢林裡，如果外面其實已經有了變化呢？如果荒蕪大地已經變得沒那麼危險呢？或許噬人獸去了其他地方，甚至死光了？我們是不是應該出去看看？」

「勒芮絲，我知道妳很想回去找妳的家人，相信我，他們也是我的家人，我一樣想念他們，可是這些年的情況妳是明白的。」溫格爾溫柔地看著姪女。「過去幾年並不是沒有人試著離開這裡，卻沒有一個人成功過。有些人的屍體甚至還沒出叢林就被我們找到了，有些人離開時帶著無線電，但我們最後聽到的，是他們被吃掉的慘叫聲……就算外面的食人怪物不再繁殖，要等牠們都死光也是一、二十年的事，我不認為外面的世界在這八年來有太大的改變。」

另外一點他沒有說的是，他兄嫂所住的生存圈位於叢林北邊，也就是閃焰襲擊的方向。北邊的摧毀是最嚴重的，變異怪物也更多，即使他們現在出去了，他也不認為往北邊走是個好主意。

勒芮絲嬌豔的臉龐寫滿沮喪，溫格爾看了實在不忍。

「等他醒來我們再問他吧！現在瞎猜也沒用。」他溫和地對姪女說。

二十四歲的她已經退去十六歲的嬰兒肥，身材因長期勞動而養出結實的線條。繼承自她母親的美女血統因為年齡和自信而更亮麗動人。

溫格爾看著芳華正盛的姪女，突然想：他們真的要困在叢林裡一輩子嗎？他無所謂，但勒芮絲還這麼年輕，難道她的一生就這樣葬送在原始荒林中？

想到這裡，他只能頹然嘆息。

「我知道了。」勒芮絲振作精神，對叔叔擠出一個笑容。「醫生，我回去照顧病人，等他醒了我再叫你。」

❦

這一等就等了兩天，那男人一點都沒有要醒的意思。

勒芮絲雙手插腰，站在病床旁瞪著他。

她現在只擔心他醒不過來變成植物人，說真的，他們的資源已經夠缺乏了，她沒有辦法再養一個昏迷的病人，這是很現實的事。

她走上前，手指輕輕撩開他的一團亂髮。

他是亞洲人，之前被他的亂髮和鬍髭誤導，她以為他是個中年大叔，事實上他的皮膚平滑，看起來年紀並不大，應該不超過三十歲。

而且他長得不難看，如果梳洗乾淨，甚至有可能稱得上英俊。

她戳戳他胸口沒有傷口的地方。他看起來好像餓了很久，胸膛和手臂的肌肉卻是硬的。

他很高，她目測他站起來可能有一八五公分。假以時日讓他把肉補回來，他應該會是一個強壯的男人。

亞洲人會出現在南美洲有點奇怪。

大爆炸之後，除了原先就住在南美的亞洲人，幾乎不可能再有人從亞洲旅行過來，而南美的亞裔家庭大部分都住在城市裡，更不會有人跑到蠻荒的雨林來。

除了很小很小的時候，她好像就再也沒有見過亞洲人了。她印象中的亞洲人都瘦瘦小小的，沒有人像他長得這麼高大。

他是如何來到這塊大陸的？又是如何進入這座叢林？她即使用最狂野的想像力都想不出一個合理的答案。

「他還沒醒嗎？」梅姬提著一桶乾淨的水進來。

今年三十歲的梅姬原本是個姿色不差的女人，可惜命運並沒有善待她。現在的她看起來比實際的年齡蒼老許多，垂下的肩頭彷彿永遠扛著千斤重。

「還沒。艾拉呢？」勒芮絲問。

「她在後面玩泥巴。」梅姬哀愁地笑笑，放下乾淨的水桶，轉身走出去。

艾拉是梅姬五歲大的女兒。瘦小的艾拉大眼裡永遠藏著驚惶，總是躲在大人沒看到的角落默默觀察這個世界。

小艾拉是整個營區裡讓勒芮絲最心疼的人。她但願她能爲艾拉做些什麼，讓那五歲的小女孩找到她這年紀應有的天眞笑容，雖然在這個末日之世，歡笑本來就是很困難的事。

梅姬前腳剛離開，後腳廚娘瑪塔走了進來。

「勒芮絲，妳中午去巡甜菜園，沒時間吃飯吧？」瑪塔將夾了瘦肉乾和生菜的三明治遞給她。

勒芮絲接過三明治，心頭又是一陣煩惱。「今年這批甜菜長得不太好，我怕可能只有去年收成的一半。」

天知道他們的食物已經夠短缺了，如果甜菜收成又不好的話，她該如何變出更多糧食？

身材粗壯的瑪塔揮揮鍋鏟——她走到哪裡都帶著她的鍋鏟——用一種被迫養成的樂觀口氣說道：「現在別擔心那麼多，老天爺自己會送食物來的。每一次我們以爲營裡快缺糧了，不是正好有些事讓糧食自己又冒出來？」

那是因爲她拿營地裡的止痛藥去和隔壁飆風幫的混蛋換回來的，但是營裡的藥物已經越來越少，這些年來他們冒著生命危險去廢棄的小鎮搜括日用品，也幾乎都被他們搜括一空了，更何況飆風幫那群混混的搜括本事比他們高明不知多少。

他們營裡從一開始聚集的就是一些來求診的老弱婦孺，處境本來就艱難，所有年輕力壯的鎮民幾乎都逃到飆風幫那裡。

一開始營區裡還有兩位醫生和幾個護士。那兩個醫生眼看他們逐漸山窮水盡，堅持用自己的力量走出去找救兵。其中一個的屍體他們在林中找到了，另一個人就是無線電裡慘叫的那個，其他幾個男女護士也不能倖免。

目前醫療營只有一名醫生，就是溫格爾。他負責訓練她，讓她成爲合格的護士，她再訓練其他幾個女人基本的護理技巧，讓她們勉強可以擔負護士的工作。

飆風幫近幾年越來越囂張，問題就是出在資源和糧食分配。

醫療營裡沒有太多有能力狩獵的人，早期還有兩個青壯男子，但是他們一個死在打獵的過程中，另一個死在去鎮上搜尋物資的途中，到最後勒芮絲只好主力開墾荒地，種一些菜蔬穀物。

雖然收成有限，但是他們剩下二十幾個人，菜蔬一時還不至於缺乏，問題是出在蛋白質。

他們不會狩獵就沒有肉，沒有肉就沒有蛋白質，蛋白質是人體不可或缺的養分。

最後他們只能和羅納統領的飆風幫談條件，由溫格爾醫生提供免費的醫療服務和營地自種的蔬果，來交換飆風幫的人獵到的獸肉。

如果作物收成不好，那麼第一個影響的就是他們交易的籌碼。

羅納非常清楚醫療營的情況越來越艱困，早期看在溫格爾醫生的份上，他們挑釁時還會有一點保留，最近幾乎沒有什麼顧忌，勒芮絲毫不懷疑羅納心裡打著攻佔醫療營的主意。

醫生的年紀漸漸大了，飆風幫只會越來越囂張。如果有一天所有藥物都用完，連醫生都無用武之地，那才是末日眞正來臨之時。

她嘆了口氣。算了，現在想這些也沒用，她有點自暴自棄地繼續啃三明治。

「那東西在哪裡？妳說啊！」門外突然響起一陣騷動。

勒芮絲把三明治一丟，立刻往門口衝。

才跑到門口，一團黑影往她撞過來，她和瑪塔抱成一團跌在地上，驚慌的梅姬跟著被扔在她們身上。

她總算從瑪塔身下鑽出來，一條彪形大漢單手扣住梅姬的脖子拎高。

「妳趁我不注意時把我的東西偷走，妳以爲我不曉得嗎？呸！」

「我……我沒有……」梅姬被他扣住脖子無法呼吸，臉龐漲得發紫。

「路卡，放手！」又驚又怒的勒芮絲撲過去，「放開她！誰給你這個狗膽到我們營裡鬧事？」

路卡鬆開梅姬，甩了幾次都沒把背上的勒芮絲甩掉，他心頭一怒，把在地上要爬開的梅姬又揪回來當人質。

「你們的人偷了一隻我獵到的野兔，現在就把牠還給我！」

「放屁，你說偷就偷？你拿出證據來！」勒芮絲從他背上跳下來，去扳他揪住梅姬的手。

路卡獰笑著露出一口黃牙。

「好，不還也行，就用妳們幾個來抵。哪個女人脫了衣服讓老子爽兩下，老子就放過妳們！」他淫猥地頂動幾下臀部。

「不！」梅姬悲喊。

「你休想！」勒芮絲大怒

「啊喳——老娘揍死你！」瑪塔小宇宙大爆炸，持著鍋鏟衝過去。

一屋子的人頓時扭打成一團。

路卡身高近兩公尺，滿身橫肉，一隻手臂是勒芮絲的大腿粗，羅納旗下的頭號打手就是他，三個女人當然打不過他。

勒芮絲四處找能當武器的東西，找來找去都是草蓆水桶，竟然沒有一個像樣的武器。她的腰帶和小刀放在外面。

「看妳長這副鬼樣子，老子對妳沒興趣。」路卡把身材粗壯的瑪塔推開，滿臉淫笑地探向勒芮絲。「就妳吧！不然這個瘦巴巴的女人也行。」

勒芮絲拿起一把椅子丟向他，路卡不痛不癢地揮開了，他噁心的黃板牙逐漸往她逼近——

「住手……」

❦

狄覺得很吵。

所有聲音同時在他腦子裡響。

中東。戰爭。槍聲。

戰場下的廢墟。破敗的街道。

紐約，加拿大，城市裡的暗巷。

軍人。黑幫。獨裁者。

還有古代的城牆。穿長袍大褂的人。

中古世紀的歐洲，斷頭台，鮮血。

好像有人拿一把鑰匙打開他的腦袋，所有記憶蜂擁而出，沒有任何連貫性和邏輯性。

在他能分辨何者是眞、何者是幻之前，那把鑰匙又關上了，所有記憶再度鎖回門後。

爲什麼他會有古代場景的記憶？

是他看過的電影嗎？還是夢境？

放開她！住手！

是誰這麼吵？吵得他頭好痛……

閉嘴！不要再叫了！他只想好好睡一覺都不行嗎？

「住手……」

一開始沒有人注意到這把微弱的嗓音。

路卡身上跟洋蔥一樣掛了好幾層，他背上是像野貓一樣撕抓的勒芮絲，身前是嚇到全身癱軟的梅姬，驚怒的瑪塔從梅姬後面衝過來。

他隨便一拳便將壯實的瑪塔揍開，瑪塔的後腦重重撞在門框上，暈了過去。

他對身後的「野貓」理也不理，直接將梅姬舉高，梅姬已經接近窒息狀態。

「那是什麼聲音？」他終於發現屋子裡還有另一個人的聲音，而且聽起來像個男人。

路卡立刻轉身。

「不干你的事！」勒芮絲馬上從他背上跳下來，衝到他和病床中間擋著。

路卡身高足足高她一顆頭，她的小雞體型根本擋不住他。

「他是誰？」路卡狐疑地盯著她背後的病床。

「深林裡的土著。他生病了，來找醫生看病。」勒芮絲依然努力想擋開他的視線。

「他看起來不像土著，土著都不穿衣服的。」路卡連踮腳都不必。

「他身上很髒，我們給他換上羅傑的衣服。」勒芮絲說。

絕對不能讓路卡知道醫療營有陌生人，這樣羅納一定會派人來把他帶走。她還有好多問題想問他，他要是落入飆風幫手中，在她有機會問之前他已經被切成八大塊了。

床上的人雖然看起來跟土著長得不太像，以路卡有限的腦汁，隨隨便便也就信了。他的眼光落回勒芮絲豐滿的酥胸上，剛才的一番掙扎讓她襯衫釦子迸開兩顆，他的胯下「轟」地著火了。

「好吧！那妳們誰要先上？我看妳先來吧！」他淫笑著伸出魔爪。

「不——」梅姬悲喊一聲，撲在他的背上捶打。

「還是妳要先來？」路卡回身，蒲扇大掌又揪住她纖細的頸項。

「放開她們……」

路卡一怔，轉回去看著床上的病人。剛才真的是他在說話嗎？可是他動也不動，跟個死人差不多。

「你說什麼？」路卡順手扣著梅姬往床榻前拖，梅姬的臉漲紅，兩手拚命扳他的大掌想呼吸。

勒芮絲驚怒交加，加入戰線，路卡卻對她們的揪打不痛不癢。

「我很虛弱……無法控制自己的身體……」微弱的聲音眞的是那個男人發出來的。

路卡覺得十分驚奇，腦力有限的他甚至忘了去想土著爲什麼會說他們的西班牙語。

「哈哈哈哈，對極了，你就是一隻病雞！乖乖給我躺著不動，老子表演活春宮給你看！」

勒芮絲氣急敗壞。這傢伙爲什麼偏偏在這種時候醒來？他晚一點或早一點不行嗎？這下子她要如何同時保護他和梅姬呢？

路卡再不理他，將梅姬一把提到眼前。嘖，這女人雖然是個破鞋，勉勉強強也算有點姿色。

「他媽的，老子今天一個人戰兩個，非把妳們搞到欲仙欲死不可，哈哈哈哈——」

他用力撕開梅姬的衣襟，梅姬只覺腦袋轟然一響，雙眼發直，立刻躲入她腦中那個安全的世界裡。

勒芮絲左右看了看，抓起一個木盤用力往路卡的光頭一敲。

木盤碎了，路卡的腦袋沒事。

「他媽的！妳敢打老子？我先從妳開始！」路卡暴怒，丟開已經失神的梅姬，直接往勒芮絲豐滿的酥胸抓來。

一道身影暴起，勒芮絲看見一條黑影從她的頭頂飛過去。

噗。

一切就結束了。

她全身僵硬，驚駭地看著身前的路卡。

路卡的姿勢沒變，一隻手停在她胸前五公分處，她和他空洞的眼神對上。

紅絲慢慢從他的光頭滑下他的額心、他的鼻翼，然後滴在地上。

他的腦門中央插著一根針筒。

那是一根再普通不過的塑膠針筒，連針頭算進去頂多十五公分，隨便拗一下就斷了。她剛才幫那男人打完針，順手放在床邊的。

如今那根脆弱的針筒，竟然只剩下一公分露在路卡的頭頂外。

轟！路卡的屍體轟然倒下，至死都不明白發生了什麼事。

勒芮絲僵硬地轉身。

那個滿頭亂髮、不成人形的男人站在她身後，趺趺撞撞退了一步，趺坐在床沿。

「我說了，無法控制自己，只能殺了你……你爲什麼不住手……」他眼珠一翻，又昏了過去。

好一會兒病房內都沒有人出聲。

是眞的嗎？

這個半死不活的男人，剛剛短暫地醒過來，救了她們？

梅姬抱著自己破碎的前襟，怔怔盯著路卡的屍體。

瑪塔醒過來的那一刻，正好目睹了最驚心動魄的一幕。

勒芮絲飛快過去探那男人的脈膊。他還活著，心跳甚至比早上更強穩一些，不過他又昏過去了。

「上帝啊，他用一根針筒殺了路卡……他到底是什麼人？」瑪塔喃喃道。

「醫生！立刻叫醫生！」勒芮絲斷然道。

溫格爾檢查路卡的屍體，用鑷子輕輕碰觸他腦門的那根針筒。

「妳說他醒過來，把這個東西插進路卡腦裡，然後又昏過去了？」

「對。」

「妳確定妳沒看錯？」

「我確定在場三雙眼睛都沒看錯。」勒芮絲不怪他不相信，連她自己都覺得匪夷所思。

溫格爾拿著放大鏡又研究了一下傷口——針筒一桿進洞，嵌得絲絲入扣，毫不拖泥帶水，他幾乎想用「渾然天成」來形容了。

溫格爾終於放下鑷子，拿起一旁的虎頭鉗夾住針筒尾端用力一抽，竟然抽不出來，針筒在頭骨之間卡得非常緊。

溫格爾左右搖撼一下，再加一點力道，最後把針筒的尾巴夾扁了才勉強抽出來。

他連抽都要抽得這麼費力，一個虛弱的病人竟然隨手一插就插進去。他舉著血淋淋的針筒，無法想像有人能用它穿透一層堅硬的頭骨。

他把針筒丟進勒芮絲拿著的托盤上，針頭已經因衝擊力而倒插回筒身，筒中是一團紅紅白白的組織。

勒芮絲做出一個噁心的表情。

「這，我的孩子，是腦漿，每個人腦子裡都有的東西，雖然路卡的含量可能少了點。」溫格爾注視著腦漿針筒半晌。「妳知道如何讓柔軟的東西穿透堅硬的東西嗎？」

她搖搖頭。

「有兩種方法：讓柔軟的東西變得堅硬無比，或讓堅硬的東西變得柔軟無比。」溫格爾道。

「可是他沒有用什麼方法讓軟的變硬，硬的變軟。」她道。

「當然有。軟硬是相對的，和小孩子的拳頭比起來，頭骨就無比堅硬；和一部壓土機比起來，頭骨就脆弱如沙。只要施加足夠的力道，頭骨也可以很輕易地一穿而過。」溫格爾搖搖頭。「能夠用一支塑膠針筒穿透一片堅硬的頭骨，我難以想像他當時施了多大的力道。」

兩人同時回頭看著那個依然昏迷的男人。

他到底是誰？

「無論如何，我很感激他救了妳們。」溫格爾嘆了口氣。「我很抱歉，我不應該那個時間去藥草園的。」

「叔叔，這不是你的錯，你並不知道路卡會突然跑來，我們無法二十四小時都處在防備狀態。」

「妳知道羅納遲早會派人來找路卡的吧？」

「嗯。」勒芮絲堅定地站了起來。「我們把路卡埋了。」

「勒芮絲……」

「我們把他埋了。」她堅定地重複。「無論他過來之前有沒有告訴別人，這座叢林裡有太多意外了，或許他半路被食屍花吃了，或許他遇到鹿角獸，總之，路卡沒來過這裡，我們沒見過他。」

2

狄醒了過來。

醒來的第一眼一片漆黑。

他不焦躁，只是靜靜躺著，讓他的眼睛適應黑暗，然後一切慢慢清楚起來。

他發現他有絕佳的夜視力，雖然不到「黑夜中視物如白晝」的程度，但是屋子裡的東西幾乎都逃不過他的眼。

他在一間類似工寮的地方，工寮是用木板搭成的，環境非常簡陋，牆縫寬一點的甚至可以看出去。工寮上方不是眞正的屋頂，而是一大片帆布，好幾個地方已經開始有破洞了，星星從破洞間向他眨眼睛。

他坐了起來。工寮裡有四張床，每張床旁邊都有一個類似點滴架的東西，他馬上明白他不是在一間工寮裡。這裡是病房，他應該是在一個類似野戰醫院的地方。

他慢慢把腳移到地板上，強烈的暈眩和虛弱感讓他心驚。

他在體內運氣一周天，檢查自己的四肢百骸。他的經脈通暢，四肢健全，沒有什麼嚴重的損傷，只是胃空得厲害，所以他的虛弱感應該是來自於長時間缺乏進食。

他睡了多久？這是什麼鬼地方？

他努力想從腦中抓出一些記憶來，可是所有記憶都片片段段的。有些畫面十分鮮明，偏偏他只要一用力想，那些記憶就通通躲起來，好像跟他玩捉迷藏似的，最後他只好放棄嘗試，專心應付眼前的情況。

他需要讓自己恢復力氣，虛弱是最危險的。

他穩住身子，慢慢站起來往門口走去。所謂的門只是另一片帆布垂下來而已，這裡的氣溫並不低，濕度很高，即使是在夜裡，他稍微動一下就全身大汗。

氣候溫度這種外在因素向來困擾不了他，直覺告訴他，他以前待過比這裡更糟的地方。他繼續往外走。

門旁的那張床上躺了一個人。狄停在床邊，靜靜端詳那個男人。

那人約莫五、六十歲，頭髮花白，眉頭在熟睡中依然深鎖著，彷彿在夢裡也心事重重。床邊矮几上有一片一看就不怎麼新鮮的麵包，狄毫不遲疑地將那片麵包吃掉。他需要血糖。

吃完麵包後，狄考慮了一下要不要殺了這個人，最後他決定這人暫時沒威脅性，繼續往屋外走去。

第一秒的視覺震撼讓他整個人楞在那裡。

這，是叢林？

不！不只是叢林，這是一座活生生的熱帶雨林！

高聳參天的巨木，滿含草木澀味的空氣，層層垂掛的樹藤，遠方響起的詭異獸鳴，幾乎完全被樹蓋遮擋的夜空……

他媽的他為什麼會在一座熱帶雨林裡？

他非常肯定他應該在紐約，就算不在紐約，也應該在美國的任何一個城市。

別問他怎麼知道，他就是知道。當他不刻意去想時，他反而能記起一些跟自己有關的事。

他知道他剛回紐約，他甚至還有著剛下飛機不久的那種感覺。

這個世界上，除了他師父辛開陽和那幾個師叔伯，再沒有人有辦法將他放倒，然後無聲無息地運到地球的另一邊。

這到底是什麼鬼地方？

他四處查探了一下。

好，這是一座駐紮在熱帶叢林中的營地，這一點是無庸置疑的。

除了他剛才出來的那間病房，營區裡還有四座木屋，中間是一塊小小的空地。在空地的左邊有一間磚造的儲藏室，儲藏室旁邊用木棚搭了一座開放式的爐灶。

這個營區的人顯然很混不開，儲藏室裡的東西少得可憐。除了角落放幾把老舊的桌椅掃把，整面的架子只有一排有東西，全是一些罐頭豆子、罐頭玉米之類的，連個肉罐都沒有。他痛恨罐頭豆子和玉米，最後他在食品架最下層找到一籃新鮮的玉米。

他剝開玉米皮啃了起來，足足吃了五支才稍微止飢。

他的身體迅速吸收他攝取的每一分熱量，他幾乎可以聽見全身的血液脈絡開始轟隆隆流轉。

麵包和玉米還不夠，他需要蛋白質，不過腹中的飢餓感起碼止住了。

他無聲無息地走向最大的一間木屋。

他的手握在門把上往前一推，裡面有東西頂住。他運起內勁，穩定地施加壓力，門無聲地頂開內側的門擋——原來是一張不太牢靠的椅子。

這間木屋睡了七個人。

他一間一間木屋看過去，鬼魅般的身影完全沒有驚動任何人。第二間睡了六個人，兩邊各三個睡在兩側的通鋪上。

第三間也睡了六個人。

第四間最小，屋子的前半長得像雜亂的辦公室，後半段用布簾隔開來，擺了兩張行軍床，各睡著一個女人。兩張床中間用紙箱堆成一張小床，睡了一個頂多四、五歲的小女孩。

小女孩的手抓著右邊行軍床上的女人，可能是她的母親。另一張床的女人比女童的母親又年輕一些，大約二十出頭。

狄從木屋走出來，站在空地中央，銀白的月芒灑在他清俊的臉上，他開始思索下一步該怎麼做。

最後，他轉身走回他醒來的病房。

這些人把他帶回來，沒有將他關在牢裡，而是放在一間病房裡，顯然對他沒有惡意。

他們對他一定有很多疑問，他對他們也有。他們是唯一能夠回答彼此問題的人。

既然如此，睡覺。

清晨六點，廚娘瑪塔惺忪地抓抓頭髮，走到廚房開始爲所有人準備早餐。

三十八歲的她有一身漂亮的咖啡色皮膚，雖然身高只有一五〇公分，體格卻粗壯得像一塊磚頭。在回聲爆炸前，她是附近一間小學校的廚娘，當時放暑假沒事做，她自願來醫療營幫醫生、護士和病人煮飯，沒想到這一時的善念救了她，讓她逃過回聲爆炸的衝擊。

那一年她正準備結婚，她從來不知道她的未婚夫怎麼了，有人看見他被火燒死了，有人說他被噬人獸吃掉。總之，八年過去，不曾再有人見過她的未婚夫，她已經接受他失蹤的事實。

醫療營變成了她的家，溫格爾醫生、勒芮絲和營地裡的每個人變成了她的家人。誰要敢傷害他們，她自己的命不要也會跟那些人拚了，除此之外，她對人生的期許只有平平安安度過每一天。

現在的她只是一個中年廚娘，天天想著該如何用越來越稀少的食材變出餐點來。

她拿出大鍋子，從旁邊的大水缸舀了半鍋水，放到灶台上，開始煮水。

儲藏室的玉米骨讓她一呆。

有人半夜起來偷吃食物！

強烈的怒氣衝上瑪塔心頭。營裡的食物都是經過配給的，每個人都很清楚這一點，好幾年來已經沒有人敢偷竊食物了，是誰竟然又半夜爬起來偷吃？

她深深吸了口氣，轉頭就要放聲大吼——

「是我吃掉的。」一個男人無聲無息站在她身後。

那口氣哽住。

瑪塔嘴巴張成O型瞪著他。

怎麼可能？滿地都是落葉枯枝，便是一隻貓走過去也會有聲音，這人何時來到她身後，她竟然無知無覺？

那個踩過枯枝而無聲的男人耐心地站在那裡，等她回過神。

片刻後——

「醫——生，勒——芮——絲，他醒了！那個病人醒了——」中氣十足的狂吼響徹雲霄。

他醒了。

勒芮絲又期待又怕受傷害地站在醫生身後，她有那麼多那麼多的問題想問他。

雖然躺在床上的他已經讓她知道他不矮，實際站在眼前的他卻又更高大一些，也比她想像中強壯。他的五官蓋在滿頭亂髮鬍碴下，長而直的鼻梁暗示著這是一張英俊立體的臉龐。

此刻，他正以平穩的速度將肉湯舀進口中，不急不躁，非常專注，彷彿他眼前只有這件重要的任務。

湯裡的肉少得可憐，這已經是他們在配給好的肉類之餘勉強能多分給他的了。

溫格爾注視著沈默喝湯的男子，看他喝得差不多了，溫和地開口：

「你還要不要——」

「你從哪裡來的？你要去哪裡？你看過外面的情況嗎？現在的情形如何了？」勒芮絲迫不及待地搶話。

那人看她一眼，深不見底的眼中似乎閃過一抹笑意，不過一轉眼又恢復漠然。

「這是什麼地方？」他的聲音很低沈，有一種在胸腔裡隆隆震動的共鳴感。

「席而瓦雨林。」溫格爾回答。

席而瓦雨林？沒聽過，這種規模堪比亞馬遜叢林的雨林他不可能沒聽過。

「在哪個國家？」他問。

「你不知道席而瓦雨林在哪個國家？」溫格爾詫然。

全世界都知道席而瓦雨林在什麼地方，它名列世界奇景之一。

「換你了，你是從什麼地方來的？」勒芮絲索性拉一張凳子坐下來。

狄靜靜看了她半晌。

被他盯住是一種很恐怖的感覺。他的眼中完全沒有情緒，看著你時像是在打量一個無生命體一樣。

這是一個會毫不猶豫殺人的人，勒芮絲倏然領悟。雖然他已經在她面前殺過人，但是當時他神智不清。現在看著神智清醒的他，她明瞭這就是他的本性，他是一個狩獵者，不是獵物。

所有生物偵測到危險的本能在她體內嗡嗡大叫，她突然有一股衝動，想把她叔叔拉到旁邊去，叫他趕快把這男人送走。

或許他們犯了一個錯，或許他們不應該救他……

「我不會傷害你們。」他突然說。

勒芮絲一震。

「妳正在想我是不是會傷害你們。」他的嘴角浮出一抹極淡的笑意，「我不會，除非我有理由這麼做。」

勒芮絲不確定自己相信他。「你是從哪裡來的？」

他嘴角的笑意消失，好像努力在想。過了一會兒，他回答：

「紐約。」

「紐約？」溫格爾和勒芮絲都是一怔。

「你們不知道紐約在哪裡？」他問。

勒芮絲莫名其妙地看向叔叔，這個地名聽起來眞的滿陌生的。

「你不可能是從紐約來的。啊，我明白了，你的意思是說，當年你的家人是從紐約逃出來的？」

溫格爾一副恍然大悟的樣子。

「逃？」

「大爆炸是三十年前的事，看你的年紀那時就算出生了，應該也還很小吧？」溫格爾嘆息，「你的家人能夠逃出紐約眞是太難得了，尤其還帶著一個這麼小的孩子。」

「你在說什麼？」狄的臉色不太好看。

「你們在說的紐約，不會是美國的那個紐約吧？」勒芮絲終於想起來，她中學時在現代史課本讀過，美國是大爆炸之前最強的國家之一，紐約就是它的一個經濟大城。

溫格爾嘆了口氣。「整個北美洲在大爆炸中幾乎盡毀，加拿大和美國幾乎消失，所有倖存者都往南方逃了，據說只有德州的一部分勉強還在。你的家人是當時逃到南美洲來的嗎？」

大爆炸？北美洲盡毀？倖存者？逃？

他倏然起身。

不對，這裡不是他的世界。

他應該在二〇一七年的美國紐約，全世界最繁榮的城市之一，雖然全球恐怖主義橫行，但沒有什麼大爆炸，沒有北美盡毀，也沒有席而瓦雨林這種鬼地方！

「這裡是什麼地方？」他再問一次。

他恐怖的神情讓兩人心頭都吊起來。

「巴西比亞的席而瓦雨林。」溫格爾立刻回答。

巴西比亞，他只聽過哥倫比亞和巴西，爲什麼會有一個巴西比亞？難道在這個鬼爆炸之後，這兩個國家殘餘的國土合併了嗎？

「席而瓦雨林就是亞馬遜叢林？」他緊盯著溫格爾。

「亞馬遜叢林是大爆炸之前的事了。大爆炸之後，一半的亞馬遜叢林燒成焦炭，留下來的一半迅速往內陸增生，如今只有席而瓦雨林，面積是原本亞馬遜叢林的一半，往北的部分全是荒蕪地帶。」

「委內瑞拉？厄瓜多？」這兩個是南美洲偏北邊的國家。

「幾乎都變成荒蕪地帶，八年前我聽說還有幾個地區有生存圈，現在……我就不確定了。」溫格爾道。

狄慢慢坐回來，努力消化這些資訊。

「現在是西元幾年？」他必須搞懂他是不是被冷凍昏迷多少年後醒來，他效力的「南集團」確實有這樣的科技。

「二〇一七年，如果我們的計日無誤，現在應該是三月七日。」溫格爾極有耐心，一一回答他的問題。

和他記得的年份是一致的。

所以，他不是昏迷多年醒來，他已經在一個完全不同的世界了，難道是另一個平行時空？

該死！這到底是怎麼回事？他得設法回去他的世界才行。

當務之急是先想法子在這裡生存下來。照溫格爾醫生的說法，外面已經變成什麼鬼荒蕪大地，如果想回他自己的時空，躲在叢林裡是絕對行不通的，他必須想辦法回到文明世界，其他地方一定還有人類文明吧？

「你叫什麼名字？」勒芮絲問。

「狄。」

「D？」

「狄。」他加了一句：「這是我唯一記得的。」

「什麼叫你唯一記得的？你是說你連怎麼來到我們這裡都不記得了？」勒芮絲瞪住他。

「我的記憶非常片段，無法連貫，我不知道我的身分，我爲什麼在這裡，我要往哪裡去。」他面無表情。

「但是你剛剛明明說你來自紐約……」她說到這裡一頓。

紐約已經不存在了，所以他問的這些事很有可能只是他以前看過的電影，她頓時露出沮喪的神情。

「這是腦震盪的後遺症，過些日子你會慢慢想起來的。」溫格爾不曉得自己是在安慰病人還是安慰姪女。

他的病人看起來不怎麼在乎的樣子，勒芮絲的表情反而受創比較深。

「所以你也不記得你是如何進到叢林的？」勒芮絲不死心地問。

原來這就是他們等他醒來的原因，他們希望知道有沒有聯外的通路。

他會去找，等他更強壯一點之後，但他不會帶任何人一起走，這一點沒有必要告訴他們。

「不記得。」他簡單地道。

「你……也不記得路卡？」溫格爾試探性地問。

「路卡是誰？」他腦子裡有一些騷亂的畫面，只是一閃即逝。

勒芮絲和叔叔互望一眼，決定現在不是談這個的時候。他們還不確定他對其他人到底有沒有威脅，不必提醒他，他有能力殺人。

「你再休息一下。你剛醒來，體力還沒有完全恢復，如果需要我，我就在隔壁的辦公室。」溫格爾溫和地道。

叔姪倆一離開病房，營裡好些個好奇的老人家已經在空地上觀望。

勒芮絲想了想，把叔叔拉進他的辦公室，也就是她和梅姬母女晚上睡覺的房間。

「叔叔，我們不能讓他留在這裡。」她低聲道。

溫格爾看她一眼。

「他殺了路卡，而且來歷不明。就算他真的能通過荒蕪大地，他是往這個方向逃進來而不是跑出去的，這代表什麼？」勒芮絲的神色緊繃。「外面的世界如果不是糟到他必須逃進來，就是他故意逃進來的。如果是後者，他在外面做了什麼要逃進叢林？」

「所以呢？我們給他一包食物叫他離開？」

「醫生，現在不是發揮人道精神的時候。這個世界的猛獸有很多是只有兩隻腳的，你看見他剛才的眼神嗎？那是一個殺人者的眼神。我們已經有飆風幫那群惡棍，現在又加上這個男人，我們承受得了這麼多嗎？」

「勒芮絲，我對妳的教育不是這樣的，」溫格爾責備她。「我們會來叢林裡就是爲了幫助有需要的人，如果我們只是想要更安全的生活，一開始就不需要進叢林。我們也可以把所有虛弱的人通通趕走，這樣我們的糧食就能省下來了，這是妳要的嗎？」

「我並不是……」

「如果狄先生想離開，他隨時能離開，我們不阻攔。如果他想留下來，我們的營地永遠歡迎有需要的人。」溫格爾堅定地道。「好了，我得準備一下醫案，妳去忙妳的吧！」

勒芮絲瞪著在她面前關上的門。

該死！

❦

爲了偵察敵情，勒芮絲趁著這天下午有點空閒，帶著她忠實的小盟友艾拉一起爬上羅傑六年前搭的樹屋。

說是樹屋有點言過其實，它只是一個兩公尺長的平台，離地約十公尺，搭在營地旁一株最高的異松上；平台用及膝的欄杆圍著，頭上的屋頂只蓋了一半，當初羅傑是蓋來當瞭望台的。

勒芮絲和艾拉坐在平台邊緣，兩雙腳丫子在空中晃盪，勒芮絲拿著望遠鏡開始搜尋她要找的那道身影。

望遠鏡先看一下營地：梅姬正在屋後洗衣服，瑪塔在廚房醃製果醬，柯塔和幾個男人在修理漏水的屋頂，醫生在幫他珍貴的草藥園除草。

望遠鏡往外移開。啊，看到了！一抹白影從疏落的林木間閃了過去。

她把望遠鏡定在那抹高大瘦削的白影上。

「妳覺得他一個人在森林裡幹什麼？」勒芮絲問身旁的小盟友。

艾拉戳戳她的手臂，勒芮絲將望遠鏡交給她。

五歲的小丫頭學著她的樣子，有模有樣地拿著望遠鏡觀看。

她可愛得讓勒芮絲眞想將她一口吞下去，不過突兀的動作會嚇壞艾拉。如果眞的要抱她，所有人會確定她明白他們的意思之後才做動作。

艾拉從小在叢林裡長大，對這個高度一點都不害怕。有時天氣好的夜晚，她和勒芮絲會一起睡在上頭，後來附近開始有異蛛出沒，她們才不再在樹上過夜。

艾拉放下望眼鏡，嚴肅的大眼睛回望她，早熟的眼神常讓勒芮絲覺得感傷。

「他在叢林裡繞來繞去好幾天了，如果他是想找出去的路，應該有人告訴他趁早死心吧！」勒芮絲撇了撇嘴。

他已經醒來七天了，這七天來他和其他人幾乎零互動。

他每天吃飯時間會固定出現，吃完了就又消失在森林裡。就算有人找他聊天攀談，他也大都以「是」、「不是」、「嗯」、「哦」單字回應，到最後幾個熱心些的老人家索性不再熱臉貼冷屁股。

哼，眞這麼厲害你就自己想法子活下去啊！幹嘛留下來浪費我們的食物？勒芮絲腹誹。

她知道他晚上會睡在這個平台上。她曾壞心地想把繩梯塗油，讓他跌個狗吃屎，不過她有預感，她就算把繩梯換成劍梯，那位狄先生也照樣爬得上來。

這個人在叢林裡行進的速度，只能說：非人哉。

有一次魯尼說他看到狄輕輕一跳就跳到樹上去了，連爬都沒爬。

大家一開始覺得魯尼一定是老眼昏花，可是狄的步履確實比所有人都輕盈，當他從後面接近你時眞的會嚇死人，因爲一點聲音都沒有。瑪塔說她就被他嚇過好幾次。

醫生說，東方人會一種叫作「功夫」的東西，就是把人類體能練到極致的一種藝術。他猜想狄就是練過功夫的人，這解釋了狄爲什麼有那麼大的力道，還有蜥蜴般的復原能力。

「雖然我不喜歡他，可是營地裡需要身強體健的男人；他是個強壯的男人，沒有理由不分攤勞務，妳覺得我應該請醫生跟他談談嗎？」勒芮絲諮詢盟友意見。

艾拉嚴肅地點點頭。

「妳也同意吧？」勒芮絲開心起來。「好，我今晚就跟醫生提，他要是再不做事就叫他滾蛋，我們營裡不能養白吃飯不做事的人。」

這樣醫生就不能說她沒理由趕人了，喔耶！勒芮絲瞬間心情大好，和艾拉一起爬下樹。

「勒芮絲，看看是誰來了？」瑪塔笑得見牙不見眼，她面前那個大男孩開朗地向她揮揮手。

「嗨，提默。」勒芮絲笑著讓艾拉找她媽咪去，自己往廚房走了過來。

提默忙著把瑪塔剛出爐的甜糕塞進嘴裡，手中還有一塊燙得拿不住，兩隻手輪流拋來拋去，嘴巴那塊燙得厲害，他又捨不得拿出來。

「吃慢一點，沒人跟你搶！」勒芮絲看他那臉饞相，忍不住咯咯直笑。

瑪塔寵愛地看著少年。做廚師的人最高興的，就是有人愛吃自己的手藝。

「好吃，好吃……瑪塔的甜糕就是這麼好吃！」提默含糊地說。

「妳看提默帶什麼來了？」瑪塔把一塊用樹葉包裹的肉舉高。「半邊兔肉！今晚有兔肉湯吃了。」

勒芮絲的笑容消失。「提默，你別為了給我們送肉，自己卻惹上麻煩。」

提默終於把所有甜糕都送進肚子裡，心滿意足地拍拍肚子。他真是太瘦了，飆風幫是都沒人給他飯吃嗎？

「哎呀，沒差啦！羅納他們昨天獵到一頭鹿，不會在意少了一點兔肉。」十五歲的提默五官立體，有著巧克力色眸子和濃密的黑髮，再過幾年一定會英俊得令女人心碎。

他們都知道他說的不是事實。勒芮絲嘆了口氣，擁抱他一下。

如果她夠正直，她就會把兔肉還給他，讓他趁羅納沒發現前趕快放回去，但營裡已經熬了幾天的骨頭湯了，他們迫切需要每一分蛋白質。

「兔肉我們不會立刻煮。」她先警告地看一眼瑪塔，再跟提默說：「如果羅納發現了，你明天立刻來拿回去，我不希望你又為了我們被打得鼻青臉腫。」

「捱兩頓揍又不會怎樣，反正我被打習慣了，男人才不在乎這些小傷呢！」提默聳了聳肩。

「提默……」她警告道。

提默馬上轉變話題：「對了，羅納派我當補給隊的偵察員。我現在對他們有用，不再是乾吃飯的人了，他不會對我怎樣的。」

「啊？當偵察員不是很危險？」瑪塔嚇了一跳。

所謂的偵察員，其實就是打前鋒的炮灰。飆風幫每隔一段時間會組隊進鎮裡找補給，或進森林狩獵，偵察員就是先一步出發探路的人，再沿路留下安全的記號給後頭的人。最先碰上危險的，就是偵察員。

「你才十五歲而已，他怎麼可以讓你做這麼危險的事？我和醫生明天就去找他！」勒芮絲怒道。

「別別別，這是我自己要求的。」提默連忙道。「我從小在這片叢林玩大的，沒有人比我更熟了。我整天留在營裡，他們反而要找我麻煩。羅納前幾天跟所有人說，他們不再保護無法對營地貢獻的人，所以現在每個人都擔心得不得了，生怕自己做的事太少被歸類為『沒有貢獻的人』。我當了偵察員之後就可以在林子裡自由來去，以後要來找你們方便多了，再也不用遮遮掩掩。」

勒芮絲和瑪塔互視一眼，只能長嘆一聲。

羅納那幫土匪因為顧忌這邊有醫生在，哪天他們說不定需要他救命，所以兩方暫時維持和平，可是醫療營這裡也就勉強能自保而已，兩方的平衡漸漸在歪斜，說真的，要去干預羅納如何管理他的營地談何容易？

「好吧！總之情況不對你就往我們這裡跑，有醫生在，他們不敢如何的。」勒芮絲說。

提默可不那麼確定。

羅納或許不會傷害溫格爾醫生，可是對其他人……

「對了，你們有沒有見過路卡？」提默看看她和瑪塔。

兩個女人互相交換一個眼神，沒有立刻回答。

「路卡前幾天出外打獵，到現在還沒有回來。他是羅納手下最棒的獵人，是少數可以單獨出獵的人，可是他以前也沒有一個人出去這麼多天過。」提默皺起眉頭。「他再不回去的話，我猜羅納過不久就會派人過來問了。」

說「問」是客氣，其實是找麻煩，順便再搜括一點他們的存糧。

「沒有。」勒芮絲直接說，瑪塔很配合地搖頭。

「是嗎？這就怪了……」提默搔著下巴。

勒芮絲和瑪塔互望一眼，心裡暗暗鬆了口氣。

她們不怕提默會告狀，但有些事還是越少人知道越好。

「我需要鐵鍬。」

偏偏，就有個傢伙硬要在這種時候冒出來。

提默一聽到這個低沈的嗓音，火速回頭。

沒有人知道他是什麼時候冒出來的。每次都這樣！勒芮絲只能對他磨牙。

本來明明沒有人，突然就有人了，就算魔術師變出一隻兔子也會有「噗」的一陣煙吧？

狄旁若無人地走過來，看也不看提默一眼。

提默忍不住退開一步。

他就是有這種奇怪的影響力。只要他一出現在一個地方，他的氣勢就像他擁有這個地方一樣，那麼天經地義、理所當然，好像其他人只是爲了順應他的需求而生。

勒芮絲會氣他有一部分就是爲了他這股太霸道的氣勢，不過她現在沒有時間氣他，她有更大的問題要對付。

「他、他他他、他是誰？」提默指著狄結結巴巴。

「他是從深林裡出來的人。」勒芮絲立刻回道。

只有一種人住在深林內：土著。

提默的表情明擺著不信。

「他這些年一直跟土著住在一起，最近才走出來。」勒芮絲再補一句。

「哦……」提默呢喃。

狄終於看了提默一眼，不過注意力馬上回到勒芮絲身上，好像提默只是一隻不重要的蚊子。

「我需要鐵鍬。」他重複一次。

勒芮絲心煩地往儲藏室一指，只想他趕快從提默眼前消失。

狄微一點頭，進儲藏室裡拿了一把鐵鍬，又安靜無聲地鑽進叢林裡。

所有人全盯著他的腳看。明明滿地枯枝，他們隨便踩兩下都有聲音，爲什麼他走過去硬是一點聲息都沒有？

事實上，他走路的方式幾乎像在飄浮，步伐輕得不像人類。

「妳們想，他有沒有可能在森林裡遇到路卡……」提默盯著他消失的方向。

「沒有！」

「絕對不可能！」

兩個女人回答得太快了，提默轉回來看著她們。

三個人沈默了片刻，提默非常、非常謹慎地選擇他說出來的每個字。

「好。醫療營沒有人見過路卡。」

「沒有。」勒芮絲堅定地道。

「我知道了，如果羅納問起來，我會這麼告訴他。」

可是提默向那人消失的方向一點，用眼神警告她們要小心，勒芮絲點頭表示明白了。

他只能帶著不放心的心情離去。

3

狄隨手把鐵鏟往地上一插，鐵鏟立刻深入泥土裡。

他退開兩步，看看自己勞動了兩天的成果。

過去一個星期他都在探索這座叢林。

每一座叢林都是一個獨特的生命體，要從它手中安全脫身，第一必須先尊敬它的存在，第二熟悉它的環境，第三瞭解它的脾氣。

醫療營是這個叢林的一部分，所以他們也在他的觀察名單裡。

勒芮絲以爲他這幾天都躲在叢林裡，其實很多時候他是隱在暗處，觀察每個人。

透過他們的交談，他對這個世界有了一些基本的瞭解。

大爆炸之後許多生物發生突變。有一種是全新的突變物種，清一色都是肉食性，異常兇猛，這個世界的人會爲這些全新物種取新的名字，如鹿角獸、食屍花、齧齒暴獅等。

噬人獸就是這種變異種之一，顧名思義，牠們性噬人肉，是後文明時期最兇猛的野獸，據說荒蕪大地上到處是噬人獸。

另外有一種是半變異生物：現存的物種產生變異。牠們的性格、外形和原生種相差不遠，只是體型巨大很多倍。

對於這種半變異的物種，這世界的人通常在原名上加一個「異」(mutante-)字，mutante是西班牙文「突變種」的意思，例如「異松」(mutante pino)就是松樹變異成更粗壯高大的松樹，最高可長超過六十公尺；「異兔」(mutante conejito)就是更大隻的兔子，體型可長到接近一隻大型犬，異象、異獅、異蛇……依此類推。

有些天性溫和的半變異種雖然本性不變，可是體型變大之後依然有一定的危險性，畢竟被幾十隻驚慌的異兔衝撞可不是開玩笑的事。

他的另一個發現是：溫格爾醫生或許是醫療營的精神領袖，但勒芮絲才是眞正讓營地運轉的人。溫格爾絕對是個好醫生，野戰醫療經驗豐富，可惜同樣的評語無法落實在他的生活能力上。他大多數時候都醉心於他的醫學書籍或藥草研究裡，整個營地的重擔落在勒芮絲身上。她確保每個人肚子裡有食物、身上有衣服、頭上有屋頂；她分配工作，解決問題，維修設施，只差沒有促進世界和平。眞有她決斷不了的事，她才會去找醫生商量。

她才幾歲？二十四、二十五？狄不得不佩服她。

這麼年輕的一個姑娘，要爲二十幾條生命負責，其實並不容易。

待在叢林裡的這段時間，他遇到過二十公分粗、三公尺長的異眼鏡王蛇，汽車輪胎大小的異甲蟲，體型像隻小象的異鹿，直徑三十公分的異蘭花，兒臂粗的異蚯蚓……這個異世界眞是狗屁倒灶到不行！

如果他非得離開自己的時空不可，他爲什麼不能選一個美女如雲、河裡流的都是酒、街上的女人都不穿衣服的世界？

他目前已經探戡過方圓五公里內人跡可及之處。

從營地往東邊走，有另外一個營地，看起來比破爛的醫療營不知高明多少倍——那裡應該就是勒芮絲每次提起來就撇嘴的「飆風幫」大本營。

他沒有接近，只是在夜裡靜靜觀察。

飆風幫的要塞面積大概是醫療營的五倍，有築高的圍牆，圍牆上有二十四小時的巡邏，要塞四個角落都有瞭望塔。他觀察過他們的作息之後，確定暫時不會對他造成影響，便繼續往外探索。

再往西邊下去是通往其他人所說的城鎮，原先的叢林生存圈。不過那些城鎮似乎有一段距離，他不急著過去。

往東邊和北邊都是密密麻麻的叢林，鳥獸橫行。無論是飆風幫或醫療營的人，他們的足跡最遠不會超過兩公里，大部分在自己習慣的西側活動。

比較有趣的是，他在東邊的叢林看過幾個人類的腳印。那些腳印都是光腳，前足肥厚，腳趾扁平——這是常年習慣赤腳走路的人會有的腳型，他猜想這就是其他人所說的「土著」。

東、西、北這三個方向都不重要，他最感興趣的是南邊，也就是他被發現的地方。

從其他人的談論裡，他發現他們非常畏懼南邊的森林，似乎那個方向的猛獸最多。如果要離開叢林，南邊卻是應該走的方向，這可能是這麼多年來兩個營區的人都困在叢林的原因。

過去幾天他的進展有限，因爲他試圖深入南邊的路線幾乎都被大自然阻擋。

像他眼前的這片荊棘就是例證之一。

感謝它讓他這幾天寸步難行，不過他既然準備專心對付它，它擋不了他太久的。

這片荊棘就是一片自然生成的長城，在樹林枝枒間纏繞勾結，一路蜿蜒蔓生，最高的地方可長到離地五公尺，最低的也有三公尺。

最重要的是，它的刺有毒。

他伸到一根刺的底端輕輕一按，一滴白色的汁液立刻從尖端分泌出來——這種荊棘竟然跟蛇牙一樣會自動注入毒液，嗯！他總算什麼都見過了。

他用一根小刺試過毒性，它的毒屬於神經毒素，輕者會讓傷口紅腫劇痛，重者全身的黏膜疼痛，視覺出現重影，再嚴重一點會神智昏昧，出現幻覺。

勒芮絲說他們找到他時他神智不清，很有可能就是中了這種荊棘的毒。

他還是有很多事想不起來，不過有些片段偶爾會自己浮上來。

那些片段依然融合了不同的歷史年代，古今交錯，每個畫面卻都十分真實。他當然不可能見過中古世紀的歐洲或中國，他猜想他的大腦依然搞不清現實和虛構的分野。

他認爲他來到這個世界的時間比他自己以爲的更長，因爲他腦子偶爾會冒出幾幕怪獸追著他跑的影像。在他還沒有主意識的那段時期，他應該只憑著超絕的求生本能活了下來。如果醫療營的人在那時碰到他，他們可能會以爲他是另一隻野獸。

他開始稍微有點意識是在叢林裡，然後就被勒芮絲的人救了。他們說他當時非常虛弱，營養不良。他還是不知道他爲什麼跑到這個世界來，過來之後又發生了什麼事，他只知道，如果他是在叢林的這一端被找到的，這裡就是他要探索的地方。

他用鏟子把荊棘劈出一個一公尺寬的出入口。斧頭雖然更適合這項工作，但他不確定勒芮絲願意讓他拿著斧頭四處跑。她似乎認爲他隨時會化身爲瘋狂殺人魔，一想到她戒備的眼神他就發噱。

她大概不曉得，他若有心殺他們，他們已經不曉得死過幾次了。

其次，斧頭雖然能劈，卻不能挖。一把鐵鏟在他手中，他一運內勁，削鐵如泥，挖敲砍劈都順手。劈出一個洞之後，他搬來枯木擋住兩邊荊棘，再挖土將枯木塡實，一條方便出入的甬道就形成了。

那小女孩在後頭盯著他看。

大約半個小時前狄就知道她躲在他身後，他故意不理她。

他不喜歡小孩。

他們又吵又鬧又愛哭，尤其是那種剛出生的小寶寶，一身奶臭味，哭起來簡直魔音穿腦。他怎麼想都想不出來，那麼小的身體爲什麼有辦法發出那麼大的噪音。

那種半大不小的也很討厭。永遠用一雙圓圓的眼睛瞪著你，好像他們看到什麼你不知道的祕密，你要是問他們在瞪什麼，他們「嘩」的一瞬間跑掉，過一會兒又黏在你背後死瞪著你——像他背後的那隻一樣。

你無法跟他們講道理，聲音大一點人家又覺得你在欺負小孩，煩死了。

偏偏他家「大人們」生了一隻又一隻，爲了不讓那些小鬼在他面前鬼吼鬼叫，他只好耍些拋蘋果、轉飛刀的把戲哄他們，結果他莫名其妙變成所有小鬼最喜歡的「大師兄」，眞正是造化弄人！

當然那群小鬼不是永遠都很吵啦，也有很可愛的時候，尤其是薇兒那種安靜害羞的小女孩最討人疼……嗯？

他發現自己多想出一個名字，記憶卻又消失無蹤了。

唉，算了。

背後那雙眼睛實在盯得他有點不爽。

「妳想幹嘛？」他回過頭，一臉兇巴巴的。

一株樹叢蠕動一下，然後又不動了。

「妳跟著我做什麼？」這裡離營地約兩公里，以一個五歲小孩的腳程來說算遠的了，勒芮絲那些人就這麼放心讓一個小女孩自己出來亂走？

樹叢又動了一下，最後，一個小影子遲疑地掰開樹枝，露出一張漂亮的小臉蛋。

看吧！一雙圓眼瞪那麼大，好像他是什麼三頭六臂的怪物。

小女孩的表情都這麼嚴肅嗎？他不確定，他和小孩不熟。

「回去找妳媽媽！不然去找那個兇女人！」他回頭開始整理空地，不理她。

他打算在這裡弄一個乾淨的小營地，如果深入南邊太遠，晚上可以回來這裡睡覺，這算是他探險的中繼點。

「……不兇……」

「妳話含在嘴巴裡，我怎麼聽得懂？」他的語氣還是兇巴巴的。

「勒芮絲不兇……」說完，她把拇指塞進嘴裡。

「妳洗手了嗎？妳不知道這樣很不衛生嗎？」他對小女孩皺眉頭，小女孩飛快把大拇指抽出來。

狄認爲他們今天交談的份量用完了，他回頭繼續整地。

他用鏟子把大顆的石頭挖起來，隨便往林子裡一拋，把地面的野草刮乾淨。

過了一會兒，他發現那個小鬼在他後面撿小石頭，跟他一樣很奮力地往林子裡丟。

他回身對她皺眉頭，小鬼頭立刻跑到邊邊去。接下來他們就維持這種「一二三木頭人」的遊戲，他要是轉過去，她就跑過來撿石頭，他要是轉回來，她就跑回邊邊站著，一小塊地被他們這樣一來二往，倒也清乾淨了。

「好，結束了，妳可以走了。」他紆尊降貴地說，好像是他允許她幫忙似的。

小女孩下意識想把拇指放入口中，伸到一半想到什麼，趕快垂放下來。

奇怪，她不是應該嚇跑嗎？他記得她膽小如鼠，任何人大聲一點她都會嚇跑，他剛才可不只大聲一點點而已。

叫她走她又不走，她到底想幹嘛？狄沒轍了。他可不想在這個時候表演拋蘋果、耍飛刀。

最後他決定，他自己走開總行了吧？他走了，她應該也會走了。

於是他輕輕飄上一棵樹，就這樣消失了。

艾拉的眼睛瞪得大大的。

狄到底沒有那麼禽獸，眞把一個五歲小女孩丟在森林裡。五分鐘後他悄悄繞回來，躲在一棵樹上觀察她。

……他奶奶的，她竟然在他的營地玩了起來。

她去拔他插在地上的鐵鏟，拔了兩下拔不起來，索性自己挖地上的小石子玩。後來他發現她不是在玩小石子，她是繼續在替他翻石頭，拔草整地，做得不亦樂乎。

狄突然覺得自己有點窩囊。他到底是在幹什麼？他堂堂七尺好男兒，爲什麼是他躲在樹上？

他輕輕巧巧跳了下來，艾拉正好轉過身，嚇了一跳，後退一步。

這下總該把妳嚇跑了吧？他盤起肌肉健實的雙臂，森然望著她。

艾拉怯怯給他一個笑容。

……這是什麼意思？投誠示和嗎？

她突然害羞地跑掉。

狄身形一閃，小傢伙猛然被他強壯的手臂撈進懷裡，艾拉驚嚇得全身僵住，狄的手臂一揮，一根樹枝直直射出。

啪！一隻直徑約八十公分的巨型蜘蛛被樹枝透胸而過，釘在一棵樹上。

牠有十隻腳。

媽的，或許他還沒什麼都看過。

艾拉驚嚇地嚶咽一聲，埋進他懷裡。

狄下意識地拍拍她的背，走向那隻被釘住的巨蛛。

那蜘蛛竟一時不死，十隻腳伸伸縮縮，拚死一搏。牠最靠近頭部的兩隻腳比較短，其實長得比較像獠牙。他撿起一段長樹枝在那獠牙的根部戳一下，果然，一股毒液噴射而出。

艾拉才剛抬起頭，一看見巨蛛噁心的模樣又嚇得縮回他懷裡發抖。

「這種東西很可怕？」

「嗯……」她抽抽鼻子。

「那妳爲什麼一個人在森林裡亂走？」他質問。

小女孩低下頭。

呿！

蜘蛛終於十隻腳或八腳二獠牙縮成一團死了，他將釘著蜘蛛的樹枝拔下來，艾拉緊緊攀住他的手臂，狄隨手把蛛蜘連木頭往毒荊棘後一拋。

咻——

一陣風從荊棘牆後掃過去，他連忙抱著小鬼往旁一躍，然後再回頭看看是怎麼回事。

他剛丟出去的蛛蜘屍體在半空中被一根肥肥的、蠕動的巨形藤蔓勾住，荊棘後發出一陣「吧嗒吧嗒」的聲音，好像什麼生物在吞口水一樣。

他抱著小孩躍到樹上一看——

哇靠！那些長得像觸手的原來是一棵像燈籠草的植物，足足有一間屋子大，還有活動的藤蔓觸手，其中一隻觸手正把蜘蛛屍體送入口中，大快朵頤。

「……」

好吧！他絕對還有很多沒看過。

那天要離開前，他用樹藤扎成一片門板封住那個出入口。

這樣好像比較安全一點。

勒芮絲將落在額前的瀏海吹開，挫敗地盯著完全不合作的抽水幫浦。

她看著井內黑洞洞的井水。如果水抽不上來，這口井再豐美甘甜都沒用。

德克抱著一本以前從鎮上找來的《基礎機械原理》，正在努力研究。

德克是個退休教授。如果他以前是教機械或電子工程的，這時候就能派上用場了，無奈他以前教的是藝術史，在這種時候，高學歷顯然沒有太大的幫助。

「好。」他看了半天終於說：「我想重點應該是這顆螺絲，先把它轉下來——」

「教授，我們已經把它轉下來好幾次了。」

「接著取出下面的彈簧——」

「它下面沒有彈簧，這整台該死的幫浦沒有一根彈簧。」勒芮絲把螺絲起子往腳邊的工具箱一扔。「然後更換生鏽的彈簧應該就沒問題了……」說到最後聲音越來越小。

德克望著那台罷工的幫浦，重重嘆了口氣。

「或許是我找錯章節，我再找找看。」老教授又埋回書本裡。

勒芮絲把髮帶解下來，把滑落的髮絲攏一攏重新綁好。

他們的抽水幫浦罷工已經不是第一次了，以前修好之後勉強能撐上一陣子，看來這次是眞的死透了。

他們理所當然沒有水電工，唯一懂水電的人在羅納那裡。上次光是修理幫浦就幾乎換掉他們一半的存糧，她絕對不會再去求他一次，更何況他們現在也沒有足夠的存糧當籌碼了。

接下來就是雨季，農作物泡在水裡收成會更少，所以他們現在必須努力儲存食物度過雨季才行。最差的情況，從現在開始大家用繩子綁水桶取水也就是了，再怎樣都比到一公里外的溪流取水強。

「我想跟妳談談。」

勒芮絲差點被突如其來的嗓音嚇到。

「不要再這樣了！你不知道這樣很嚇人嗎？」她懊惱地回頭低吼。

「抱歉。」神祕狄先生的眼中閃過一絲笑意。

她整個早上的挫折展現在嫣紅的臉頰上，他眼中的笑意轉成另一絲意緒，不過她來不及看清他又回復面無表情。

「我有事跟妳說。」

「沒空。」她轉頭盯著幫浦，不想理他。

「啊，我明白了，應該是這個！」德克緊盯著書上的一張結構圖。「問題應該是在這個合葉，把這個合葉拆開的話……」

合葉是什麼鬼東西？抽水幫浦裡有這種東西嗎？勒芮絲湊過去和他一起研究，漂亮的眉毛揪得都快打結。

兩個人討論了一下，一面對照井緣的那個抽水幫浦。嗯……

狄耐心等候他們。

五秒鐘。

五秒鐘後他再試一次。

「我不會佔用妳太多時間。」

勒芮絲拿起螺絲起子，一副壯士即將上戰場的神情，對著那部無辜的抽水幫浦殺氣騰騰。

最後他嘆了口氣。「這個幫浦很重要嗎？」

這句話終於引起她的注意。

「幫浦很重要嗎？煮飯重要嗎？喝水重要嗎？清潔灑掃消毒重要嗎？每個人活下去重要嗎？當然不重要，這些事哪有你的事重要？說吧！你想要什麼？我的存在就是爲了服務你而生！」

她噴火的樣子豔麗得不可思議。如果他告訴她，他不在意她永遠這麼生氣，她應該會把他推進那口井裡，然後用水泥把井口封死。

「她向來引線這麼短嗎？」狄搖搖頭，看向德克。

「她今天早晨不太順利。」德克同情地說。「你應該看看上個月屋頂塌下來，她半夜被雨潑醒的樣子，她的咒罵聲足以讓整座森林顫抖！比起來，今天算風和日麗了。」

「如果我把這個幫浦修好，妳有五分鐘的時間嗎？」狄又嘆了口氣，換上「我是一個講理的男人我不和妳計較」的表情。

他會修幫浦？勒芮絲半信半疑。

「請。」

他接過她手中的螺絲起子，開始拆她剛才已經拆過幾百萬次的螺絲。

「喂，那裡我看過了……那個沒有用……那裡我們也研究過了，不是那個……」

「妳很吵耶。」

勒芮絲的嘴巴喀嗒一聲合上。

德克教授終究是老江湖，看他拆卸的俐落手勢就知道正主兒來了。

「好吧！這裡看來不需要我了，我去幫柯塔他們搬木頭。」老教授抱著那本一無是處的機械原理書，悠哉晃回營區去。

勒芮絲站在狄身後，只見他將整台幫浦幾乎完全拆開，速度快得驚人，她和教授剛才弄了老半天才勉強拆個殼下來，他幾分鐘就幾乎分屍完成了。

狄一樣一樣檢查每個零件。

「羅傑以前修過幾次，後來它壞了，我們又……」她說了幾句才發現自己又在嘮嘮叨叨了，趕緊閉起嘴。

「飆風幫是什麼人？」他突然問。

勒芮絲楞了一下。

「一群混蛋。」她把滑下來的瀏海又吹開。「我和叔叔剛來的時候，他們是叢林生存圈一群不成氣候的混混，整天騎著重機四處跑，以爲自己很帥，還給自己取了一個很可笑的名字叫什麼『飆風騎士』的。」

狄從工具箱裡拿出鐵刷子，把一些鏽掉的部件刷一刷。

「當時生存圈裡有一個赫赫有名的黑幫老大，羅納這幫機車族就是替那個老大跑腿的。他們橫行霸道久了，生存圈裡的人都有點怕他們。」勒芮絲撇了撇嘴。「後來發生了回聲爆炸，倖存者開始往叢林裡逃，羅納和他的黨羽是其中一波。他們運氣好，爆炸發生的時候正好在叢林裡，所以大部分的飆風幫都活了下來。對其他鎮民來說，追隨一群強壯的男人可以提高自己的生存機率，所以最後都選擇加入他們。他們現在住在西邊五公里的那個營地。」

「嗯。」他拿出一罐黃油，開始替每個部件上油。「說說羅納的事。」

勒芮絲沈默一下。

「羅納的父親以前不喝得醉醺醺的時候是個很優秀的獵人，羅納耳濡目染學會了他父親的所有技術，也比任何人都瞭解這座叢林。他確實有在森林裡活下去的本事，不過也確實是個混蛋。

「任何事只要對他有利，他都敢做，『道德良知』這種東西在他身上並不存在。他的黨羽如果不是跟他一樣變態，就是把他當神崇拜，而其他鎮民太害怕了，寧可在他的陰影下苟且偷生也不敢反抗他。」

她的語氣轉為嚴肅。「狄，他現在還不知道你的存在，但他遲早會知道。當他知道之後，他一定會想知道你是從哪裡來的——不需要我提醒，他『詢問』你的手段絕對不會好過，所以你若遇到他們的人，能避則避，不能避就盡量不要直接衝突。你一個人再厲害，也打不過十幾個人高馬大的飆風幫，不要拿自己的生命開玩笑！」

「所以他們的營區主要是羅納在管事？」狄對她的警告不置可否。

「羅納是大頭頭，他有一個從小一起長大的朋友，跟他一樣垃圾和心理變態，叫佩卓，還有一個頭腦簡單、四肢發達的堂弟，叫喬歐，表面上這三個人是最高主事者，其實大部分是羅納或佩卓在說話，喬歐秀肌肉的機會比用腦子多。醫生偶爾可以說服喬歐做一些事，如果是羅納或佩卓就沒辦法了，但總的來說他們三個都不是好東西。」

「他們做過什麼事讓妳這麼憤怒嗎？」他看她一眼。

「他們什麼事做不出來？」她眼中飄過一絲陰影，狄見了，沒有再追問下去。

每個人心中都有一扇不想打開的門，他瞭解。

他把所有零件裝了回去，抽水幫浦又變回抽水幫浦的樣子。勒芮絲看不出他到底做了什麼，可是當他啓動發電機讓幫浦通了電，再按下開關，幫浦自動唧唧唧抽水上來了！

「我的天啊！」她抱著頭歡喜地大叫。「它動了！它動了！眞是奇跡！哈哈哈哈——」她興奮地捧起井水往自己臉上潑。

「修好了嗎？」

瑪塔和德克聽見運轉聲，立刻放下手邊的事衝過來。

「修好了！修好了！耶！」勒芮絲快樂地牽起瑪塔的手轉圈圈。

「太好了，今天晚上不用再擦澡了！」瑪塔跳躍。

有水了！壞了兩天的幫浦終於又動了，大家今天終於可以洗澡了！耶！

英雄沒有一個擁抱嗎？他攤開手臂。

德克馬上給他一個熱情的擁抱。

……他說的不是這種擁抱。

「五分鐘。」他提醒勒芮絲。

噢，對了。勒芮絲趕快回到他面前。

她兩汪清泉般的眸子美麗得不可思議，狄花了幾秒鐘的時間欣賞一下。

「你需要什麼？」她心情大好。

「一把刀。」他說。

「不！還有呢？」她一口否決，燦爛的笑容變都不變。

他準備好的五分鐘說詞完全派不上用場。

狄對她瞇起長眸。他提出要求只是禮貌而已，她以爲眞的攔得住他嗎？

「肉。」他退而求其次。

「肉？」她的笑容小了一點。

「每餐的肉實在太少了，我希望可以增加一點肉食。」他是練武的人，每天就算坐著不動，消耗的能量都比一般人多，他需要充足的食物和蛋白質。

她的笑容斂下去，在後面的瑪塔和德克同時退了一大步，大氣不敢喘一聲。

她重新揚起甜美的微笑——太甜美了，有問題！

「要肉是吧？沒問題。」她接過瑪塔手中的主廚刀，塞進他手中。「這是你要的刀，給你。」她指指背後的叢林，「那裡，是菜市場，裡面有無盡的肉正央求你把它們帶回來。你想吃肉？成！我們都想吃肉！你厲害，你去給我抓隻野豬回來！」

最後兩句是用吼的。

她吹著不斷垂落下來的瀏海，大步流星離開。

狄看看手中的廚刀，再看看瑪塔和德克，兩個人對他攤了攤手，一副愛莫能助的表情。

好吧！

狄聳了下肩，轉頭走開。

❦

「或許，我是說或許，有一點點，只是一點點點點，」瑪塔的食指和拇指捏出一個〇．五公分的距離，「妳對他稍微太兇了一咪咪。」

「那個男人幫我們修好一個該死的抽水幫浦，妳就認爲他是英雄了？」勒芮絲雙手盤胸，瞪著她忠誠的朋友。

他們沒有正式的餐室——勒芮絲的目標是希望在今年雨季來臨前能蓋起來——平時天氣好，他們就在營區中央擺幾張桌子，大家一起吃飯；如果天氣不好，他們就移到最大的那間木屋去。

今天天氣很好，每個人坐在空地上享受微風和餐點。

瑪塔偷瞄旁邊正在喝湯的醫生。

「沒關係，瑪塔，我相信狄先生不會介意。」滿頭灰髮的醫生永遠是那樣和藹可親。

瑪塔咕噥兩聲，只能埋進自己的碗裡繼續吃飯。

「我個人對他沒意見。」勒芮絲宣布。

「沒關係，勒芮絲，我相信狄先生不會介意。」醫生拍拍她的手。

「……」

好吧！或許她眞的太嚴厲了，他起碼值得一聲道謝。

可是她沒辦法呀！所有人的生命都取決於這塊小小的營區，如果營裡出現問題，大家都活不下去，而狄先生顯然沒有任何意願降低他在她眼中的風險程度。

他不參與營務，不融入人群，不表明去向，這能怪她對他充滿戒心嗎？

她沒有醫生那種悲天憫人的胸懷……好，就算她原來有，過去八年也被磨蝕得差不多了。

現實才是一切！生存才是一切！善良不能……那是什麼聲音？

所有在吃飯的人都停下來，望向異聲傳來的方向。

只見營地邊緣的林木騷動了起來，柯塔、魯尼、德克這些男人立刻放下碗筷，瞪著那簇晃動的林木看。

不久，風捎來一陣不會讓人錯認的獸類腥臭體味，所有人跳了起來！

「艾拉，進屋裡去！」勒芮絲抽出放在腳邊的柴刀。

驚慌的梅姬立刻抱起女兒躲到後面。

「不要。」小艾拉在母親的懷中扭動，一隻大眼睛亮晶晶地盯著不斷晃動的樹。

「艾拉，聽話！」勒芮絲低喝。

男人立刻去拿柴刀和木棍，強壯的女人立刻拿椅子、竹擔，虛弱的老人立刻跑回屋子裡關上門，所有能當武器的東西通通都抽在他們手中，他們已經演練過幾次安全動作。

晃動的樹林終於分開。

第一個冒出來的是狄。

瑪塔的主廚刀插在他的褲腰上，刃身血跡斑斑。一根用兩條樹藤揉成的繩索在他的腰間纏了一圈，沿著胸膛繞向右肩，再從右肩往他的身後延伸而去。

他兩臂的肌肉暴起，身體前傾，一步一步往營地走來。

他身後的樹葉逐漸分開，一隻「卡拉里斯獸」被拖了出來。

「……」

「……」

「……」

「……」

整片營區安靜無聲。

那根藤索纏住牠的脖子，繞過牠的兩隻上肢，在牠已經不再起伏的胸口打了個死結。狄將獸屍拖到空地，鬆開身上的藤索，稍微活動一下肩頸關節，然後走到勒芮絲身邊，跟他們一起看著那隻卡拉里斯獸。

「這東西能吃嗎？」他雙手插著腰。

基本上，在他看來，任何有肉又沒有毒的動物就能吃，不過他懂什麼？當然是勒大小姐說了算。

「……」

「……」

「……」

「……」

還是沒有一個人出聲。

他獵了一隻卡拉里斯獸回來。

他獵了一隻卡拉里斯獸回來！

是這樣的，卡拉里斯獸肉質鮮美，是最好吃的肉類之一——不過很少有人能活著吃到牠。

一隻成年的卡拉里斯獸超過五百公斤，身上佈滿類似穿山甲的盔甲，刀槍不入。牠扁平的尾巴一揮之力足有百斤，跟牠滿口三寸長的利齒與六寸長的爪子同樣致命，更可怕的是牠快如閃電，等你發現一隻卡拉里斯獸藏在暗處看你，你生命的最後三秒鐘只能看見牠張開血盆大口向你撲過來，然後就結束了。

即使是飆風幫最厲害的獵人都不去獵卡拉里斯獸，如果非獵不可，那也是一個六人小組的任務。兩個人負責在前面引開牠的注意力，左右各一個人攻擊牠的側面，背後兩個人對付牠的甩尾。

牠連腹部都有獸甲保護，唯一能夠殺死牠的方式是刺入牠獸甲與獸甲之間的縫隙，或是正面攻擊牠的眼睛，這是牠身上唯一的柔軟處。

正面攻擊絕對是死路一條，而要刺入獸甲的縫隙需要絕佳的精準度。說眞的，當一隻體型比成年公熊還大的猛獸朝你衝過來，你很難站著不動瞄準牠身上的小縫。

而他獵了一隻卡拉里斯獸回來。

只有他一個人，和一把主廚刀。

噢，不只，他還一個人把牠給拖回來了。

「……」

「……」

「……」

盤旋在營區內的沈默震耳欲聾。

艾拉從母親的懷中滑下來，一溜煙跑到他旁邊，拇指含在嘴巴裡。

「很髒。」狄對她皺眉。

拇指馬上抽出來。她撿起一根樹枝，咚咚跑上前戳那隻死掉的卡拉里斯獸。

「吼——牠會吃掉妳！」狄恐嚇她。

「死掉了。」她清脆地說。

「妳怎麼知道？」一面對小女孩，他就完全暴躁大叔化。

「眼睛不見了。」她指指獸首。「這裡一個洞。」她指指心臟的部位。

可惡，無法反駁。

竟然無法反駁一個五歲小孩讓他更不爽。

「去後面！」他揮手噓她。

艾拉笑一下，回頭投入衝過來的母親懷裡，梅姬趕快再將她抱回大家後面。

「這東西到底能不能吃？還是我得重獵一次？」他對勒芮絲皺眉。

「可以，」醫生清清喉嚨幫忙回答。「這一隻夠吃了，不用再獵了。」

夠全營吃上一個月！

看來瑪塔接下來醃製肉乾會非常忙碌。

勒芮絲試了幾次，終於發出聲音，聲音竟然十分平靜，她真對自己感到自豪。

「謝謝。」頓了一頓，再加一句：「你辛苦了。」

她的一句「你辛苦了」竟然讓狄心情好起來。

「我要吃這塊。」他比了下牠心臟部分肉比較嫩的地方。「現在就要，五分熟。」

瑪塔深呼吸兩下，然後讓他驚駭無比地突然抱住他，他全身僵硬，活像身前綁了一個炸彈，隨時會爆炸。

瑪塔終於放開他，用力拍一下他的肩膀，他忍回一聲咳嗽。

「去坐！卡拉里斯肉排，馬上來！」

4

狄知道她在他背後看著他。

他裝作不知道，繼續沖他的澡。

這裡是醫療營的灌溉水源，離營區大約三百公尺，旁邊就是他們的農園。

這片農地闢在一個山坡的底部，三面有坡壁保護，可有效的阻隔野獸入侵，五十公尺開外就是從岩縫間滲出的天然山泉，容易引水灌溉，當初將此處規畫爲農地的人有動腦筋想過。

狄捧著山泉水潑在頭上，然後暢快地甩甩頭。洗完頭臉，他用毛巾就著泉水開始擦洗身體。他全身只穿著一件牛仔褲，這件褲子長度略短，褲頭略寬，不過加上一條皮帶勉強能穿。有意無意的，他的男性本能向她展示自己的強健體魄。

他要她。

他的身體要她。

當所有身體機能恢復正常運作之後，慾望也一樣。

動物本能是一件很有趣的事。

在原始世界裡，雌性會被強壯的雄性吸引，因爲強壯代表保護，代表更高的生存機率，而他們所在的世界保證非常原始。

他的每一條肌肉伸展，每一寸皮膚平滑，每個動作都帶著獵食者的致命優雅。

他很清楚自己的身體是什麼模樣。這是一副久經於戰鬥、從絕對靜止到絕對加速只需一秒、能夠殺戮也能從容的機器。

現在，它正在散發費洛蒙，召喚他身後的那個女人，他的大腦完全管不了他的動物本能。

「咳。」身後的女人終於決定出聲。

狄轉過身。

他的呼吸停了一秒鐘。

她美極了！

豐潤的棕色長髮在腦後紮成一束，幾綹惱人的瀏海垂下來，讓男人目不轉睛的豐胸繃在合身的T恤裡。她的柳腰圈著一副軍用腰帶，上頭插了許多工具和一柄威風凜凜的開山刀。她修長矯健的長腿包裹在合身的長褲底下，他的大腦開始想像那雙長腿圈住他腰的景象，當然，中間沒有那件長褲和腰帶作梗。

退一步想，或許他會讓她戴著那條腰帶。

嗯，他滿意地在腦中描繪她全身赤裸，只配著那條腰帶，雙腿夾著他的腰讓他在她腿間馳騁的樣子——該死，他硬了。

幸好他還穿著牛仔褲。

「他們說你在這裡，所以……咳，我沒有打擾你吧？」她假裝不去注意他過度灼熱的目光，臉頰的紅嫣卻出賣了她。

「沒。」他懶洋洋地潑濕自己的胸膛。

「如果你要我等一下再來的話……」她不自在地轉開視線。

「我無所謂。」

他都這麼說了，勒芮絲當然不能承認自己有所謂。

其實她以前也不是沒有這樣和其他營地的男人談話過。天氣熱的時候，每個人農忙結束都會順道在山泉這兒沖個涼，柯塔、魯尼那些男人邊沖涼，她就在旁邊和他們談天，大家都覺得自然得很。

不過那些男人都不是三十歲的年輕肉體，他們也沒有六塊肌和雙頭肌賁起的手臂。

她的眼睛無法不盯著他看。

她第一次知道男人的身體可以用「漂亮」來形容。他的身形不像羅納那些飆風幫的人，刻意練出一團一團的大肌肉；他平滑的古銅色皮膚底下，一束束堅實的肌肉隨著他的動作伸展、收束。如果說那些大肌肉男像老虎，他就像一頭豹子，精巧優雅，每一個動作都無比從容。

這是一個十分瞭解自己身體的男人，知道它能發揮多大的威力，也能將那股暴力完全控制。

她傻傻地盯了好一會兒，完全不知道自己正盯著他發呆。

他只是繼續清洗。

「然後呢？」過了一會兒，他問。

「啊？」

「妳找我有事？」他隱約有一絲微笑，一種很男性的笑容。

「噢！」她回過神，臉龐轟然炸紅。

咳！勒芮絲，妳給我差不多一點！她在心裡用力把自己搖晃一遍。

「那個……我只是覺得，咳，我應該向你道謝。」

基本上，不是「她覺得」，是醫生他們所有其他人「覺得」，所以，她只好應觀眾要求道謝。

又安靜了一會兒，他再看她一眼。「然後呢？」

「……」靠，他眞的在等她道謝！勒芮絲瞪著他的背。眞正的紳士是不會討人情的ＯＫ？

好吧！道謝就道謝。

「謝謝你獵的那隻卡拉里斯獸，接下來大家可以好一陣子不用擔心沒有肉吃了。」說完了，可以了吧？

他沒有立刻搭話。

尷尬的沈默讓勒芮絲不得不繼續找話說：「還有修理抽水幫浦，謝謝。嗯……咳，就這樣了。」

他又瞄她一眼，這次她絕對不會誤認他眼中的笑意。

她馬上覺得有必要爲自己的立場解釋。「這也不能怪我啊！你一出現就一副神智不清、頭腦發昏的樣子，還全身血淋淋的，誰知道你幹了什麼？你說不定殺了一整族的人，強姦所有少女，把嬰兒通通烤來吃了，我們憑什麼信任你？」

「不客氣。」他懶懶地說。

「……」可惡！她又開罵了，她明明是來道謝的。

這個世界就是有些人讓人覺得你跟他們道謝很吃虧，這位狄先生絕對是箇中翹楚。

「很難吧？」他好笑地問。

「什麼？」她不善地瞪著他。

「向妳的假想敵投降。」他慢條斯理地擰乾毛巾。「明明妳想做的是在這人背上戳兩刀，偏偏他沒有給妳戳刀的理由，我瞭解。不過這種事跟拔牙一樣，一口氣拔掉比拖拖拉拉痛快多了。」

「……」這傢伙眞的、眞的很討厭！

狄伸手摸摸自己的頭髮。這坨亂毛太長了，鬍子也很礙事，他以前應該不是個喜歡留頭髮和鬍子的人。

山泉旁有一段砍下來的樹幹當作凳子，而他從瑪塔那裡接手的廚刀正插在木凳上。他拔起那把長刀，沾了點水，順著頭皮開始刮他的腦袋。

「你在做什麼？」勒芮絲張大眼睛。

「剔頭髮。」

「你會割傷你自己。」她說。

「我從不割傷我自己。」

那副百分之百的自信口吻讓她翻個白眼。

「每個人都割傷過自己，你小時候一定也割過，只是你不記得了。」

「我從不割傷我自己。」他回頭深深看了她一眼，轉回去繼續削頭髮。

「我幫你。」她嘆了口氣，把他的廚刀搶過來。

她可不想他一頭血痕地回去，其他人會以爲她對他施暴。

狄沒有拒絕。

她走近他背後，他慢慢轉了過來。

她屏住氣息，有點氣惱地知道他一定發覺了，可是她控制不住身體的反應。

從他胸膛散發的灼灼熱氣正引誘著她的手貼上去，他身上清新的泉水味讓她想湊過去幫他舔乾。她的每絲女性本能在這一刻甦醒。

十六歲就困在叢林裡的她從來沒有對任何雄性有如此強烈的反應，她不禁大吃一驚。

他就像是一顆散發著引力的陽極磁鐵，吸引著她的陰性磁極靠近。她不敢看他的眼睛，只好定焦在他的頭皮上。

「你的頭髮長在你的後面，不是前面。」

「我的前面也有毛髮……」他的唇懶懶一勾。

她的呼吸又沒了。

「……例如我的鬍子。」他慢調斯理地說完，然後又轉了回去。

他身後的女人想從他屁股狠狠踢下去。

對一個正要拿刀在你頭上比畫的女人開玩笑絕對不是明智之舉，不過他忍不住。他對著眼前的岩壁微笑。

她咕噥兩聲，從腰帶解下一柄園藝用剪刀，開始爲他剪頭髮。

「多短？」

「全部。」

「全剪掉？」

「嗯哼。」

「不要後悔喔！剪下去就不能改了。」

「我從不後悔。」還是那副百分之百自信的口吻。

「……我幫你留薄薄的一層好了，別看這裡是叢林，正午太陽很大，如果在太陽照得到的地方，頭皮會被曬傷的。」

她的手俐落地在他腦門移動，不到幾分鐘，他的滿頭亂髮就剪得乾乾淨淨，她再抽出短刀削理整齊。

他伸手在自己頭上一摸，摸到一層幾乎是貼著頭皮的三分頭。還不錯！他轉過身來，鬍子下的唇角微微揚起。

「好，妳可以繼續執行妳的承諾。」

「什麼承諾？」她的注意力稍稍從他那吸引人的笑容拉回來。

「妳幾天前說的承諾。」

「我哪有給你什麼承諾？」她瞪著他。

「當時我向妳要刀子，妳說……」他直直看進她眼裡。「我的存在就是爲了服務你而生。」

勒芮絲啞口。

他的眼底再沒有任何戲弄，而是一種極端的專注。這是一個男人看中他非常喜歡的東西才有的眼神。

他的眼神在告訴她：我要妳，我會得到妳，妳會變成我的。

她的身體對於他散放出來的挑戰滿滿地接收到了，而且全面產生反應。

她的酥胸有一股腫脹感，肌膚微微刺痛，腿間的女性部位開始潮熱。

這股突如其來的性覺醒攻得她措手不及。他沒有浪費時間，直接將她手中的園藝剪刀插在他的廚刀旁邊，將她拉近自己。

她的乳房隔著一層薄T恤貼住他強壯堅硬的胸膛，他輕動一下臀部，腿間的隆起正好卡在她腿間的凹陷處。

她爲體內翻湧的亢奮屏住呼吸，甚至無法假裝推開他或什麼的。

她的身體歡迎這份親近，她阻止不了。

他的長指在她的腰間徘徊，好幾次流連在她的褲頭，讓她幾乎呻吟出聲。最後，調皮的手指滑到她的刀鞘，抽出她的小刀塞進她手裡。

「我的鬍子。」他低聲輕語。

她的嘴巴張開，可是沒有聲音出來。

「勒芮絲，我的鬍子。」她的名字在他口中如絲般滑過。

「鬍子？」

「對，鬍子。」他的眼中浮現沈靜的笑意。「我要刮鬍子。」

「噢！鬍子。」

她猛然回神，臉孔發紅地幫他刮鬍子。

從頭到尾，他灼人的目光都沒有離開過她的臉龐，好幾次她的手一抖差點割傷他。

當他的鬍子終於刮完，她不曉得自己是該解脫還是該失望。接著，他毫無遮掩的面貌再度讓她的呼吸一窒。

她沒有想到他會這般好看。

他堅實的下顎線條如刀削一般，一根挺直的鼻梁中間有個小突起，好像以前斷過幾次。他寬而薄的性感嘴唇，立體深刻的五官，顯示在他亞裔的血統中還混了幾絲西方的血統。

他摸了摸光潔的下巴，滿意一笑，然後低頭吻住她。

他強烈的男性氣息在她口中爆炸。

他的舌頭毫不猶豫地侵入她口中，掠奪她唇內的領土，一隻包在牛仔褲下的腿蠻橫地擠進她的雙腿之間，往上摩擦她腿間的祕處。他的大手箍住她的腰，往下用力一壓，讓她的女性隔著粗糙的布料更能感覺他的摩擦。

強烈的慾望在她體內肆虐！

他沒給她機會想，立刻撈起她的一隻腿勾在他健實的腰上，她的女性轉爲摩擦他腿間的腫脹。他們的行爲已經是巧妙地模擬性愛，只除了兩人身上的衣服都還在。

她呻吟一聲，幾乎被這股不熟悉的情慾燒毀。

她從來沒有對任何男人產生這樣強猛的慾望。營裡全是中老年人當然是原因之一，羅納和飆風幫那群惡棍更不用說。

只因爲他是唯一身心理都合格的男人嗎？

不是的。她很明白。

她的生命完全可以缺乏慾望，她已經這樣度過了八年。如果他是另一個不對的男人，她相信她不會對他有任何感覺。

她此刻的所有慾望，都是因爲她想要他，跟他想要她的程度一樣強烈。

他是一個危險的男人，但他也不是一個危險的男人。

他和飆風幫的人不一樣，他的危險從不是針對幼小和脆弱的人，她的潛意識早就比她的主意識接受這一點。

他不會強暴、凌虐、欺侮婦孺老人，他的身上充滿瞬間即發的暴力，但目前爲止他施展暴力的機會都用在幫助他們，無論是他自願的或非自願。

他殺了路卡，救了她們。

他獵了卡拉里斯獸，讓他們免於飢餓。

而且他該死的好看。

此刻這個該死好看的男人正在誘惑她。

他讓她摩擦自己，吸吮她口中的香甜，當他終於結束這個吻時，她幾乎呻吟出聲。

「我們第一次做愛的時候，」他貼著她的前額喘息，語聲低啞。「我們會躺在一張舒服的床上，絕對不是在荒郊野外，在泥土堆裡。」

他說的是「我們第一次做愛」，而不是「如果我們做愛」。

這股強烈的自信讓勒芮絲既興奮又氣惱。

「營裡已經沒有多餘的床了！」她瞪著咫尺外的英俊臉孔。

……等一下，她本意是要告訴他不可能，爲什麼聽起來像抱怨？

狄仰頭大笑！

他渾厚陽剛的笑聲讓一陣震顫沿著她背心往下鑽。

「我是說，你要是以爲我會隨隨便便和你做愛，你最好打消主意！」她氣道。「誰知道你一天到晚在叢林裡做些什麼？說不定你是想趁我們大家都睡著的時候，半夜把我們都殺光光，然後把我們所有的東西搶走。」

「妳在開玩笑嗎？你們有什麼東西值得搶的？」狄瞪大長眸。「就算有，你們平均年齡是六十五歲，五十四歲的柯塔和醫生已經算男人裡最年輕的了，女人裡只有妳和瑪塔勉強有戰鬥力。我一個人把一隻手綁在背後就可以挑了整個營，絕對不需要趁半夜大家睡覺的時候，說眞的，你們是怎麼活到現在的我都很難想像。」

雖然他說的沒錯，不過也沒必要這麼直接吧？她不爽地雙手插腰。

「是嗎？既然你這麼厲害，那你說說看怎麼做才對啊，專家先生！」

他隨便用腳尖在地上畫一個四方形代表營區。

「周圍五十公尺以內的樹全部砍掉，如果做不到，最起碼也要二十公尺，這樣如果有來意不明的人獸入侵，你們會先看到，不會讓他們一出現就已經在門外。這裡，這裡，這裡。」他腳尖點了營區的東、西、北三面，「架設瞭望台，定期有人守衛。」他在南邊畫出一條長線。「最危險的這一面用毒棘或鐵網做一面牆攔起來，通往飆風幫的那個方向設一個崗哨；營裡不分男女每個人都要輪班值守，定期做體能訓練。任何人離開營區都必須登記，起碼兩人一組，絕對不能有人落單。」

勒芮絲只是挑戰他而已，沒想到他隨便一說就是一大串，面子登時有些掛不住。

而且他說的都有道理，不是隨口唬兩句的。他沒有提那些不切實際的事，例如學飆風幫那樣築一座城牆，他知道他們沒有那樣的人力、工具和技術，他說的這些都是他們能做到的。

營裡雖然有很多老人婦孺，但輪班值守應該沒問題，蓋瞭望台有些難度，營區周圍有幾株高樹，她和柯塔商量一下說不定能搭個平台之類的。

「……你願意教我們嗎？」她拉下臉求教。

「妳願意跟我上床嗎？」

「你不能用上床交換防護措施！」她憤慨地說。

「據我所知，上床也需要防護措施。」

「你……」她差點笑出來，不過她一笑出來這男人就更無法無天了，她努力板著臉。「不管我會不會跟你上床，你都別想我拿性來交換。」

「好吧。」起碼她沒有一口否決，狄露齒一笑。

「好什麼？」

「好，我教你們如何防衛。」

「這並沒有提高我和你上床的機率，你明白吧？」她狐疑地打量他。

「甜心，我們一定會上床的。」他懶洋洋地微笑。「我只是想做點事讓妳開心，就叫它『前戲』吧！」

勒芮絲惱怒地看他一眼。

好吧！或許她真的不排斥和他上床，不過這不表示她會讓他太容易上手，尤其他這麼自信的神情只會讓人想挫挫他銳氣。

狄拿起他丟在一旁的T恤洗乾淨，這種天氣，不多久T恤就會乾了。

「我回去找找有沒有其他衣服，羅傑的身材和你最相近，湊和著應該還能穿。」她看他稍微短了一截的褲管，也只能將就了。

「這是誰挖的？」他比了下腳邊的灌溉溝渠。

「羅傑。」

「農園呢？」

「羅傑。」

「羅傑的衣服，羅傑的水道，羅傑蓋的農園，羅傑修的幫浦，聖人羅傑。聽起來很厲害，他人在哪裡？」他把T恤擰乾。

「他死了。」她的神情突然封閉起來。

他看了她一眼，識相地沒有再問下去。

「看好那個小鬼，別讓她一個人亂跑。」他穿回濕T恤，把廚刀插回他的褲腰。

「怎麼了嗎？」勒芮絲忙問。

「這還用問？你們就這麼放心讓一個五歲的小鬼在森林裡跑來跑去？」他皺眉。

「不然呢？」勒芮絲看見他不以爲然的表情，嘆了口氣。「這個災後的叢林就是艾拉的現實，我們沒有辦法改變，只能讓她盡量用自己的方式適應環境。放心吧！她只會在我們規定的範圍裡，不會跑太遠的。」

「我可不這麼認爲。」他冷冷地把上次差點被巨蛛攻擊的事告訴她。

勒芮絲大吃一驚。

「你們遇見異蛛了？天啊……」

異蛛有很強的領域性，同一個地區通常只會有一隻，他殺掉的那隻應該就是之前她們在樹屋時曾看過的那隻。他們曾經想把牠找出來，可是異蛛行動快如閃電，被牠逃掉之後他們就一直沒能發現。「異蛛是不攻擊人類的，只吃小型動物，牠可能把艾拉視爲獵物了。」她想想都覺得有點後怕。「幸好艾拉當時跟你在一起，她根本不該跑到那麼遠的地方去的。我會跟梅姬說，叫她一定要看好艾拉。」

「她的父親就是那個羅傑嗎？」他忽然問。

「羅傑？他當然不是艾拉的父親。」她很驚訝他會這麼猜。

「那她父親在哪裡？」

勒芮絲漂亮的臉驀地陰沈下來。

「永遠不要在艾拉和梅姬的面前問到小孩的父親，知道嗎？」

狄沒有多說，只是抽出他的刀在一塊比較堅硬的岩石表面磨了起來。依據他的經驗，他想從面前的人知道一些事情的時候，只要他不說話的時間夠久，對方通常會自己開始說起來。

「……艾拉的父親是羅納。」勒芮絲站了一會兒，終於心不甘情不願地開口。

狄只是瞥她一眼。

「八年前大家都躲進叢林裡，我們兩邊的人一開始互動比較頻繁。當時我們有羅傑、兩個醫生和幾個較青壯的男人，對飆風幫的食物依賴不那麼強。我們還有一些女人會做家事，所以羅納提議用家事服務換取他們的獵物，這樣的交易行爲維持了兩年多，大家都沒有抱怨。」說到這裡，她的臉色又陰暗起來。「後來羅傑和一些青壯的男人陸續走了，我們越來越弱，飆風幫的氣焰也越來越囂張……」

她突然轉身，憤怒地踢一下石頭。「該死！我早該察覺的！每次梅姬從他們那裡做完家事服務回來，神色都不太對勁，我早該看出她情況不對！

「她漸漸變得蒼白退縮，像隻驚惶的小動物，大一點的聲音都會嚇到她，尤其每個星期到了她該去飆風幫那裡的時間，她的表情簡直可以用恐懼來形容。可是連著出了許多事，我太專注於如何讓醫療營正常運作，完全沒有注意到她的異狀……」

「羅納強暴她？」狄沈靜地說。

她憤怒地踢開另一顆石頭。「他強暴她，嘲弄她，告訴她沒有人會相信她的話；就算有人相信，他們也不能阻止他對她做任何事。他說，她若回去告訴醫生，那他就把醫生殺了，然後把我們整個醫療一把火燒掉。

「梅姬相信他了。她不敢告訴任何人，只能忍氣吞聲，每個星期去他那裡兩次，任他……」勒芮絲的語音發顫。「你該看看梅姬以前的模樣，她是多麼的美麗善良……羅納不只毀了她的肉體，也毀了她的靈魂，她不再是以前那個熱心又勇敢的梅姬了……」

狄站起來，將勒芮絲拉進懷裡，她的臉埋進他頸窩。

「有一天早上她衝出去孕吐，醫生發現了。醫生不知道父親是誰，她也不肯說，但從她恐懼的神情醫生知道一定有問題，這分明不是她和誰兩情相悅的結果。」她悶悶的聲音傳出來。

「我知道問題一定出在飆風幫那裡，立刻阻止她再過去，可是她滿臉蒼白地說她一定得去，最後被我們逼得受不過，她終於說出所有的事……」她一想到自己當時的憤怒，現在依然全身發抖。「醫生第一個反應是衝去質問羅納，但是梅姬死命把我們攔下來。我們看她的情緒太激動，怕傷到她和孩子，只好暫時答應她我們不會做什麼，先將她安撫下來。

「沒想到羅納那個喪心病狂的傢伙發現梅姬那個禮拜沒有過去，竟然帶了人找上門來。醫生很憤怒地質問他梅姬的事，他……他……」她又氣得發抖，連羅納當時說的混帳話都無法轉述。

狄只是安撫地輕拍她的背。

她深呼吸了幾次。「總之，羅納知道梅姬懷孕了，大笑著說誰知道那個野種是誰的？最後醫生撂下狠話，兩邊的人從此不再來往！如果他們有任何醫療需要，他們可以自己過來，他本著醫生的職責一定會醫治病人，但是除此之外，飆風幫的人不再被醫療營歡迎。」

當然這個協議後來必須做一些妥協，他們必須和飆風幫闢一個食物交易機制，但交易的地方一律選在兩個營的中間點，在特定時間、多人在場之下進行。

他們已經學會教訓，不會再有人單獨和飆風幫的人碰面。

「羅納就這樣罷手了？」狄的眼神冰冷。

「當然不可能！羅納這條毒蛇！醫生公然在他的人面前斥責他，他的面子怎麼下得來？他一定要在其他人面前立威信才行。於是，他當場叫他的人把我們的營區搗毀，最後還想綁架醫生，醫生拿手術刀對著自己的頸動脈說，他如果想讓這個叢林裡的最後一個醫生死掉，就儘管動手吧！不過他最好祈禱自己下半輩子都不會有需要醫生的時候。」想起當時決絕的場面，她依然心驚不已。

「羅納對他無可奈何，只好同意了這個互不侵犯條約。可是你別以為他死心了，這些年來他想盡辦法要逼我們在他的勢力下屈服。」勒芮絲從他懷中退出來，兇猛地瞪著他。「你知道他對艾拉做了什麼嗎？」

「……他動過那個小鬼？」狄的眼神冰涼。

「兩年前我和醫生到鎮上去補給藥品，羅傑知道醫生不在，趁機帶人來，說艾拉是他的女兒，他有一半的監護權，硬是把艾拉帶走。柯塔他們怎麼攔都攔不住，還被暴打了一頓，而梅姬已經進入崩潰狀態。

「我和醫生四天後回來，立刻殺去飆風幫要人。」她說到這裡，聲音又破碎。「你應該看看艾拉的樣子……她才三歲而已……她的外表沒有受到任何傷害，可是她回來之後有四個月一句話都不說，除了梅姬之外不能忍受任何人碰觸她，一碰到她就尖叫。直到現在，她依然害怕突然的接觸，我們都盡量不從後面靠近她，免得她嚇到。」

狄想到那天他不由分說地撈起她，然後殺了那隻異蛛，幸好她沒有太強烈的反應。他猜她大概是被那隻異蛛嚇傻了。

「提默是唯一一個努力保護她的人，他當時才十二歲而已，爲了保護艾拉，他被打得鼻青臉腫，左手臂骨折。我們只能從他的話裡知道，飆風幫那群混蛋把艾拉帶回去之後，當成一尊洋娃娃般玩弄。他們把她吊在高空中當作引誘異鷹的活餌；把她關在黑暗的箱子裡，直到她尖叫哭泣才放她出來；半夜將她一個人丟在森林裡，然後他們半小時後才出發去找她，拿她當獵物一樣地取樂……我幾乎聽不完提默說的話！我好想、好想、好想殺了羅納！」

她這輩子從來沒有這麼恨一個人過，恨到讓她動了殺機。

爲什麼人性可以卑劣粗暴至此？她無法理解！

她的叔叔讓她看到人性至爲光明的那一面，羅納卻讓她看到人性至醜至陋的那一面。

「其他鎭民呢？沒有人站出來保護她？」狄冷漠地問。

勒芮絲失望的表情說明一切。

那些鎭民都太害怕羅納了，寧可眼睜睜看著飆風幫的人虐待一個三歲小女孩，沒有一個人敢站出來保護她，只除了一個十二歲的男孩。

「我有種感覺，我不會喜歡羅納。」狄森冷地說。

他對小孩退避三舍，是因爲他不擅長和小孩相處，不代表他不在乎孩童的安危。所有小孩都應該被保護得好好的，就這麼簡單。

如果有誰敢動他家那堆小鬼，他會活生生把那些人撕開，並且確保在撕開的過程中那些人的意識都十分清醒。

艾拉漂亮嚴肅的大眼睛閃進他腦海中。

噢，他相信，他和羅納絕對不會喜歡對方的。

「總之，別在梅姬和艾拉面前提起她父親，艾拉沒有這種父親。」勒芮絲鄭重警告完，大步離開。

狄站在原地，直到她消失在轉角後面。

他又站了一會兒才開口——

「你打算拿出你的來福槍了嗎？」

溫格爾從山坳後走出來，臉上帶著一貫溫和的笑容。

「何必？我也年輕過，我知道年輕人的大腦都裝了什麼。」溫格爾聳了聳肩。「我只是覺得太早出來一定會讓我親愛的姪女尷尬，所以……」

狄把刀重新插回腰帶上。

「陪我走走如何？你還沒逛過我們的菜園吧？」溫格爾轉身就走，知道他一定會跟上來。

狄跟了上去。

菜園的面積不大，卻規畫得錯落有致，有種蘿蔔、馬鈴薯等根莖類的區塊，葉菜類的區塊，甜菜和甘蔗等調味植蔬，還有玉米和香草類，甚至有一小區種小麥。

能在一片荒地上開墾出菜園，他們當初一定花了不少心血。

在菜園一角，有一小區與其他蔬菜隔開來。溫格爾走到那個小區塊，指著成排的手掌狀暗紅色葉子。

「這是『艾爾葉草』，非常強效的止痛鎮定劑，土著的族長教我的。他們通常不和外人來往，可是我剛到叢林生存圈不久，便遇到族長的兒子傷口嚴重感染，是我救回他兒子的命，那陣子族長和我分享了一些草藥知識。可惜我們的語言不通，只能靠比手畫腳，不然他應該可以教我更多。」

「我相信種草藥一定很重要，畢竟你花了這麼多時間在它身上。」狄的語氣微諷。

溫格爾只是微微一笑。

「藥物當然重要。縱觀人類的醫療史，其實是一部止痛史。所有人類對於醫療的需求都源於疾病所產生的痛苦，你知道如果讓一個人選擇長期慢性的疼痛和立即死亡，多數人都寧可選擇立即死亡嗎？」溫格爾摘下一片艾爾葉草，湊在鼻間聞一聞它辛辣的氣味。「止痛是醫藥學的基本防線，我們沒有用不完的止痛藥，卻隨時都有人可能受傷，我必須準備好足夠的藥物確保我的病人不致痛苦。」

狄不置可否。

「是的，我明白勒芮絲非常辛苦。」溫格爾嘆了口氣。「這樣的生活對一個芳華正盛的女孩多麼不公平啊！她來到這裡的時候才十六歲，本該是一場短暫的探險，暑假結束她就回到她的世界去了，可是回聲爆炸改變了一切，兩個月變成她的永恆。」

溫格爾有點感傷地看了看四周。「我很愛我哥哥，也就是勒芮絲的父親，不過我必須說，身爲一個父親，他對勒芮絲並不盡然公平。」

「爲什麼？」狄蹙起劍眉。

溫格爾嘆息。「拉斐爾從不掩飾他想要一個兒子的事實。他深愛勒芮絲，但他依然盼望有一個兒子。勒芮絲一直想尋求她父親的認同，她想向他證明，所有兒子做得到的事，她都做得到。我甚至認爲她想當一個醫生或護士，除了是受到我的影響，有更大成分是因爲醫護人員讓人尊敬。她想向她父親證明，即使她不是兒子，她也能成爲一個受人尊敬的人。

「即使是現在，我們被困在一座被上帝拋棄的叢林裡，她的父母有很大的可能已經死了，她依然想向她父親證明，她能做得到，她能在這裡生存下來，跟個男人一樣。」

狄若有所思地看著他。「所以，你讓她管理醫療營。」

「勒芮絲是一名絕佳的管理者，連我都沒有她做得好。」溫格爾微微一笑，「她的生活需要一個重心。一開始她非常徬徨，只想回到她父母身邊，但我知道那是不可能的了。她的父母住北邊，就是回聲爆炸襲擊的方向。可是一個十六歲的女孩，難道她的一生就這樣渾渾噩噩地結束了？」

溫格爾感懷。「我只能每天給她更多的訓練，不是包紮傷口、基礎針縫這些技巧，就是讓她去煩那些柴米油鹽的問題。她的表現超出我的期待，現在，我已經不知道她如果一走了之，我能不能做得來了。」

狄若有所悟。溫格爾既然是一個去過各種災難現場的醫生，就不可能是事事等人幫他張羅好的大爺。他對姪女的愛如此之深，他在乎的不只是她身體健全，還有她的心靈。

「我剛才聽你問起羅傑的事，這整個灌溉水道都是他挖的。」溫格爾對他微笑，帶著他沿著園內的灌溉水道走了一圈。

「我聽說了。聖人羅傑。」

「噢不，羅傑不是聖人，他是個好人，但不是聖人，他是羅納的人。」

什麼？腦袋剎車！狄不可思議地看了醫生一眼。

「沒錯，羅傑是飆風幫的一員。」溫格爾點點頭。「他的父親也是獵人，和羅納的成長背景差不多，羅傑加入『飆風騎士』只是因爲他眞心喜歡騎重機，而這附近唯一懂重機的同好就是羅納這群人了。他平時只和他們一起出門騎車，從不涉入他們的其他爛事。羅納雖然是個壞蛋，不過他也有尊重別人的時候。羅傑贏得他的尊重，所以他並不強迫羅傑一定要每件事都加入他們。

「回聲爆炸之後，他們在叢林裡蓋了一座營區。羅傑知道叢林裡有另一個醫療營，兩個月後主動找了過來。」溫格爾露出一絲笑意，眼神因回憶而有些悠遠。「不消說，我們當時的狀況並不怎麼好。營裡本來就只有一些老弱殘病，當他發現我們資源和食物都很缺乏的時候，他幫我們打獵，還回去跟羅納說，醫療營需要他們的幫助。」

「我可以想見那場談話的結果。」狄沒有笑意地勾一下嘴角。

「你想得沒錯。」溫格爾嘆息。「羅納想也不想就拒絕了，羅傑於是表明要脫離他們，來我們的醫療營。」

「羅納讓他走了？」狄有點不太相信。

「具體的細節我並不清楚，總之最後羅傑是過來了——他是唯一從羅納那裡過來我們這邊的人。」溫格爾告訴他。「他有一雙巧手，他知道如何修機器，如何接水管，如何狩獵，他訓練了幾個男人跟他一起打獵。因爲他的加入，我們的營區漸漸上了軌道，有他在的那兩年，我們的日子並不難過。」

「發生了什麼事？」狄靜靜地問。

「狩獵出了意外。」溫格爾的語氣十分沈重。「那天他外出之後就再也沒有回來了，幾天後我們出去搜尋的人只找到他一部分屍體，大部分都被野獸吃掉了。」

狄安靜下來。

「勒芮絲簡直心碎。」溫格爾望著眼前飽滿的茄子。

狄的眉幾不可見地一蹙，目光回到他臉上。

「她那時候才十八歲，羅傑二十五了。她崇拜羅傑，我看得出來羅傑對她也有意思，只是她年紀太輕了，羅傑希望等她更大一點，確定了自己的心意再說。」溫格爾黯然道：「可惜他們再也沒有機會。」

羅傑的人生結束在他最聖人的時候，勒芮絲對他的憧憬停在最美好的階段。

狄抬頭看了老天一眼。謝了，你眞是幫了我一個大忙。

「慢著！」狄瞇起眼盯住醫生。「你告訴我這些，該不會是要我保證永遠不會離開她吧？」

「放心，不是這麼回事。」溫格爾對他微笑。「我無意干涉你和勒芮絲的情事。我不希望她一輩子對愛情懵懂無知，即使最後受傷、心碎，都好過平淡無奇地過完這一生。」

「很好。」夠上道。

「我說這些只是要告訴你，羅納那幫人讓勒芮絲對男人不信任，越強壯能幹的男人越不信任。這不能怪她，她沒有什麼好例子可以依循，唯一的好人又沒能活太久。」

「所以你是好心幫助我瞭解你姪女嗎？」他頗覺不可思議。「只因我獵了一隻卡拉里斯獸，又修好那個該死的幫浦，你就認爲我是好人了？」

當然不是因爲那些。

「路卡。」醫生微笑。

「什麼？」

「路卡。」醫生重複一次。「當時你神智不清，甚至控制不了自己，你聽見了暴力的聲音，你的本能主宰一切：你選擇殺了路卡。」

所以呢？

「你可以躺在床上裝死，沒有人會知道，」醫生告訴他，「可是，即使在你幾乎沒有能力保護自己之時，你依然選擇曝露你的脆弱，擊倒那個正在欺凌弱小的惡霸。孩子，人的本能是很有趣的，人的行爲可以說謊，本能反應卻騙不了人。你的本能反應讓我明白，你不是一個羅納，你永遠不會變成羅納！」

狄哼了一聲，總覺得好像被他講得很不酷的樣子。

溫格爾被他的反應逗笑了。「接受你的本質吧！你比任何一個飆風幫的騎士都像個眞正的騎士。」

「……隨便你。」

「總之，我不擔心，我還有這個。」溫格爾對整排的艾爾葉草一揮。

「止痛藥可以讓你變身超人？」狄質問。

「不是的。」溫格爾搖頭。「過量的艾爾葉草會讓人心跳停止。」

「……」

「我說了，它是強效的鎮定劑，所有鎮定劑服用過量的結果都是一樣的。」

狄眼中露出恍然之色。

「你瞧，我不全然那麼光明。」溫格爾斂去所有輕鬆的表情。「我知道有一天羅納會不甘心受制於我，只要我不歸他管，他就永遠不能信任我。我不確定當他動手的那一天我能不能保護每個人，必要時，我會先下手爲強。

「我是個醫生，在醫學院畢業的那年對上帝立誓：永不傷害。這些年來我從未違反過自己的誓言，然而當我心愛的人受到威脅，我選擇毫不猶豫地傷害。」

「你是人，不是上帝。」狄不認爲這有什麼不對。

「或許吧！」溫格爾轉身看了菜園一眼。「希望你也記住這一點。」

所以，終究還是來撂話的，女人有爸爸叔叔哥哥弟弟就是這麼麻煩。

「沒有不敬之意，不過，醫生，我不認爲你殺得了我。」狄翻個白眼。

「孩子，別傻了，」溫格爾露出溫暖的微笑。「我是個醫生，如果我要你死，我當然殺得了你。」

當喬歐帶著兩個飆風幫的人踏上他們的營地之時，勒芮絲正和瑪塔忙著清空儲藏室。這間儲藏室是營地裡少數的磚造屋，最原始是蓋來當廚房用的，後來劇變陡生，他們收容的人比原本預計的更多，這間磚造屋才被改裝成食物和日用品的儲藏室，他們另外在旁邊幫瑪塔搭了廚棚。根據某位狄先生的指示，他如果要完成她對他的要求——幫忙強化營區安全——他需要用到這間儲藏室。

勒芮絲不曉得他要用來幹嘛，不過她還是和梅姬忙著把裡面的東西清出來。

午餐時間快到了，瑪塔把一鍋香噴噴的燉肉端到露天餐桌上，走過來看她們的工作進度。

「需要我幫忙嗎？」儲藏室裡大部分是她正在醃的卡拉里斯肉乾。「我可以把那些肉乾先移到……」

勒芮絲眼尖先看到喬歐，立刻做個手勢制止瑪塔說下去，把門關上，不讓喬歐看見儲藏室裡的肉。

醫生從窗戶看見喬歐帶人來了，立即從辦公室走出來。

勒芮絲在心裡低咒一聲。狄說得沒錯，他們真的得把營地周圍清出來，不能再讓飆風幫的人一冒出來就已經是在他們家門口。

「喬歐，你要幹嘛？」她不客氣地擋在三個高頭大馬的男人面前。

平心而論，喬歐和他那個喪心病狂的堂哥都是英俊的男人，外貌可能是他們這家人唯一值得稱道的地方。

喬歐大約一百八十幾公分，是個典型的拉丁帥哥。他有一頭濃密鬈曲的黑髮，深邃的深色瞳孔，古銅色的皮膚和一身在健身房裡練出來的健壯肌肉。他同時是羅納的頭號使喚狗。

羅納和他擁有相像的外表，只除了喬歐是那個什麼都「差一點」的堂弟——身高差一點，肌肉差一點，聰明才智差一點，果斷精明銳利狠毒通通都差一點。

他崇拜他的堂哥就像蒼蠅崇拜大便。

醫生輕輕一拍她的肩膀，對她搖搖頭，自己迎上喬歐。

「我記得我們有過協議，如果不是醫療事故，你們不能沒有事先通知就跑過來。」醫生的口吻平靜中藏著嚴厲。

喬歐訕訕地笑了一下。

「嘿，醫生，我是帶著和平意圖來的。」他舉高雙手，對旁邊的黨羽歐瑟一點頭，歐瑟把一塊兩公斤重的鹿肉遞上去。「爲了表示善意，我們甚至帶來一份見面禮，羅納知道你們現在非常需要肉類。」

如果是以前，這塊肉可以讓他們吃兩天，他們會暗自開心不已，不過那是在他們已經有吃不完的肉之前。

勒芮絲還是示意瑪塔收下來，沒必要引起他們的猜疑。

瑪塔撇了撇嘴把肉接過來，喬歐對她竟然沒有喜逐顏開有些意外。

「你有什麼事？」醫生簡單地問。

「路卡不見了，羅納要我過來問問。你們有沒有人看見他？」

柯塔和一干男人停下手中的工作，紛紛從營地不同的方向走過來。

狄不在其中。

勒芮絲發現自己不由自主地搜尋他的身影，不禁低咒一聲。她堅定地把目光對在喬歐身上，不再去想那個失蹤的男人。

「我們沒有見過路卡。」她簡單回答。

「這就奇了，路卡從來沒有一個人離營這麼久過，已經兩個星期他還沒回來。」喬歐抓抓臉頰。

「我們這裡是醫療營，不是托兒所。」醫生板起臉。

喬歐又露出訕笑的表情。

「何必這樣呢？好歹我們是鄰居。提默說前幾天他還在林子裡看到路卡的足跡，這兩天幾乎都不見了。我想，路卡既然在這附近出沒，或許你們有人看見他。」

原來如此！勒芮絲還在想為什麼半個月過去了，羅納一直沒有派人來問，原來是提默一直在幫他們掩飾。

這小子難道不知道他在冒險嗎？羅納一旦發現自己受騙，他只會吃不完兜著走。

下次見到他一定要警告他，不要再幫他們了，勒芮絲不能讓一個十五歲的少年用自己的安危來保護他們，她的良心過不去。

「我已經說我們沒看見，你可以離開了。」勒芮絲老實不客氣地下逐客令。

喬歐看看他們，再看向他們身後的老人。梅姬抱著艾拉驚惶地躲在門後，一臉隨時會昏倒的慘白。

他總覺得這些人不太對勁，哪裡不對勁又說不上來。

「好吧，如果你們看見路卡，跟他說一聲羅納在找他，叫他趕快回去。」他走到餐桌前，深吸一口氣。「好香啊！一定是瑪塔做的燉馬鈴薯吧？我最想念瑪塔的燉菜了。」

他一掀開鍋蓋，怔了一怔。

滿鍋肥滋滋油膩膩的大塊肉對他招手。

「你們哪來這麼多肉？」他立刻放下鍋蓋，神色漸厲。

「關你什麼事！」勒芮絲的下巴一昂。

「我獵了幾隻兔子，不行嗎？」柯塔走上前一步，努力擺出橫眉豎目的樣子。

「嘿！喬歐，這裡還有一鍋！」歐瑟走到灶台前翻開正在燉的那鍋肉。

另一個黨羽萊特走到儲藏室用力打開門，然後下巴掉下來。

「嘿，喬歐！」他回頭大喊。「這裡也有，一整間都是肉！」

「這可不像幾隻兔肉而已！」喬歐飆向儲藏室一看，立刻怒喝。

「我們的食物不需要你們關心！」勒芮絲衝過去把門拉上。

「喬歐！」歐瑟從灶台下拿出一大塊帶骨的煙燻火腿。「這、這可不是開玩笑的。」

那根腿骨又厚又粗，絕對不是體型小的獸類。這干老弱殘兵就算自己出去打獵，也絕不可能挑這麼大的獵物。

喬歐看著那塊火腿，陡然領悟。

「你們殺了路卡！路卡獵到一頭巨獸，你們就埋伏在一旁暗算他，搶了他的獵物，我說的沒錯吧？」他指著勒芮絲和醫生控訴。

「這是我們自己的獵物，沒有人搶你們的！」勒芮絲大喊。

「火腿還我！」瑪塔只擔心她的心肝寶貝火腿被搶走。

歐瑟眼尖，突然發現柴堆旁邊有一柄柴刀很眼熟。

「喬歐，這是路卡的柴刀！」他搶到柴堆旁，舉起那柄柴刀大叫。「你看刀柄這裡有個L的記號，這是路卡親手刻的，我一眼就認出來。」

梅姬幾欲暈去。當時一團混亂，他們埋了路卡之後，她回來收拾，在地上撿到一把柴刀，她以爲是營裡的，所以順手將它放回柴堆旁。天下的柴刀都長得一樣，從來也沒有人去注意那柄柴刀是不是他們的……

喬歐搶過那柄柴刀，對準醫生的鼻子厲問：「如果你們沒見過路卡，他的柴刀爲什麼會在你們營地裡？」

這個意外讓醫生和勒芮絲措手不及。

「我在森林裡撿回來的，我不知道它屬於路卡。」勒芮絲勉強說。

「放屁！妳以爲我是三歲小孩嗎？」喬歐大喝。

勒芮絲的背心突然有一種觸電般的感覺。

狄回來了。

她不必回頭就知道。

彷彿從他踏進營地的那一刻，一股神祕電流就從他腳底下的土地傳向她，再從她的腳底鑽上她的心田。

他回來了。原來她心底一直在期待他出現，她幾乎爲這個意念帶來的安全感而舒了口氣。

營裡的人全屏氣凝神。

每個人都知道飆風幫的人發現他的存在是遲早的事，可是兩方眞正碰面，他們才意識到衝突有可能多激烈。

每個人只是盯著狄移動的身影，深怕呼吸大一點都會驚破這片詭異的寂靜。

狄走路完全無聲，全身的肌肉如流水般滑動，蘊滿了力量，圍繞在他身周的氣場充沛而自制。他們彷彿看著一個懸崖邊的水澤，寧靜無波，可是一旦潰堤，就是驚滔駭浪的衝勢。

狄對緊繃的氣氛恍然不覺，甚至沒有多看喬歐一眼，他只是直直走到餐桌前，湊到那鍋燉肉旁吸了口氣，然後拿起空碗替自己盛了一碗肉湯，往板凳一坐，旁若無人地吃了起來。

艾拉從母親懷中擠下地，一溜煙鑽到狄身旁，緊緊捱著他坐定。

狄照慣例很兇惡地瞪她，大手卻自動拿過一個空碗，從自己碗裡倒了一塊肉和肉湯在那個碗裡，推到她面前。

艾拉看看他，再看看那碗肉，最後學他一樣拿起湯匙，兩個人自顧自地吃了起來。

「他是誰？」喬歐錯愕地盯著這個突然冒出來的陌生人。「是他殺了路卡嗎？」

「不是！」勒芮絲火速否認。

萊特大步走到餐桌旁，一腳朝狄和艾拉坐的板凳用力踹去。

「嘿！叫你呢！你是誰？」

艾拉嚇得叉子都掉了，緊緊抱住狄的手臂不放。

狄只是掏出手帕擦擦嘴，偏頭看了萊特的腳一眼。

「你再做一次，我就把那隻腳扭斷。」

他的語氣平淡得像在聊天一樣。

萊特一個不爽，右腳又是一抬。

狄抬頭盯住他。

萊特舉在空中的那隻腳僵住。

他的角度正好擋住狄的臉，喬歐他們不知道發生了什麼事，但勒芮絲不用看也知道。

她見過狄那樣子看人的眼神。

那不是一雙人的眼睛。當你被這樣的一雙眼對住，你腦子裡想到的是夜深人靜的叢林裡，突然在林間深處亮起來的兩抹綠光。

那是兇猛的大型狩獵者鎖定你的目光。那雙眼讓你知道此刻牠看著你，牠不是在看一個有生命物體，而是看著一塊肉。牠已經掌握了你的每個動向，牠只是在尋思要從什麼角度撲出來把你撕成碎片。

那雙眼木然、冰冷，沒有任何一絲屬於人類應有的溫度。當那雙眼睛的主人殺了你，他不會覺得抱歉。你正好在那裡，而他想知道撕開你是什麼感覺，就這樣而已。

萊特心中被恐懼填滿，這一腳竟然踹不出去，可是他不能在自己的同伴面前丟人。最後，臉孔漲紅的他轉身把那鍋燉肉踢到地上，然後假裝雄赳赳氣昂昂地走回喬歐身旁。

狄低頭看了那鍋被打翻的肉湯，他的午餐毀了。

他對艾拉一點頭，艾拉立刻一溜煙鑽回母親身旁。

「嘿！你！你最好跟我回去！」喬歐對狄叫囂。「勒芮絲，妳知道規矩，他若不跟我回去不會有好事，妳不想看見他變成下一個羅傑吧——」他突然咬住舌尖，好像不小心說溜了嘴。

勒芮絲一怔。

「下一個羅傑？爲什麼……」她喃喃道，眼睛漸漸睜大。「羅傑是你們殺的？你們殺了羅傑？」

「我、我沒有這麼說。」喬歐換上防衛的表情。

她倒抽一口氣，終於反應過來，突然衝過去對喬歐瘋狂地撕打踢抓。

「你們殺了羅傑，你們殺了羅傑！你怎麼可以這麼做？你這該死的傢伙——」

喬歐被她攻得措手不及，不曉得是心虛或怎地，竟然沒有反擊，只是東躲西躲地閃避她。

「我沒有殺他……不是我殺的……我說不是我殺他的！」他連忙把勒芮絲的手扣住。

「嘿！」兩個黨羽衝過來抓她。

「你這個混蛋！混蛋！你怎麼可以這麼做！他是你的朋友！羅傑是你們的朋友啊！你們竟然殺了他……」勒芮絲像抓狂的貓不斷地扭動踢打。

喬歐沒有還手，歐瑟想扣住她，卻被她的指甲抓出好幾條血痕，痛得嘶嘶直叫。萊特索性揪住她的頭髮用力往後甩，勒芮絲痛苦地叫了一聲，整個人被他甩出去，撞在一堵剛健強硬的胸膛上。

她分不清自己臉上是汗還是淚。

羅傑……

這些年來，他們一直以爲羅傑是爲了他們出去打獵而發生意外，他們是如此愧疚。原來！原來是羅納的人殺了他！

飄風幫殺了羅傑！

「他是你們的朋友……」她語音破碎。「他只是想幫助我們……你怎麼做得出來，喬歐？你這個惡魔！」

「不是我殺的！是佩卓殺了他，跟我沒有關係。」喬歐迴避她控訴的目光，只是堅持。

「那有什麼差別？你知道羅納和佩卓要他死，你完全沒有阻止，這跟你親手殺的又有什麼兩樣？」她憤怒地拭掉臉上的淚水。「我曾經以為你是你們三個混蛋裡唯一一個還有點救的，我錯了！喬歐，你和他們兩個一樣壞！我希望有一天你們通通死掉！和羅傑一樣痛苦地死掉！」

她用力掙開環住她的手臂，衝回木屋裡。

喬歐的臉一陣青一陣白。

「你們該走了！」醫生臉色鐵青地道。

「他呢？」喬歐指著狄不平地道。

狄聳了聳肩，語氣還是平淡得如聊天一般。「你可以跟羅納說，如果他想見我，他可以挪動他的屁股到這裡來找我。」

事情已經搞黃了，喬歐也不想久待，哼一聲轉頭就走。

「等一下。」狄突然說。

喬歐回過頭。

「我對誰殺了羅傑不感興趣，不過那鍋燉肉是我的午餐。」狄指了指地上那鍋肉。

「那又怎樣？」喬歐挑釁地道。

「浪費食物是不對的事，我要他把那鍋肉吃掉。」他指了指踢翻肉湯的萊特。

萊特臉色一變。

三人交換了下視線，毫無預警的，三人同時朝他攻過來。

所有旁觀者驚叫一聲。

狄的一雙腳甚至沒有離開原地。他抬起右拳迎向喬歐打來的一拳，屈起左腿迎向歐瑟踢過來的腳。拳對拳，腳對腳，喬歐向來引以爲傲的硬拳像擊中岩石一樣，歐瑟的小腿疼痛入骨，兩人同時倒抽了口氣。

狄的動作快如閃電，右手變招直接拍向喬歐的天靈蓋，喬歐閃避不及被他貼住，狄氣貫丹田，內力一吐，喬歐只覺得腦門好像被一支大鐵鎚擊中，眼前一黑，登時昏了過去。

料理掉一個。

狄的左手一個虛招擊向歐瑟的胸口，歐瑟連忙舉手擋格，狄的右手一模一樣的招式拍向他的天靈蓋，掌力一吐，第二隻暈了過去。

沒有人看清楚發生了什麼事，一切發生在短短幾秒鐘之間，他們只看到狄的手摸了他們兩人的腦門一下，他們就莫名其妙暈倒了，跟變魔法一樣。

「我敬畏的上帝啊——」七十多歲的歐巴老奶奶連忙在胸口畫十字。

他料理完兩個，萊特的雙拳才擊到，他回首扣住萊特的兩拳，萊特只覺得拳頭像是被兩隻老虎鉗夾住，痛得慘叫一聲。

狄傾身向他，陰森地低語：

「別再動我的女人一下。」

話一說完，喀喀兩響，萊特剛才甩飛勒芮絲的右臂和右手腕一起骨折。

萊特放聲尖叫，所有人不由自主地瑟縮了一下。

狄停也不停地右腳一踹，萊特的右腳踝脫臼，這下連叫都叫不出來，直接軟倒，正好撲在他踢翻的那鍋肉湯前。

肉湯混著泥土被踏來踏去，早成了一團泥漿。

狄彎下腰在他耳畔輕聲說：「吃掉。」

溫格爾清了清喉嚨開口：「狄……」

「住口。」狄只是冷冷地看他一眼，然後低下頭繼續對萊特道：「你吃不吃？」

他對付過太多像飆風幫這樣的人渣，即使他的大腦不記得，他的本能也記得。

這種地痞流氓自以爲天不怕地不怕，憑著幾分蠻力就橫行天下，其實對付起來再簡單不過。暴力是他們唯一懂的語言，所以對付他們，就要用他們懂的語言。

他們以暴力制人，你就必須以暴力制他們。

萊特痛得滿頭大汗，還是強硬地搖頭。狄二話不說揪住他的左手，喀嗒一聲扭斷他的小指。

「啊——」萊特尖叫。

有幾個女人已經受不了，躲回屋子裡。

「吃掉。」他平靜地說。

萊特現在不只是滿頭大汗，連眼淚都迸了出來。他抖著手抓起一團泥巴肉，卻無論如何都塞不進口中。

狄二話不說，喀嗒！扭斷他的無名指。

「啊——」

勒芮絲本來躲在屋中垂淚，被萊特的尖叫聲一驚，又衝了出來，沒想到一出來就看到萊特這麼淒慘的樣子。

「吃掉。」狄平靜地道。

萊特將斷掉的右手抱在胸前，抖著只剩下三根手指的左手撈起一塊肉勉強塞進嘴裡。塞了幾塊，他臉頰塞得鼓鼓的，半張臉上都是泥土肉汁，含在嘴裡吞不下去。

「吃掉。」狄平靜地折斷他第三根手指。

萊特嘴巴張開，半口肉掉出來，連叫都叫不出聲。

「夠了！」醫生實在看不下去了。

他沒有辦法忍受蓄意的暴力，即使對方罪有應得。他走過來將萊特脫臼的腳踝扭正，狄這次不再制止。

萊特倒抽口氣，差點被嘴裡的泥肉咽住，不過腳踝扳正之後，痛楚反倒減輕了。他不敢囂張，乖乖讓醫生幫他把每根斷掉的骨頭正位。

勒芮絲終於回去拿醫療箱出來。

醫生無聲地忙碌著，幫他的斷骨用板材固定好，回頭看了看地上昏迷的兩個人，對狄詢問地挑一下眉。狄聳了聳肩，走到那兩人身旁，足尖輕輕在他們天靈蓋一踢，兩個人「啊」的一聲一起醒過來。

「我敬畏的上帝啊——」七十多歲的歐巴老奶奶又在畫十字了。

「發生了什麼事？發生了什麼事？」喬歐跳起來，眼光一轉，看見萊特的慘狀，眼珠子差點掉出來。

「萊特，你怎麼了？」歐瑟大喊。

萊特恐懼地看狄一眼，嘴裡的泥巴肉還沒吞完，又不敢當著他的面吐出來。

「把這塊垃圾撿起來，滾。」狄平靜地指了指萊特。

喬歐頭腦再不靈光也知道這男人並不好惹了。他長這麼大，打過無數趟拳，還沒有人能三招內讓他昏過去。

這個神祕的男人能無聲無息把他們倆放倒，把萊特整治成這樣，就能對他們做出更大的傷害。

兩個人二話不說架起萊特，跌跌撞撞地往外走。

「喬歐。」狄在他們身後靜靜地喚。

三個人裡面最嚇的是萊特，他怕死了他們被叫住是又要吃什麼苦頭。

喬歐狼狽地瞪住他。

「記住，是我讓你們走的。」他平靜地道。

你們還活著，是因爲我讓你們走，我隨時可以改變主意。

所有人都聽明白他的言下之意。

三個男人連攙帶扶，火速離開醫療營。

5

「他真的說了！每個人都聽到了！」

「別再動我的女人一下。」瑪塔模仿狄的語氣說。

「噢，我的天啊！」勒芮絲呻吟一聲，嬌豔的臉埋進手中。

儲藏室旁，三個女人窩在一起竊竊私語。

梅姬的臉頰難得升起兩片興奮的嫣紅，笑得像個少女一般。

「每個人都聽到了。」瑪塔手肘頂了頂勒芮絲。

「我叔叔也聽到了？」勒芮絲垂死掙扎。

「醫生站得最近，妳說呢？」梅姬已經許久不曾如此開心過。

「我們根本還沒怎樣，他沒有權利這樣說。」勒芮絲不顧臉頰的熱燙堅持道。

「關鍵字是『還沒』。相信我，丫頭，我懂男人的眼神，妳一點贏的機會都沒有。」瑪塔對她曖昧地眨眨眼。

「我有預感，他很努力在改變現狀。」梅姬吃吃地笑。

勒芮絲嘆了口氣。

好吧！等她有空的時候，她一定要和狄先生好好談談關於低調的藝術。

自從那天的衝突之後，每個人表面上回復正常生活，不過他們心裡都知道，羅納派出來的人吃了這麼大的虧，遲早會帶人來興師問罪。

勒芮絲不曉得是不是因爲這樣，狄留在營區的時間變多了。

每當他出現，營裡的氣氛總是會有一些微妙的改變。

每個人的背都挺得更直，女人主動向他打招呼，男人沒話找話跟他說兩句，連畏縮的梅姬都主動問他要不要幫他洗衣服。

他的存在讓人自然而然產生安心的感覺。

更特別的是，艾拉喜歡他。

只要他的身影一出現，艾拉一定會立刻黏上去。無論他如何齜牙咧嘴、皺眉恐嚇，他的小影子就是不肯離開他，到最後他只能棄甲投降。

營裡最近的娛樂就是看他怎麼變身成暴躁大叔，再被一個小鬼頭收服。

現在想想，艾拉竟然是他們裡面第一個不怕他的人。

艾拉純稚的反應讓他們每個人都明白，無論他是不是一個危險的男人，他的暴力都不會用在他們身上。

勒芮絲可以抗拒任何肉體上的吸引力，但她抗拒不了一個對孩童溫柔的男人——雖然這種溫柔是用很兇惡的表情包裹。

看著那一大一小的身影，勒芮絲心靈深處有一個角落漸漸在軟化。

「木柴加進去了嗎？」柯塔走到她身邊。

其他兩個女人抿嘴一笑，霎時解散，各自去忙了。

「全加進去了，你要不要看一下？」勒芮絲掀開牆角的小灶門。

柯塔傾身觀察洞裡的火焰半晌，滿意地點點頭。

「這樣可以了。」

狄爲何徵用儲藏室的答案揭曉：燒窯。

是這樣的，勒芮絲現在才知道原來樹林裡砍下來的木頭不能立刻用。這種木頭叫「生柴」，水分太高，直接拿來蓋房子容易裂開或變形。

蓋瞭望塔和其他建設需要木頭，所有蓋房子的木頭都得經過乾燥處理，偉大的狄先生說他們需要一個烘木頭的窯。

一講到窯，柯塔的精神都來了。

「這個我幫得上忙。」他向狄自告奮勇。

「你以前是木匠？」狄皺起濃眉。

「不，陶匠，我是做花盆的。」柯塔愉快地道。

陶匠懂得燒陶。狄這個識貨人二話不說和他握手。

「歡迎加入。」

他們先把儲藏室的內牆塗上一層泥，把縫隙封死。由於儲藏室本來就是蓋來當廚房用，雖然灶台已經拆掉，可是外牆上留了一個灶孔。以前那個灶孔是爲了方便清理灶裡的灰燼，如今就成了現成的風門，屋頂的煙囪也被重新疏通過。

營地周圍的樹一一被砍下來，清出視野良好的空間，而那些砍下來的樹就是現成的材料。

勒芮絲本來以為他們接著就要開始烘木頭了，沒想到狄率著營裡的一堆男女老少，到森林裡挑泥巴回來。

「挑泥巴要做什麼？」眾人納悶。

原來那些泥巴是可以做成磚頭的黏土。

柯塔摸了摸那些黏土的質地，非常滿意，直誇這是燒磚的好材料。

「我們要自己燒磚？」醫生跟其他人一樣既喜且惑。

「磚頭不難製作，既然要蓋東西，乾脆把所有破破爛爛的地方一口氣修好。」狄聳了聳肩。

他和柯塔若真的能燒出磚塊，那就太好了。磚造屋無論如何都比木造屋堅固，又冬暖夏涼，醫生樂觀其成。

既然柯塔是燒陶專家，狄放心交給他去做。

整個醫療營的人全都動員起來。

柯塔教每個人如何調合黏土，如何切成適當的大小。他們的克難窯溫度無法和真正的窯相比，成品的硬度會打點折扣，不過有自己做的磚頭可用每個人已經很滿足了。

第一批磚頭進窯的時候，大家圍在門口歡呼，狄忍俊不禁。

勒芮絲想不起來上一回全員精神如此健旺是什麼時候。

柯塔非常慎重，全程監督到吹毛求疵的地步。

他體內的那個陶匠魂復甦了。

燒了十幾個小時，第一批磚頭燒好，不過還要放在裡面兩三天讓它冷卻。那幾天每個人都是笑開懷的，都期待著他們的磚頭可以趕快出爐。

勒芮絲看著每個人臉上的光彩，終於明白這些年來他們缺少了什麼。

他們缺少成就感。

人不能只是活著而已，那樣的生活跟行屍走肉沒有兩樣。

人活下去需要一個目標。如今他們的生活多了一個目標，而這個目標帶給他們成就感。

突然間，整個營地活了起來，即使最老邁的伊莉莎老太太都拄著拐杖，顫巍巍地幫忙擺碗筷，歐巴老太太幫忙洗菜挑菜，其他老人則幫忙清洗建築工具，整理接下來要修建的地方……再微不足道的小事都讓他們覺得自己有參與到。

是狄帶給他們這些。

他不只保護他們，提供他們食物，還給了他們一個目標。

她沒有想過有一天她會感謝那個他們從南邊拖回來的半死不活的流浪漢，此時此刻，她卻是眞心誠意地感謝。

第一批磚頭終於出窯了，每個人感動得熱淚盈眶。

柯塔眼角的淚光久久不去。他以前一直覺得自己沒用，無法爲大家做更多，沒想到最後他是最有用的人之一。

狄正好在出窯的時候回到營地，所有人不分男女老少突然衝過去抱他。

他嚇得兩三步飛到屋頂上，一副「我很貞烈你們想幹嘛」的表情，上屋頂的時候還不忘把身後的艾拉一起拎上去，超級講義氣。

勒芮絲當場捧腹狂笑，大家笑到眼淚都流出來，笑得他一臉莫名其妙。

他當然不明白他們在興奮什麼，連她都想不起來大家一起這樣狂笑是什麼時候。

這天，他們的第三批磚頭送進窯房裡。

「等這批磚頭出來應該夠用了。」柯塔把風門關上。「接下來我們就可以烘木頭了。」

他們燒出來的前兩批已經拿去砌新屋子的牆。

他們打算蓋一間大磚房做廚房、食堂和澡堂結合的公共空間，一間小磚房當醫生的辦公室，這樣勒芮絲她們的木屋就不用再充當辦公室了。

瑪塔最開心，以後她終於可以在室內煮菜，下雨時不用再被雨水濺濕，煮好的菜端出來的時候不用擔心天上掉下異物加菜。

等木頭也烘好，他們要用來蓋新屋子的屋頂，築另外兩座瞭望台，還要將現在的每棟屋子用通道連結起來，這樣雨季來臨時他們就不用再淋著雨去吃飯洗澡了。

如此的遠景，想想就覺得很美好。

「烘木頭和燒磚塊一樣嗎？」勒芮絲問。

「這我就不曉得了，要問狄才知道。」柯塔搔搔下巴。

「他在哪裡？」

「這裡。」

勒芮絲這一跳怕不有三丈高。

「不要再這樣嚇人了！」她回頭低吼。

在她身後無聲無息出現的男人沒什麼表情，眼底卻閃過一絲笑意。

「抱歉。」這個道歉一聽就沒有誠意。

「木頭不能放在太陽下讓它自己乾嗎？」她沒好氣地問。

他思考了片刻，點點頭。「也行，時間長一點而已。」

「多長？」

「兩年。」

「兩、兩年？」她撟舌難下。「……好吧！那用烘的呢？」

「兩周。」

「兩周？」她下巴掉下來。「不是像磚頭那樣幾天就好了嗎？」

「木頭必須低溫乾燥，烘得太急木頭會裂開。我們自己烘的乾燥度沒辦法像商業材那麼精準，不過應該堪用了。」他看一下前方的窯房。

好吧，兩周就兩周，總比兩年好。勒芮絲沈痛地嘆了一聲。

「嘿，小子！」

在旁邊做果醬的瑪塔丟了顆蘋果過來，狄頭也不回就接住，拿到嘴邊咬了一大口。

「這間磚房夠大，我們用井字型把木板一層一層疊上去，中間燒文火，應該一批或兩批就可以搞定，你覺得呢？」他問柯塔一句。

自己的意見被諮詢，柯塔與有榮焉地挺直背心。

「我想可以。只要排煙做得夠好，木頭不會留下太重的煙燻味。」

「嘿！你們想，可不可以順便燻一下我的培根肉？」瑪塔一聽到煙燻，眼睛都亮了。

「不可以！」三個人一致否決。

誰想一直住在煙燻培根味的木屋啊？

瑪塔嘖了一聲，窩回去繼續熬果醬。

「我去後頭幫忙砌牆，有需要再叫我。」柯塔拍拍他的肩膀，轉身走開。

狄盯著自己被拍的地方。

最近對他「動手動腳」的人越來越多了……

「嘿，小子。」瑪塔在另一口鍋子上翻炒花生，「謝謝你。」

「謝我什麼？」

「這一切啊！」瑪塔對整個營地一揮。「如果不是你，我們沒辦法做這麼多事。」

「不用謝我，我是爲了哄她跟我上床才做的。」狄啃了一口的蘋果往勒芮絲一比。

勒芮絲差點一口氣嗆死。

「你——你——你——」她面紅耳赤地瞄瑪塔一眼，超想劈了他。

「別擔心，我們都知道了。」瑪塔揮揮手。

「都……知道了？」勒芮絲目瞪口呆。

「他跟每個人都這麼說。」瑪塔愉快地翻著她的大鏟子。「跟他上床吧，勒芮絲。不過一定要表現好到讓他回味無窮，千萬別一次就沒戲，我們還需要他。」

狄愉快地同意，勒芮絲快昏倒了。

「你們在聊什麼？」剛整理完醫案的醫生好奇地走過來。

勒芮絲惡狠狠地瞪他一眼，警告他別在自己的叔叔面前亂說話。

「放心吧！醫生也年輕過，他知道年輕人的腦子都裝了什麼。」狄輕鬆地把剩下的蘋果啃完，舉手瞄準幾公尺外的垃圾筒，空心進籃，得分！

愛現。

「噢，原來在聊這個。」醫生馬上就明白了，怡然地點點頭。

爲什麼叔叔也……她要殺了他！她發誓她一定要殺了他！

「對了，狄，我可以借用一下你善於修理東西的長才嗎？」醫生頂了下眼鏡，笑瞇瞇地道。

狄做了個「請帶路」的手勢，兩人一起轉向他的辦公室。

勒芮絲想想不對，趕忙追了上去。

每天早上起床，她和梅姬都會將私人物品收拾整齊，不過她突然不確定她晾在窗邊的T恤有沒有收起來，內衣有沒有露出來……以前不覺得跟叔叔共用的空間有什麼不對，現在一想到狄要進去，突然間每件不能被他看見的東西都躍入腦海。

幸好，勒芮絲腦子裡擔心的那些事都沒發生。

除了醒來那夜觀察過環境，這是狄第一次踏進醫生的辦公室。

他非常訝異辦公室的醫療儀器竟然比他想像的更多。

超音波儀、心電圖、電擊起搏器，手術刀械和醫療器具，受限於空間之故，許多醫療器材互相疊在一起，他懷疑還有多少是能正常運作的。

這些儀器都需要吃電，而發電機需要吃油，汽油在這個時候是珍貴物品。營內的兩台發電機主要都用來做基本民生需求，如照明，抽水幫浦、電扇等等，每天限定時間啓動和停止，這些醫療器材可能都難爲無米之炊。

醫生很辛苦的把一台移動型超音波儀從重重障礙中搬了出來。

「這台超音波上個月還能用，有一天就突然壞了，你能幫忙看看嗎？」

「醫生，這些都是專業儀器，他會修嗎？」勒芮絲在一旁插口。

「他可以試試看。」那個「他」涼涼地說。

勒芮絲翻個白眼，狄對她露齒一笑。醫生覺得這兩年輕人的互動眞可愛，年輕就是好啊！

布簾突然被輕輕拉開，三人回頭一看，梅姬抱著睡眼惺忪的小艾拉怯生生地走出來。

「啊，妳們在午睡嗎？抱歉，我們移到隔壁去。」醫生連忙道。

「沒關係，艾拉已經醒了。醫生，我不曉得你現在要忙，眞是對不起。」梅姬有些不好意思。平時艾拉要睡午覺她們都會到隔壁的木屋去，只是因爲後面在施工，那間房子比較吵，她以爲醫生暫時用不到辦公室，才會帶女兒回來睡覺。

「沒關係，沒關係。」醫生忙道。

午睡剛醒的艾拉一看見狄，立刻鬆開媽媽的手黏上來。

狄照例對她齜牙咧嘴一番，完全無視的艾拉揉揉睏頓的雙眸，像隻黏人的小貓咪，可愛極了。

「去拿起子過來。」狄命令她。

艾拉看看一旁的工具箱，小手打開，抽出一支螺絲起子給他。

「十字的。」他兇兇的。

小手又換支十字頭的過去。

「她會認螺絲起子？」勒芮絲很驚訝。

「妳要以『非法僱用童工』逮捕我嗎？」狄防衛性地看她一眼。這小鬼老黏著他，甩都甩不掉，他索性支使她做一些遞工具的跑腿事。據某位女士的說法，這營裡不能養吃白飯不做事的人，他只是遵行她的旨意而已。

「嗯，我不曉得。」勒芮絲盤起雙手，很認眞地看著艾拉。「艾拉，他平時會讓妳服重度勞役、不給妳吃、不給妳睡，還鞭打妳嗎？」

艾拉很嚴肅地搖搖頭。

「妳可以跟我說實話，不必害怕唷！」勒芮絲對她點點手指。「如果他逼妳工作超過八小時又苛待妳，妳只要說一聲，我一定會重重處罰他。」

艾拉認眞地搖搖頭，漂亮的黑眼睛閃過一絲笑意。

「好吧！」勒芮絲莊嚴地看著狄。「艾拉願意爲你擔保，這次就放你一馬。」

狄咕噥兩聲，鑽回他的機器裡。

一台完整的超音波儀他沒幾下就拆光了，每當他使用完一樣工具，艾拉就伸手接過去，他要什麼她再遞給他，兩個人竟然合作無間。

勒芮絲看艾拉那認眞的小可愛臉，又疼愛又好笑。無論威猛的狄先生願不願意承認，他根本就是個天生的孩子王。

「這個線圈壞掉了。」狄研究了片刻，指了一個誰也不知道那是什麼的零件說。

「可以修嗎？」醫生連忙問。

「得找一個新的換上。」狄把機器再重新組裝回去。「不只超音波儀，井邊的那個抽水幫浦，軸心已經磨得差不多，再上油也撐不了多久，這些零件都需要找新的換上去。」

醫生和勒芮絲面面相覷。

「看來我得進城一趟。」勒芮絲尋思道。

「不行，太危險了！」醫生的臉色霎時一變。

「我們的汽油也快用完了，如果不趁飆風幫把城裡搜括乾淨之前搶一些回來，我們的電器最後都會不能用。」她對狄一點頭。「他再厲害也沒辦法變出替換的零件，醫生，我們得進城去。」

他當然知道姪女說的有道理，可是……醫生忍不住看了狄一眼。「這事得慎重討論才行。」

一堆儀器中有一樣東西吸引了狄的注意。

「你們有這個玩意兒？怎麼不早說！」他不敢置信地把那「玩意兒」從重重障礙中搬出來。

那是一台已經作古多年的無線電。除了主機之外，另外有一支對講機可以帶在身上，只是現在只剩下主機而已。

「那個東西已經壞很久了，不能用。」勒芮絲從他的肩後探頭看。

狄把整台機器搬到外面的露天餐桌，就著天光開始檢查。他忠實的小影子當然一起跟了出來。

他檢查了一下，發現電路板有幾個地方氧化了，電池也已經沒電。換一顆新電池，把氧化的地方除鏽之後再重新焊接，應該能繼續用。

「它的對講機呢？」他問。

「我有見過這東西嗎？嗯，好像不見很久了。」醫生揉了揉下巴。

「文斯洛醫生。」勒芮絲嘆了口氣，提醒他。

「啊！」醫生霎時想了起來。「文斯洛醫生離開的時候，帶了一支對講機在身上。他說他會沿路向我們報告狀況，如果外頭已經安全了，我們可以一起離開，結果……」

他們最後聽到的是他被咬死之前的慘叫。

「讓我搞懂一點：你們只有一台通訊設備，然後你們讓一個走了就不打算再回來的人帶走它的一部分？」

叔姪倆互視一眼，聳了下肩，對他點點頭。

這些人到底是怎麼活下來的？狄無法理解。

他們違反所有野外求生的法則，但是他們竟然還活著？祖墳冒青煙都不足以形容他們的幸運。

這一刻他終於相信了，這個世界一定有上帝，這是唯一合理的解釋！

「那個時候誰知道是什麼情況？如果我們知道自己會在叢林裡困一輩子，我們保證什麼東西都抱得緊緊的，再挖個洞藏起來。」勒芮絲白他一眼。

他無奈搖頭，盯著那台無線電半晌。

「你們說的鎮上在哪裡？」

太好了！醫生真是感動到想哭。狄如果願意親自走一趟，他就放心了。

「在往西約六十公里的地方，不過中間有許多崩塌斷裂的路段，要走到目的地大概要花上兩天。」

「好吧，我去。」他點點頭。

「我跟你一起去。」

「勒芮絲！」醫生驚叫。

「醫生，我們有太多東西需要補貨。離我們最近的『史哥多』應該被飆風幫的人搜括得差不多了，我們可能要再往前走到『莫洛德』去。」她告訴狄：「莫洛德是史哥多十公里外的另一個鎮。」她轉頭回來對叔叔說：「重點是，營裡缺哪些東西只有我最清楚，與其讓他們去一趟回來又東漏西漏的，不如我跟著去。」

「不行，太危險了！」醫生拚命搖頭。「狄精於冒險，讓他走一趟雖然辛苦，起碼他能照顧自己，妳是個嬌滴滴的女孩，如果出了意外怎麼辦？不然讓柯塔和他一起去。如果不是我很清楚自己的體力只會造成其他人負擔，我甚至願意自己去呢！」

「叔叔，我已經不是個嬌滴滴的女孩了。」勒芮絲靜靜地說。

醫生一楞。

他彷彿醒了過來，用全新的眼光看著他的姪女。他一直只記著她從小長大的模樣，實際上，勒芮絲在一個原始叢林裡克難地生活了八年，她早已不是那個甜美不知世事的小女孩了。

在他眼前的，是一個二十四歲、成熟又負責任的年輕女人。

「讓她跟著去吧！我不會讓她出事的。」狄開口。

醫生看看他們兩個，終於嘆了口氣。

「好吧，這一去起碼要五、六天，我們得準備好你們在路上吃的糧食和行李。」正在廚房喝水的柯塔聽見他們的對話，走了過來。

「你們在討論什麼？要去哪裡？」

「我們要去城裡，如何？有興趣嗎？」狄對他挑了下眉。

「好，我們還缺一些蓋房子的工具，正需要跑一趟，算我一份。」

他們商議一下，決定再找兩個人，五個人應該足夠把他們所有需要的東西扛回來。

「我、我去！」梅姬突然勇敢地站出來。

「梅姬，妳還有艾拉要照顧。」勒芮絲立刻表示反對。

梅姬咬了咬下唇，「我年輕力壯，能夠扛行李，請讓我幫忙。我……我不能只是躲在營裡什麼都不做。」

雖然形容憔悴，狄看得出她全盛時期一定是個極具姿色的女人。他想起勒芮絲說的：她也曾經勇敢而美麗。

艾拉繼承了母親的美貌，只有一雙濃眉略顯霸氣。

「你們在聊什麼？」瑪塔好奇地靠了過來，其他人向她解釋他們要進城，她馬上一拍胸脯。「那有什麼好說的？我當然非去不可！鹽、糖、香料……老薩爾多藏在他櫃子裡的那罈辣醬一定還在，飆風幫絕對找不到，我要將它搬回來。」

比起梅姬，體格粗壯的瑪塔實用多了。

最後瑪塔跟她交換工作，讓她在他們出門期間負責替大家煮飯。梅姬一聽鬆了口氣，總算有她派得上用場的地方了。

最後一個名額，他們找了男人中還算年輕的魯尼。

魯尼今年五十八歲，以前在學校當校車司機。他當初摔斷腿，付不起醫院的醫藥費，家人聽說叢林裡有外地來的醫生設了一個免費的醫療營，於是將他送到這裡來，沒想到因此而逃過一劫。

魯尼身材瘦瘦高高的，體力比外表看起來更好，雖然因爲當年的複雜性骨折而留下微跛的後遺症，一般行動倒是沒有問題。

明天就是四月了，每年四月底五月初叢林開始進入雨季，這一下要下到七月夏天來臨爲止。叢林一年四季均溫，勉強來說雨季就像它的冬天。因爲濕度高，早晚溫差大，一出門就濕冷冷的非常難捱。

木頭需要兩星期的烘乾時間，他們最近準備一下，趁這段期間去鎮上補給，回來之後木頭差不多出窯，加緊趕工，說不定可以在雨季來臨之前把營區蓋好。

計畫敲定之後勒芮絲卻憂愁起來。

「叔叔，如果我們出門之後，飆風幫又上門找麻煩怎麼辦？」

梅姬一想到上回勒芮絲和醫生他們不在，飆風幫的人做了什麼事，臉色立刻慘白，將女兒緊緊抱在懷裡。

「我留在這裡，他們不敢亂來。」醫生沈聲道。

「可是……」

「勒芮絲，我已經主持這個醫療營八年了，我相信我可以撐幾天沒有你們的日子。」醫生笑著說。

狄看了眼勒芮絲和梅姬懷中那張害怕的小臉蛋，隨口一問：

「妳要我殺了他們嗎？」

「……」

「……」

「……」

因爲他問得眞的太順口了，順口到好像在問「今晚要吃麵包嗎？」，所有人一時無法反應。

「……你一個人能殺得了他們嗎？」勒芮絲終於說。

「勒芮絲！」醫生連忙輕喝。

「你幹嘛兇我，提議的人是他耶！」她委屈地說。

「誰都一樣。」醫生又好氣又好笑。

「飆風幫總共有幾個人？」狄問。

「二十五個。」瑪塔回答。

醫生瞪她一眼，瑪塔吐吐舌頭，不敢再說話。

狄在心裡算了一下。

「大部分的人我沒見過，可能需要觀察幾天確定目標。我可以出發前先挑了羅納、佩卓、喬歐三個，群龍無首夠他們亂上一陣子。如果還是不放心，我找個他們都睡著的深夜，一個晚上應該能搞定。我們可以等我處理好之後再走。」

「……」

「……」

「……」

「……」

他說得如此閒話家常，再度讓所有人靜悄悄。

他真的打算殺了那二十五個人。

勒芮絲明白他不是開玩笑的。

重點是，所有人完全不懷疑他做得到。

他說起這件事完全沒有情緒，就像在討論今天的天氣好不好，正因如此才讓他的話聽起來更致命。

只要她的一句話就好。

有一個男人，只要她一句話，願意殺死二十五個跟他不相干的人。

她不知道該感動還是害怕。

不，她知道自己永遠不會怕他。

只是她稍微感受到，古代那些君王身旁的美女只要一句輕聲細語，就能搞得天地變色是什麼樣的心情了。

「不！我們不會平白無故殺死二十五條人命！」醫生斷然道。

勒芮絲鬆了口氣。

她經常在心裡詛咒飆風幫的人死掉，但從沒想過這件事可能成真。

說真的，如果讓她選，她不知道自己的決定會是什麼……

「好吧！如果你們改變主意，告訴我一聲。」狄聳了聳肩，到廚房拿了顆蘋果，施施然走開。

所有人好一會兒沒說話。

他們眞的在決定飆風幫的生死耶！這種事太不眞實了。

瑪塔清清喉嚨。「你們說，他剛才的話是認眞的嗎？」

呿！所有人對她翻個白眼。

這種問題根本不需要回答好嗎？

⚜

如果是狄自己一個人出門，基本上給他一把刀子他隨時能上路。

偏偏這一趟還有另外四個，其中兩個是女人，兩個是中老年，所以事前的準備就格外重要。

他們這一去短則七天，長則十天，營內要花時間幫他們準備路上的食水裝備，此外他們也得考量到，去的這五個算是營內最青壯的人力，勒芮絲非常不放心，希望能確保營內的存糧在他們離開之後不虞匱乏。

換在其他時候，狄會很不耐煩。這樣你幫我準備、我幫你準備是要拖到西元幾年？

不過她的要求是在被他圈在身體和一根樹幹中間提出，過程包含了許多的吻、愛撫、身體摩挲、交換口水等等，所以他沒有太抱怨。

他們兩人都心知肚明她和他上床只是時間問題而已，所以前面的這一段過程他就當作是前戲了。

最後他定下三天的期限，三天之後出發，回來正好趕上木頭出窯。

這表示這三天他得盡量進森林裡狩獵。

「不要再打太大隻的獵物，太危險了，打一些野鹿兔子之類的就行了。」勒芮絲擔憂地囑咐他。

她終於開始把他的安危放在心上，他樂於從命。

以前狩獵對他們如此困難，除了能力和人力的問題，另一個原因是他們幾乎沒有武器。

狄發現醫療營最接近「武器」的東西就是那些長長短短的柴刀、菜刀、開山刀，再加四柄斧頭，然後就沒了。

期待這群老弱婦孺擲飛刀、擲斧頭去殺山獅顯然是不切實際的事。他們提著柴刀要是追得上野鹿，他頭砍下來讓他們當球踢。

不過有他在，這些都不是問題。

他就算赤手空拳進森林，照樣拎著獵物回來。

狄拿著一柄開山刀走進森林裡，他的老相好主廚刀掛在他的腰上，被他當匕首使。

明天就是他們出發的日子，瑪塔跟他說，如果還有想獵的東西最好在下午前搞定，她出發之前得把所有的獸肉醃製起來，所以今天一吃完早餐他便進了森林。

老實說，營裡的存糧吃上一個月都綽綽有餘了，如果今天沒有遇到看得上眼的，他不打算再殺生。

背後一陣窸窸窣窣的聲音，他轉身等著。

片刻後，那片傳來窸窣聲的樹叢分開——

「嘿！」提默盯著停在鼻端一公分前的刀，連忙舉高雙手。「是我，是我，我不是壞人！」

「你在做什麼？」狄對他皺眉頭。

「你好，我是提默。我是探子，我在探路啊。」提默對他露出一個燦爛的笑臉，那個笑容被他腫到只剩一條縫的左眼破壞不少。

狄冷冷地收回長刀。「你的眼睛怎麼了？」

「噢，這個，沒事。羅納又問了我一次關於路卡腳印的事，我『照實』說了：我不是專業獵人，可能看錯了也不一定。羅納聽了不太高興。」少年渾不當一回事地聳聳肩，他聳肩的動作也有點僵硬。

不關我的事！狄轉頭走開。

「你就是把萊特痛揍一頓的那個人嗎？」少年亦步亦趨地跟上來。「太棒了！我跟你說，萊特那傢伙是隻卑劣的毒蛇，他想取代喬歐的位子已經很久了，他一直想說服羅納他才是更值得重用的人，羅納要他做什麼事他都肯做。」提默指指自己的臉。「我臉上有足夠的腳印證明我說得沒錯，這次他被揍成一團爛泥巴，眞是太大快人心了，連喬歐都不同情他！」

「你出來狩獵都這麼吵嗎？」狄頭也不回。

「噢，我不狩獵的，我只負責幫他們找哪裡有獸穴。」換言之，探路順便當活餌。

他在狄身後跟了一陣，話匣子又打開來。

「嘿！你是不是很厲害？我想你應該很厲害吧？你殺得了路卡，路卡是我們營裡最能打的人之一。你還在喬歐跟歐瑟面前把萊特打成那樣，他們回來都不說發生了什麼事，但我知道一定是你，醫生那裡沒有一個人這麼會打，太酷了！你爲什麼這麼厲害？誰教你的？你能不能教我？」

狄回頭看了他一眼。

提默被他冰冷的目光看得一個激凌。他從勒芮絲口中得知這個神祕的狄是醫療營的朋友，他和醫療營的人也是朋友，所以他自動一加一等於二地認爲狄和他也是朋友，現在他發現自己好像犯了一個錯誤，如果狄並不這麼想呢？

這可是一個殺了路卡，獨力打敗喬歐、萊特和歐瑟的男人，自己對他瞭解多少？如果他認定自己是另一個羅納的手下呢？

提默在他寒涼的目光下後退一步，吞了口口水。

「你覺得殺人很酷？」狄的嗓音和表情沒有任何溫度。

「我、我沒這麼說。我只是覺得，如果我像你這麼厲害的話，羅納他們就不能再揍我了。」他下意識摸摸自己腫起來的眼睛。「如果我像你這麼厲害，我就可以保護很多人。我可以保護醫生、勒芮絲、梅姬、艾拉……

「尤其是艾拉，如果我很強，羅納他們把她帶回來的時候，我就可以抱著她逃命，他們就沒有辦法把我用鍊子拴起來，然後欺負艾拉了。」他的眼神一黯。「我知道艾拉一定很恨我。當時佩卓和萊特把我痛揍一頓，羅納從我懷裡硬是搶走她，艾拉滿臉淚痕地伸出手，可是我沒有辦法救她……如果我夠厲害的話，我就能救她了。後來她都不和我說話，也不讓我靠近她，在她心裡，我一定和羅納他們一樣都是壞人。」

「……那小鬼本來就不跟人說話。」

「可是她會主動跟你說話，勒芮絲說你是少數可以抱她的人。」提默難過地道。

狄望著這個沮喪的少年。

人性眞是奇怪的東西。

回聲爆炸時提默頂多七歲吧？一個七歲的孩子，在那些飆風幫的暴力中成長，卻沒有跟著變成一個暴戾少年，反而擁有一顆熱血無比的心；而那些所謂的「善良老百姓」，卻任由兩個小孩在狼口中死命掙扎，成爲一群無聲的共犯。

他自己也是在動盪不安中長大，在他記得的片段裡，不乏戰場、廢墟、鬥毆或飛車追逐的場景，可是他不認爲自己是沒人愛的——

辛瑤光！

一張清麗絕倫的臉孔突然躍進他腦中。

他想起來了。瑤光是他師父辛開陽的師妹，他的師姑。她和她丈夫沒有小孩，所以他們這群孤兒就像她的孩子一樣。

一想起瑤光，他體內深處湧上一股溫柔的暖意。

瑤光就是他的母親。她總是溫暖地等著他，伸出雙手迎接他。他每次從危險的任務中回來，第一個去見的總是她，然後才是他的師父。

他是被愛的。

他沒有血親，但他有家人。

他有師弟妹，有師父，有師娘，有師叔伯，還有愛他的瑤光。

如果他死了，他知道有人會爲他傷心哭泣，甚至爲他報仇。

他的身後有人，但提默什麼都沒有。

是什麼讓這個孩子一直到現在都堅持著正直的信念而沒有被扭曲？

「你有親人嗎？」狄的口氣和緩了一些。

「本來有我爸，不過他在我十歲那年死了。」提默悶悶地道。

「怎麼死的？」

「他去鎮上尋找補給品的時候被噬人獸吃掉了。」提默道，「我爸總是說，溫格爾醫生是這座叢林裡最值得尊敬的人，叫我永遠不要忘記。」

「後來是誰照顧你？」他低沈地問。

「餐廳裡有飯我自己去吃，晚上睏了我自己找地方睡。後來有幾個鎮民會照顧我，讓我去他們家睡覺吃飯，只要我不替他們惹麻煩就行了。」

也就是說，如果他有麻煩，他們也不會爲他挺身而出。狄諷刺地勾一下唇角。

吼——

吼——吼——

「那是什麼？」提默驚跳起來。

聽起來是從很遠的地方發出來，很像某種高亢的獸吼。

無論咆哮的是什麼動物，牠的體型絕對不小，狄甚至感覺得到腳底下隨著每聲咆哮傳來的震動。

狄右手的開山刀射出，釘在一株異松離地約兩公尺的地方，然後提起內力輕輕一躍，腳尖踩在那柄開山刀上，往上彈去。他的左手抽出腰間的廚刀，釘在更高的樹上，腳再輕輕一點，如此交互使力，轉瞬間整個人已經飄上十幾公尺高的樹上。

「什麼鬼？」提默傻在原地，張口結舌地看著他。

他是人類嗎？

狄站在粗壯的樹枝上遠眺。

整片綠油油的叢林在他眼前展開來，約六、七公里遠的地方，一簇樹叢正劇烈地擾動。

吼——吼——

獸吼聲是從那陣擾動的中央響起來的。吼聲前半段聽起來像大象，尾音卻以獅吼收尾，什麼動物會發出這種叫聲？狄匪夷所思。

突然，一節直直長長的脖子從枝葉間抬了起來，頂著一顆三角形的腦袋。

「什麼鬼？」他跟樹下的少年一樣張口結舌，只是對象不同。

那是什麼東西？

恐龍嗎？恐龍復活了？

他目瞪口呆，那根長脖子又縮回去。

那應該不是恐龍，而是某種超大型的變種爬蟲類——說話回來，放大兩百倍的變色龍是不是可以算恐龍了？

他媽的這世界眞是莫名其妙！

他搖搖頭，不可思議地往下溜，提默在樹下已經迫不及待地奔過來。

「這一招太酷了，你可以教我嗎？」

狄離地還有五公尺，忽地——

咻！

一陣銀光直指他的胸膛而來。

所有的物理定律都說，物體在半空中無法改變方向。那根疾射的銀箭對準他的心臟，而他無力迴避。

「不——」提默狂吼。

物理定律錯了。

發現這個定律的人不認識他。

狄暴喝一聲，氣貫丹田，雙臂從肩到指關節劈劈啪啪一陣爆響，他使出十成的功力往樹幹拍去。這一掌貫注了他全身功力，掌風幾乎硬如實質，被擊中的樹幹立刻爆裂，木屑紛飛。如果有人把這一截樹幹劈開，他們會發現樹皮下的經絡已經寸寸斷絕。

他順著這一掌的反作用力斜刺而出，避過了那一箭的來勢，反手將箭撈在手中。

提默在樹下看得頭暈目眩，只見他輕飄飄在空中轉了一圈，手在松樹枝一攀，輕輕巧巧地落在地上。

林間一時無聲。

狄冷冷地盯住箭射出的方向。

一聲輕笑，佩卓撥開樹叢走了出來。

電影裡最常見的街頭惡霸：一頭油膩膩的頭髮，皮背心皮褲，肌肉結實塊壘，目露凶光，兩隻露出來的臂膀佈滿刺青，巴不得人家不知道他是壞人——佩卓就完全長這個樣子。

佩卓和他年齡相仿，一七八公分左右，卻有著拳師狗一樣的體格，一柄殺傷力十足的獵弓執在手中。

「佩卓，你差點射到人！」提默連忙上前大叫。

佩卓漫不在乎地將他推開。「我看見有東西從樹上溜下來，以爲是松鼠，抱歉。」松鼠哪有這麼大隻？提默只敢怒在心裡。

「不妨。」狄微微一笑。

另外兩個跟佩卓形象差不多的同黨從後頭跟了出來。狄深深爲「地痞流氓」的角色可以如此具象化而感到驚異，如果附近有人在拍黑幫片，眞的不愁找不到臨演。

他們三人在左邊肩頭的交界處都有相同的刺青：一條蜿蜒的龍纏繞著一顆骷髏頭，骷髏頭的嘴角滴出一滴鮮血。

喬歐他們身上也有同樣的刺青，看來這是飆風幫——不，是「飆風騎士」——專屬的圖騰紋身，這樣他要認人就方便多了。

「你爬樹的那一招滿炫的，」佩卓指了指他滑下來的異松。「你一定練過體操吧？聽說東方人體操都很厲害，你們說呢？」

「安可、安可！」他背後的兩個黨羽吹口哨叫囂。

狄垂下眼，斂去眼中的殺意。

「喬歐說你過去幾年一直和那群骯髒的土著住在深林裡？」佩卓又回頭問他兩個黨羽：「你們不覺得很奇怪嗎？一個亞洲人千里迢迢跑到南美洲來，卻躲在森林裡跟一群土著住在一起？」

「那些野人裡說不定有他的體操老師。」其中一個黨羽嘲笑。

「學體操的人都是娘娘腔，他看起來很娘娘腔。」另一個黨羽手在胸前圈成一圈，開始跳起芭蕾舞。他們知道芭蕾舞和體操是不同的東西吧？

狄嘆息。看來他眞的淪落了，對手只剩下一群白癡。

「他會的不是體操，是功夫。」提默咕噥。

「『功夫』啊？」佩卓露出一副恍然大悟的樣子。

「啊喳——啊喳——」後面那兩個小丑開始毛手毛腳地比畫起來。

「你們演得還不錯，有沒有考慮過走演藝路線？你們會是很成功的丑角。」狄很善良地告訴他們。

兩個小丑一僵。

「他媽的你說什麼？」一個黨羽不爽地朝他走來。

「嘿，嘿，不必這樣吧？」提默趕快擋在那個人面前。

「你這小子吃的苦頭還不夠是不是？」那個黨羽一把推開他的腦袋，另一個人把他拎起來往旁邊摔。

狄只是低眸把玩手中的那支箭。

提默本來以爲他對佩卓的挑釁會大開殺界，沒想到狄無動於衷，他不禁有些失望。

不過想想也是，現在是三敵一，陰狠毒辣的佩卓一看就不是好惹的，另外兩個人也沒簡單到哪裡去，任何人都會選擇先明哲保身。

「聽說路卡是你殺的？」佩卓走到狄面前，嘴巴的臭味直接噴在他臉上。

狄盯著眼前猥瑣的臉孔，想了兩秒鐘。

算了，出門在即，先不要惹事，回來之後有的是時間。

「我問你話沒聽到嗎？」佩卓不知道自己的生命在這兩秒間失去又撿了回來。

「路卡做了什麼會讓他被殺的事嗎？」狄悠閒地反問。

佩卓的眼眸一瞇，輕輕哼了一聲。

出門前羅納有交代，先不用去動醫療營的人，等他們自己的事處理好再說。算這小子運氣好！

「你知道我對你那種猴子戲法有什麼看法嗎？」佩卓咧出一口不整齊的牙齒，「我認爲猴子戲法就是給猴子耍的，一點屁用都沒有，再厲害的功夫也比不過我手中的這把弓。」他揚了揚手上的弓。

「佩卓，你應該多刷牙，這會改善你的人際關係。」狄給他一個善良的建議。

佩卓的眼中掠過殺機。

「別怪我沒警告你，沒有人可以動我們的人而不必付出代價。」他陰狠地道。

「這個警告對兩邊都適用。」狄微笑，笑意卻沒有進到他眼底。

「走。」佩卓對兩名手下一揮手，轉身就走。

兩名小丑揪著心不甘情不願的提默一起離開。

「嘿！」狄叫住他們。

佩卓不耐地回過頭。

「你不要你的箭了？」狄懶懶地問。

佩卓巴一下提默的腦袋，「去拿回來！」

提默按著後腦，嘀嘀咕咕地走過來。

狄不等他走近，食指按住箭尾，往地上一壓，然後一整根箭慢慢沒入土裡。

那根箭的長度是七十五公分。提默不知所措地瞪著地面上的小洞，佩卓和那兩個小丑的臉色難看到極點。

狄不理他們，轉身離去。

6

動身的那個清晨，天氣十分濕暖。

他們破曉就出發，狄在前頭開路，勒芮絲走在他身旁，瑪塔和魯尼走中間，柯塔殿後。

這座叢林像是活生生的生命體，每個呼吸、每個脈動都造就了這整片神奇的祕境。

他們要走的路被掩蓋在茂密的草木下，基本上「路」根本是不存在的，他們必須用開山刀一步一步闢出一條路來。狄甚至相信，等他們回程的時候，叢林旺盛的生命力已經讓草木又長回來，他們可能還得再開一次路。

他幾乎可以看見蜿蜒的莖藤在他眼前一寸寸地生長……慢著，那根藤蔓眞的在他眼前一寸寸生長！

他瞪著從他眼前爬過去的綠藤。

「變形草。」勒芮絲告訴他。「它是含羞草家族的變異種，不會咬人的。」

「……」

爲了取信於他，她甚至觸碰一下那根綠藤，那綠藤果然火速縮回去，然後裝死不動。

「看，它怕你比你怕它更多。」

「……我不怕它。」他防衛地看她一眼。

勒芮絲聳聳肩，一副「隨你怎麼說」的表情，瑪塔在她背後偷笑。

他或許以爲他們的行進速度很慢，其實勒芮絲很清楚，這個速度已經比他們以前進城快了一倍。她和其他人拚命砍好幾刀才砍得出一個三十公分的空隙，他隨手一劈就劈出一個洞來。

依照這個速度，他們很可能明天早上就能踏上公路的柏油路面，有他在眞的滿好用的。

瑪塔在後面開口：「我先說，我愛醫生，我愛艾拉，我愛梅姬，我愛醫療營的每個人，不過——」

「偶爾能出來透透氣還是很好的。」魯尼幫她接完。

所有人都笑了起來。

中午時分，他們找了個空地坐下來吃飯。

「爲什麼到現在我都沒有遇過你們說的噬人獸？」狄問。

「因爲叢林太裡面的地方沒有，要外圍一點才有。」勒芮絲告訴他。

「爲什麼？」

「因爲噬人獸大部分都在荒蕪地帶啊！要靠近荒蕪地帶比較容易撞見牠們。」

「沒錯，那些城鎭比較靠近外圍，曝露在噬人獸的掠食範圍裡，所以進城才會這麼危險。」魯尼點頭。

「牠們自己不會跑進叢林？」他不解。

「不會啊，你完全不知道噬人獸的天性嗎？」勒芮絲驚奇地看著他。

「……歡迎開示。」

「可是我們每個人從小就被教導……噯，算了。」她驚異地搖搖頭，開始為他上一堂噬人獸一〇一。「地理問題當然是原因之一，主要還是因爲噬人獸的特性：牠們沒有大腦。」

「沒有大腦？」狄很難想像沒有大腦的大型掠食動物是什麼樣子。

「應該說，牠們沒有一個完整的大腦，只有一個類似腦的不完全結構。雖然牠們的身體長得很大，牠們的腦結構大概只有一顆拳頭大小。」勒芮絲伸出一顆拳頭。「這麼小的組織只能負責最基本的生理運作：呼吸啦、心跳啦，嗅覺聽覺視覺啦。牠們沒有記憶力和智慧，只有最基本的生存需求。牠們只知道肚子餓了就吃，發情期就找母獸交配，可是牠們沒有哺育的本能，所以小噬人獸一出生就利牙利爪全副武裝，出生後兩小時就有獵食能力。總的來說，噬人獸只保留最基本的生物本能，這也是牠們如此危險的原因——牠們一旦攻擊人就不會停止，直到獵物被牠們吃光爲止。」

「像僵屍。」狄下個結論。只除了僵屍不用交配。

「可以這麼說，不過噬人獸死掉就死掉了，不會再活回來。」她眼中有沈靜的笑意。

「牠們不會像僵屍病毒一樣傳染吧？」謹慎起見，狄覺得還是問清楚比較好。

「你是指，被牠們咬到會不會變成噬人獸？答案是不會的。你被獅子咬到會變獅子嗎？」勒芮絲有點好笑。

瑪塔趕快喝口水掩飾笑聲。

「謝了。」狄乾乾地道。「我下次遇到獅子再問問牠。」

「不過噬人獸的唾液有強烈的毒性，叔叔說，牠們的唾液像科摩多巨蜥，有各種頑強的細菌，但是比科摩多龍（巨蜥）更毒上幾百倍，其中幾種超級細菌連最強效的抗生素都殺不死。」勒芮絲警告他，「你記得營裡的洛道夫嗎？」

狄點點頭。洛道夫是個七十二歲的老人，只剩下一隻手。

「洛道夫的右手就是因爲被噬人獸咬了，醫療營裡沒有足夠強效的藥物，醫生只好把他的右手切除，以免送了他的命，所以無論如何都不要被噬人獸咬到，知道嗎？」她慎重警告。

「咬到會死，瞭解。」

「噬人獸沒有智慧，不會認路。我們以前對付噬人獸的方法，就是把牠誘進森林裡，牠們會不斷在樹木之間碰撞打轉，繞不出來。」柯塔說：「以前的叢林生存圈位於叢林中間，也就是有一半的叢林擋在它和北方的荒蕪大地之間，噬人獸進不太來。不過牠們的聽覺和嗅覺很好，偶爾有一、兩隻會追著獵物的味道跑進叢林，如果只有一、兩隻，我們遇到了比較容易對付。」

雖然叢林本身就是個危險重重的地方，但它也擔起了保禦的責任，自然界相輔相成的定律在此展現無疑。

「回聲爆炸之後，擋在荒蕪地帶和生存圈間的叢林燒毀了，沒被燒死的噬人獸大舉入侵。就算有些倖存者逃過爆炸，也沒逃過蜂湧而來的噬人獸，我們才會往更深處的叢林撤退。」瑪塔說。

「所以，醫療營的營地最初不是在現在這裡？」他問。

勒芮絲搖搖頭。「我們在半年內撤退了兩次，第三次才在現在的地點落腳。」

難怪。

狄想過爲什麼醫療營會在離城鎮幾十公里處，這樣對求診的人不是很不方便嗎？現在終於得到解答。

他對噬人獸越來越好奇了，他那沒個正經的師父如果知道世界上有一種怪物，不長腦子又愛吃人，一定巴不得親自來看看，說不定還會想抓幾隻回去養之類的。辛開陽大概是世界上最好事的男人。

「走吧！」他看大家都吃完了，收拾一下東西起身。「我們再走幾個小時，今天就差不多了。明天再走半天，應該能在中午到達目的地。」

❦

到了下午，另一個噬人獸進不了叢林的原因橫在他眼前——

一道寬五公尺、深一百公尺的斷崖將整片叢林切成兩半，就算噬人獸真能闖到這裡，這道斷崖也能將牠們隔在另一邊。

狄站在邊緣往下看，沙石從他腳邊窣窣往下滑。

下面是荒蕪乾涸的谷地，只長了稀薄的灌木叢。谷底有不少形狀詭異的骨骸，也不知是摔下去的，或是被谷底出沒的野獸吃掉。在這滿眼濃綠中，這道枯谷顯得格外突兀。

「我們搭了繩橋，平時垂在山谷間，有需要時才會拉上來，」勒芮絲拍拍他肩膀。「來吧！繩橋在這頭。」

狄讓她帶路。他們沿著斷崖走了三十公尺，她所說的繩橋便映入眼廉。

那繩橋是就地取材做成的，由三個部分構成：腳踏板和左右各一條扶手用的粗索。繩橋兩端用極粗的U型鐵環固定在岩石上，平時整座繩橋放得很長，讓它垂在半空中，如此就算有噬人獸闖到這裡，也無法從繩橋走過去。等到人要走的時候，只要把繩橋拉緊，橋面就會升上來，走過去之後用力一抖，固定的活結鬆開，橋面就又降下去了。

雖然看起來有點危險，卻不失爲一個聰明的設計。

「羅傑做的？」狄看那手法心裡就有了底。

「嗯。」勒芮絲輕輕一點頭。

「我欣賞他，他如果還活著，我們應該會成爲朋友。」

「你們不會。」勒芮絲的臉龐浮現一絲笑意。「你們兩個都是習慣發號施令的男人，光是討論誰當老大就可以讓你們吵很久。」

「有道理，更何況我們看上同一個女人，遲早有一天要打得你死我活。」狄搓揉下巴。

勒芮絲臉紅地瞪他一眼，瑪塔「噗」的一聲笑出來。

狄拉了拉繩橋確定它的堅固性。這種藤蔓韌性十足，不怕風吹雨打，羅傑果然是個識貨的。

「好了，我先過去。」他固定好繩橋後說道。

「不，我和魯尼先過去，這橋一次能走兩個人不是問題，兩位女士走中間，狄你斷後。」柯塔主動說，總不能每次都讓他打前鋒。

雖然過了斷崖就進入噬人獸的領域，不過牠們應該進不到這麼深的地方來，狄想了想便同意了。

柯塔先過橋，走到三分之二處魯尼再踏上去。柯塔到了之後，回過頭等他的同伴。

魯尼走到三分之二處，瑪塔接著踏上去。

狄站在勒芮絲後面，注意到她的手不斷反覆握拳再放開，很緊張的樣子。

「妳一個人可以嗎？」他在她耳畔問。

沒事，別看下面，別看下面。妳爬過樹屋，這斷崖只是比樹屋高了那麼一點點點點而已。勒芮絲拚命深呼吸。

「沒問題。」

「妳怕高？」他饒有興味地問。

「誰、誰說的？」她只是怕那種左右兩邊沒有依靠，稍微踩歪一點就會摔下去的高，樹屋起碼還有一片平台撐著她。

「放心，我跟在妳後面，不會有事的。」狄安慰她。

不要浪費大家時間了，走！她深吸一口氣，壯士斷腕地踏上橋面。

她兩隻腳發著抖，終於走到橋的一半，隱隱感覺身後一沈，知道他也踏上來了，她的心稍微一寬。

她走到三分之二處，那端的瑪塔和柯塔已經鼓勵地伸長手等她。她露齒一笑，踏出下一步——

劇變陡生！

繩橋突然從柯塔身後的U型鐵環鬆脫，勒芮絲連人帶橋在他們眼前消失。

「勒芮絲！」瑪塔尖叫。

勒芮絲甚至來不及尖叫，只能閉上眼睛。

完了。

一道龐然黑影從她身後撲來，勒芮絲只覺得自己整個人像飛了起來，「啪」的一聲撞在堅硬的山壁上。

她肺腔裡的空氣全被擠了出去，粗喘一下，狄熟悉的味道從她背後包覆過來。是他。

他堅硬的鐵軀緊貼著她，將她壓進山壁裡。他又救了她！

他雙掌雙足深深插入岩壁裡，用自己的四肢將他們兩人牢牢釘在山壁上，整副身軀變成一張罩住她的安全網。

啪！鬆掉的繩橋打在他們背後的山壁上，驚起一陣飛鳥。

她還活著。

她的心臟跳得飛快，不敢相信自己竟然還活著。

她不知道他是怎麼做到的。繩橋鬆掉的那一刻，他突然一躍而過，吞噬他們之間的距離，及時抓住了她。

他臂上的肌肉一股股暴起，顯然施盡全身力氣，兩人凌空懸在一百多公尺高的斷崖中間，只靠他的掌尖和足尖固定。

谷風獵獵咆哮，她的襯衫被冷汗濕透，涼進了骨子裡。

「勒芮絲？勒芮絲？勒芮絲！」

「狄！」瑪塔和柯塔在他們上頭狂叫。

「妳還好嗎？」他的聲音平靜得超乎現實。

「嗯哼……」她用力吞嚥，不敢張開眼睛。

「勒芮絲，狄，你們在哪裡？」其他三人淒厲的呼喚持續從他們頭頂傳下來。

不知是誰站得離崖邊太近，一陣沙子當著他們的臉撲下來，狄甩甩頭，低咒一聲。

「退後，我們沒事，不要再往前了！」

瑪塔一聽見他的聲音腳都軟了。感謝上帝、耶穌基督、聖母瑪莉亞、聖子聖靈和所有她想得到的神靈！

勒芮絲完全失去思考能力。她會跌下去，她會跌下去，她會跌下去……

「勒芮絲？」他低沈的嗓音在她耳畔響起。「勒芮絲！」

「嗯……？」勒芮絲的大腦終於從一堆祈禱文跳出來。

「我需要妳幫我一個忙，妳能爬到我背上嗎？」

「爬……爬到你背上？」

「我現在不能移動，所以妳必須幫助我們兩個，移到我的背上去。」

「我……我……」她吞了口口水，只能緊緊巴著岩壁，動都不敢動一下。

「嘿，寶貝，看著我。」狄的語氣十分溫柔。勒芮絲終於勉強睜開眼睛，微微轉動脖子看他。

「我不會讓妳跌下去的。」狄深深望進她眼底。「我還沒和妳上床，怎麼能讓妳死？相信我。」

她當然相信他。她只是太害怕了，他們掛在懸崖中間耶！

「嗯……」她嚥了口口水，「我相信你。」

「好，現在慢慢把妳自己挪動到我的背上。」他的姿勢有點像一隻超級大壁虎，四肢攀在壁上，右腿是彎起來的。「踩著我的右腿慢慢挪過去。放心，我會抓住妳，我不會讓妳掉下去。」

勒芮絲，妳不是才剛跟叔叔保證妳不是一朵脆弱的小花嗎？

不服輸的本能終於激發她的求生意志，她閉上眼睛先深呼吸兩下，擊退體內的恐懼。

她的右腳踩在他屈起來的大腿上，右手扣住他的右臂。他硬邦邦的臂肌有如鐵條，讓她稍微安心一點，她一寸一寸地從他的腋下鑽出來。

可是爬到他背上更恐怖。被他壓在胸前起碼還有他的身體遮擋，一旦爬到他的背上，她等於整個人懸在一百公尺的高空中。

勒芮絲不小心往下瞄一眼，眼前又開始轉圈圈。

「妳做得到的，寶貝，加油。」他柔聲鼓勵，「爬到我背上，抱緊我。每個男人都希望女人死命貼緊他們，尤其是身材像妳這麼好的女人，這是男人夢寐以求的天堂，讓我滿足吧！」

她又笑又嗆了一下，不曉得該掐死他還是抱住他。他全身繃得如一塊鐵板，可是他依然用輕鬆的語氣想卸除她的恐懼。

勒芮絲覺得自己一定要振作，她不能再軟弱下去！

她一寸一寸移動，終於成功把自己移到他的背上，雙手緊緊箍住他的脖子，雙腳能圈多緊就圈多緊。

「準備好了嗎？」他問。

準備什麼？

她還來不及問，突然間，他們兩人飛了起來。

「啊——」勒芮絲終於發出她晚一拍的尖叫。

輕功素來不是狄的強項。

在他們師兄妹裡，輕功最好的人是他的師妹安，他的輕功只是靠精純的內力支撐而已，可是這樣就夠了。

「壁虎游牆功」與其說靠的是輕功，不如說靠的是內力。他師父懶洋洋的嗓音在他腦中響起。輕功好的人如果內力不足，時間長了一樣會慢下來，反而跑不過內力精純但輕功弱的人。「開陽神功」走的是剛猛路子，乍看與輕身功夫完全相反，其實萬變不離其宗。只要你的內力夠精純，壁虎游牆功使起來依然如魚得水。

這是以長補短的道理。

他的輕功不足，但是他的內力是師兄妹之中最深的，甚至比法蘭克——他師父的親生兒子——都要好，開陽神功的第一傳人是他！

熟爛在胸的「開陽心訣」已經刻印在他的大腦裡，即使失去記憶都不能抹滅掉它的存在。

他提氣在胸，依心訣運息，四肢在岩壁上一個借力，整個人揹著背上的勒芮絲平平往上移了一公尺，然後四肢箕張，「啪」的一聲，再度戳入堅硬的石壁裡定牢。

勒芮絲已經嚇得頭暈眼花，只能緊緊閉起眼睛，什麼都不敢看。

他們與上方的距離不斷縮短，二十公尺，十九公尺，十八公尺，十七公尺……

上頭的人完全看不到發生了什麼事，只聽見「咻——啪！」、「咻——啪！」、「咻——啪！」的聲響，離他們越來越近。

柯塔趕緊接過魯尼遞給他的繩索，往崖邊拋了下去。

距離崖邊十公尺時，累得滿頭大汗的狄已經幾乎碰到他們拋下來的繩索。

「勒芮絲，狄，你們搆得到繩子嗎？」柯塔在上面大喊。

「會不會不夠長？」瑪塔焦急地在旁邊問。

「勒芮絲，妳抓得到繩子嗎？」狄平穩地問著他身後的女人。

「還差一點點。」勒芮絲抬頭看了一下。

狄運氣再往上游了一公尺。

「抓到了！」勒芮絲大叫。

「好，妳把繩子綁在自己腰上，叫他們拉妳上去。」

「那你呢？」她焦急地問。

「我就在妳後面，別擔心。上去之後叫他們退後一點，別擋在邊緣。」

勒芮絲知道在這個時候婆婆媽媽只會造成他的負擔，立刻照著他的話做。

繩索綁好之後，她仰頭一喊：「我好了，拉我上去！」

她腰間的繩索一緊，上頭響起三個人「嘿咻、嘿咻」的聲音，她慢慢被吊離他背上。

幾分鐘對她而言卻像永恆，勒芮絲終於回到崖頂。

「慈愛的天父啊！耶穌基督，聖母瑪莉亞保佑。」瑪塔迫不及待地衝過來抱住她。

「狄叫我們讓開一點，他要上來了。」勒芮絲迫不及待地說。

眾人一聽，趕快往後退。

可是他要怎麼上來？

沒有人搞得清楚，連親身經歷過的勒芮絲都不太敢確定。

「咻——啪！」、「咻——啪！」的聲音又響了起來。背上少了她這個負擔，他的節奏明顯快了許多。

勒芮絲現在只求他平安上來，回到她身邊。

她無法承受他變成另一個羅傑，她還有很多話想跟他說。

咻——

一道如鷹展翅的黑影從邊緣掠過，輕輕巧巧落在他們面前。

狄慢慢站了起來，神威凜凜。

沒有一個人說得出話來。

狄沒等他們回過神，自己走向鬆脫的鐵環前，沈吟看了半晌。

「哈！」瑪塔是第一個反應過來的，衝過去給他一個重重的擁抱。「小子，我不知道你是誰，爲什麼會做這些神奇的事，我只感謝上蒼讓你存在。你救了我們的勒芮絲，我們所有人都欠你一次。」

柯塔跟著衝過來，又是拍肩又是握手又是擁抱。

狄的臉上又出現那種「我很貞烈你們想幹嘛」的表情了。

勒芮絲什麼都沒說，輕嘆一聲，額頭靠在他的胸口，一動不動。

狄臉上浮現隱約的笑意，輕撫一下她柔嫩的臉頰。

「有人把鐵環挖鬆了。」魯尼跟他一樣檢查過U型環後，做出結論。

「眞的，你們看，這裡有挖鑿的痕跡。」柯塔憤慨地道：「這是人爲破壞，分明想害死人嘛！」

「為什麼有人要做這種缺德事?我們又沒和誰結下深仇大恨。」瑪塔怒道。

「飆風幫。」勒芮絲的神色一硬。

「可是他們進城的路線和我們不同,他們有自己的通道,為什麼要特地過來破壞我們的繩橋?」瑪塔氣憤地說。

「就是因為他們有自己的通道,所以才破壞我們的繩橋。」狄冷冷的。

一股強烈的忿怒從勒芮絲的心底升起。「他們不希望醫療營的人進城和他們搶補給。」

所有人頓時咒罵起來。

「走吧!要算帳不急在一時,反正我們已經過來了,回去再另外想辦法。」狄說。「太陽開始下山了,我們得在天黑前找一個適合過夜的地方。」

魯尼摸摸下巴,後知後覺地發現剛才好像發生很了不起的大事。

「哇,你好厲害。狄,你是變種人嗎?」

「我不是變種人。」

狄用樹枝翻動營火。

瑪塔轉動營火上的兔肉串,油脂滴進火裡,「滋」的一聲發出誘人的香氣。她灑上鹽巴,分給每個人一串,所有人配著他們的麵包吃了起來。

「我可不那麼確定。」瑪塔啃了口兔肉串斜睨他。「說不定你是實驗室做出來的,只是你自己不知道。」

「……請問，如果我是實驗室做出來的，我自己爲什麼會不知道？」

「他們要放你出來之前一定會把記憶洗掉。」柯塔還記得他年輕時看過的那些科幻電影。

魯尼一彈手指。「啊！這說不定就是狄剛來的時候一點記憶都沒有的原因。」

所有人恍然大悟。

「我不是變異種！」狄又好氣又好笑。「任何人只要有一個厲害的師父，都能做到我做的這些事。」

「叔叔確實說過，人類沒有出現異種。」勒芮絲說，「如果狄是變異種，他應該跟其他異種一樣從外表就看得出來，例如變成一個三百公分高的巨人。」

「誰知道那些瘋狂科學家是怎麼想的……」瑪塔不怎麼信地咕噥。

狄啼笑皆非。

再扯下去他們就要把他擺到新奇博物館了，如果叢林裡有「博物館」這種東西的話。

他把營火撥得更旺一些。「好了，我們明天一早動身，今晚輪班守夜吧！」他看一下腕錶。「魯尼，你值第一班，十點到半夜一點。我值第二班，一點到四點，柯塔，你值四點到早上七點那班。」

通常輪班守夜，值中間班的人是最辛苦的，他排給自己。

柯塔聽了搖搖頭。「今天什麼都靠你，你已經太累了，我和魯尼是老人家，不需要太多睡眠，我們兩個人就可以了。」

「喂，別瞧不起女人啊！」瑪塔抗議，「算我一份。勒芮絲今天嚇得夠嗆了，今晚妳和狄都休息吧！」

狄想了想，反正他睡得淺，就算有什麼動靜他也會聽見，於是同意了。他把腕上的錶摘下來交給柯塔。

這錶是出發前醫生借給他的。整個醫療營只有醫生有手錶，平時大家都看他辦公室牆上的那個鐘。

狄曾問他：「世界都毀滅了，時間還重要嗎？」

醫生轉著手錶發條，慢條斯理地說：「生命雖然捨棄了我們，不表示我們該捨棄生命，每一分每一秒當然都很重要。」

魯尼、柯塔和瑪塔三個人分配好時間，所有人攤開自己的睡袋在營火旁鋪平，魯尼坐在一棵倒下來的樹幹上，開始守第一班。

「我睡上頭，如果有什麼異動，我從上面看得到。」狄指了指營地旁的一棵大樹。說完，他把行囊放在勒芮絲旁邊，只拿著一把長刀往樹下走去。

「你要睡在樹上？你會摔下來喔！」瑪塔警告他。

「我從不摔下來。」還是那種百分百自信的口吻。

只見他在樹幹一按，整個人往上一溜，一下子就上樹了。

瑪塔嘆息。真是白擔心他了。

營地裡一時安靜下來，營火的嗶剝聲與魯尼偶爾添塊柴的聲音，混和著叢林的自然聲響，這是他們已經深深熟悉的催眠曲。

露天野宿原本應該讓人神經緊繃的，每個人心中卻十分安適。他們看著樹上那個黑色剪影，心裡很清楚只要有那道黑影在，他們會有一個安全的夜晚。

勒芮絲在睡袋裡翻來覆去，終於不再強迫自己睡覺。她翻開睡袋，走到狄的樹下，俐落地爬了上去。

他坐在粗壯的枝幹上，背靠著主樹幹，她的腦袋一探出來，他整個人往旁邊挪了一下，改爲側坐，勒芮絲靈活地爬到他空出來的位子坐下。

他們兩人的腿掛在半空中，並排而坐。

月娘的銀華落在影影綽綽的林間，有如一隻隻閃著銀光的精靈，當風吹動，枝影搖曳，銀光精靈便忽隱忽現。

勒芮絲在這座叢林生活了八年，第一次發覺它的夜是如此美麗。

月光洗禮著他強硬的線條，讓他看起來像一尊英俊的石雕。她將他的手抓在手中，輕輕捏弄把玩。

「那是什麼感覺？」她撫著他掌心粗糙的皮膚，輕聲呢喃。

「嗯？」他的目光收了回來，落回她嬌麗的臉龐。

「高大強壯，無所不能，無所畏懼——那是什麼感覺？」

「妳是最近第二個問我類似問題的人。」他好看的唇角一挑。

「哦？第一個是誰？」她抬眼看他。

「提默。」

「提默？」她微訝地輕笑，「你們兩個什麼時候開始聊天了？」

「前幾天我在森林裡遇到他。還有，我們沒有聊天，只有一個很吵的屁孩不肯接受別人閉嘴的暗示。」

勒芮絲笑了起來。

「我很擔心他。」她嘆息。

狄沒有說話。

「他是一個心地善良的男孩，飆風幫那群混蛋並沒有善待他，」她看向遠方。「他們對他招之即來、揮之即去，不高興就暴打一頓，我真擔心有一天他會死在他們手上。」

「每個人都有自己的人生路。」他的嗓音低沈。

「我更怕的是，有一天他們不是把他打死，而是把他變成跟他們一樣的人。」她鬱鬱地道。

「勒芮絲，妳無法對每個人的生命負責。」

「我知道，可是……」她無法對善良的提默視而不見。「我在想是不是請醫生找個理由，把他從羅納那裡要過來，這樣說不定會好一點。」

「一點也不好。」他想也不想地道。

「爲什麼？」她不服氣地看著他。

「你們向羅納開口的那一刻，他就知道他掌握了你們的弱點。妳想讓那小子死得更快的話，儘管開口吧！」

勒芮絲咬了咬唇，知道他說得有道理。

「那……如果你去呢？」她試探性地問。「他們有越來越多人知道你很厲害，如果是你去，羅納一定不敢動你。」

「不！」又是想也不想。

「爲什麼？」

「妳爲何認爲我有拯救世界的情操？這是提默的人生戰鬥，必須他自己去打。如果他不敢站起來爲自己反抗，他活該一輩子受制在羅納手中。」

「他只是一個大孩子。」她不服氣。

「他十五歲了。」

「你就救了艾拉呀！」

「她只有五歲，小姐。」

「十五歲只比五歲多十歲！」

「小姐，妳也只比提默多十歲，我想和妳上床，我可不想和他上床。」

「你腦子裡能不能不要只想上床的事？」勒芮絲又好氣又好笑，漂亮的臉蛋悄悄紅了。

「妳在開玩笑嗎？當然不行！我從醒過來看見妳的那一刻起，腦子裡就沒有想過別的事。」他義正辭嚴。

「……」

「即使我們眞的上床了，我也不覺得我有辦法立刻『不想』，要也是等做過癮了再說。」

「……」

這話竟然讓人莫名奇妙地覺得被恭維了，她眞是沒救了。

「咳，如果你們兩個需要一點隱私的話……這裡沒有。」瑪塔的聲音飄了上來。「不過我們其他人可以假裝睡了，而魯尼的耳朵本來就不太好。」

「瑪塔！」她困窘地對著樹下叫著：「我才不會在樹上……拜託！誰會在樹上啊！」

「小姐，妳的經驗顯然十分需要拓展。」他懶洋洋的嗓音每個人都聽到了。「我就把它視爲我的責任了。總有一天妳會明白，時間和地點都不是問題。」

樹下飄來幾串憋笑的咳嗽聲。

「你可不可以小聲一點？」勒芮絲面紅耳赤。

「抱歉。」很沒有誠意的道歉。

下面的睡袋翻動一下，大家都很認眞地假裝睡覺去了。

她想想不甘心，抓起他的手咬一口。

她貓啊？這麼愛咬人。不過想到她的嘴可以用在哪些地方，他愉悅了起來。

「你還沒有回答我，當一個無所不能的人是什麼感覺？」她問。

「我並不是無所不能。」那隻被貓咬的手繞過她頭後，將她圈進自己懷裡。

在她眼中幾乎算是了。

「你會的這些功夫是誰教你的？」她好奇地問。

「我師父。」他沈靜地道。

「你想起過去的事了嗎？」她輕聲問。

「有一些。大部分都是很久以前的事，我不刻意去想，記憶反而會自己回來。」

「是。醫生說了，一旦記憶開始回復，長程記憶會比短程記憶回復得更快一些。」她低聲央求：「跟我說說你記得起來的部分好不好？」

他的眼光悠遠地落在叢林深處。

「我記得我是個孤兒，被師父收養的時候應該不到五歲。除了我，還有其他幾個跟我一樣的孤兒被收養。我們這群孩子一起長大，一起拜在不同的叔伯門下學藝，就像兄弟姊妹一樣。」

勒芮絲好難想像他還是個小孩時的模樣。他感覺起來就像有一天上帝決定：讓我創造一個強硬無情、比壞蛋更壞蛋、比超人更超人的男人吧！然後「砰」的一聲，他就冒出來了，完全略掉嬰兒期，直接就是一個頂天立地的男人。

「你記得你兄弟姊妹有多少人嗎？」她輕問。

他想了一下。「五個。有兩個人拜在天權門下，天權師伯另外住在他處，不和我們一起，不過我們大家往來很密切就是了。」

「你是說，在你的家鄉，還有很多人會像你這種厲害的武術？」眞是不可思議！

狄看她一眼。「坊間的功夫大部分是練來強身健體的，眞正的內家心法早在百年前就失傳了。我師父他們是一群……很奇特的人，那些失傳百年的心法不知怎地在他們之間傳了下來，所以他們是眞正的武林高手，現代人很難想像那是一種什麼樣的武術境界。」

他不知道如何讓她瞭解「師門」的觀念，外國人看功夫，只看到很炫的身形伎法，這是「武」的部分，但武不能沒有「俠」。

俠是師門義理，是是非黑白，是公平正義。

他絕對稱不上「俠」，甚至不是典型的「好人」。他生性冷漠，討厭繁文縟節，不愛多管閒事，但他心頭自有一套行事準則，有所為有所不為，起碼他師父是這麼教他的。

勒芮絲點點頭。「就像醫療營一樣。裡面有血緣關係的只有我和叔叔，梅姬和艾拉，其他人原本都是陌生人，可是這麼多年下來，每個人早就是家人了，有沒有血緣關係並不減少我們對彼此的愛。」

「差不多是這樣的意思。」狄堅毅的嘴角浮現一絲微笑。

「你和你的師兄妹感情一定很好吧？」

他點點頭。「我是大師兄，保護師弟妹是我的責任——包括他們惹麻煩的時候，硬著頭皮跟他們一起受罰。」

他腦海中浮現一幕幕每個人小時候習武的畫面。他們各自跟著不同的師父，收徒的是天樞、天權、玉衡、開陽這四顆星星。

他們師兄妹難免有爭吵鬥氣的時候，可是每個人都很清楚，關起門來吵是一回事，在外面誰敢動他們的人一下，就是找死。

他想念他的師弟妹。

他想念他師父，師母，瑤光，師叔師伯。

他甚至想念他的老闆，南先生。

他不知道他有沒有機會再見到這些人。

「你想起來要如何回家了嗎？」她輕聲問。

「不記得。」他英俊的臉龐蒙上一層陰影。

他完全不曉得自己到底發生了什麼事，越靠近這幾年的記憶就越空白。最讓他困擾的是，他覺得他的記憶少了一塊。

他已經想起來大部分對他有意義的人，可是他總覺得有一個很重要的人他沒有想起來。這人身上好像罩了一張網，與其他記憶隔離，讓他在想起其他事時總是無法觸發到這一塊。他有預感，若他能想起這個人的事，他的謎團就解開了。

「狄……」

「嗯？」他的手和她十指交握。

她望著兩人握緊的手指，心中澀澀甜甜的。

「如果……如果你想不起來，那就算了。你可以留下來，和我們一起。」她抬起清亮的眸看著他。「醫療營就是你的家，你想住多久就住多久。」

說完這句話，她屏住氣息。

狄沒有回答她的話。

好一會兒，他只是凝視著深邃無盡的夜，彷彿陷進了一個遙遠的記憶裡。

「我會想起來的。」最後，他只是說。

她的笑容悄悄消失。

她注意到，他沒有接受她永遠留下來的邀請……

7

他眼前的女人有著世間最精緻的五官。

她眉目淡掃，櫻唇輕描，猶若國畫中踩著祥雲、仙氣飄飄的天人。瑤光已至靚至美，但她的美是屬於人間的。他眼前的這人卻是空靈飄渺，乃至於人們第一眼看到她，不會去想美不美的問題，好像這庸俗的想法會玷染她的超凡出世。

她身上套著一件寬鬆大袍，衣袖飄飄，全白的袍身僅在袖緣滾著一圈黑邊，黑邊裡繡有古老的咒文。

她的一雙眼是盲的，眼底卻光華隱隱。這是一雙只見陰不見陽的眼，陰世之界皆脫不出她眼底。

她的年齡可能是二十歲，五十歲，也可能是一百歲，一千歲。她的清氣超脫於年齡之外，已經沒有歲月之分。

他爲什麼想不起來她的名字？

她叫……她叫……天機！

她叫天機！

他精神一振。他終於想起來了，她就是他記憶中缺少的那一塊。

她和他師父開陽一樣，是七星之一。

天機對他隱約一笑，開口呼喚了兩個字。

他知道那是他的名字，可是他只能看見她的嘴形在動，卻聽不見她的聲音。

天機很少叫他的名字，只有師父一家和瑤光會叫他的名字，其他人都叫他「狄」。當天機叫了他的名字，他便明白她接下來要說的話十分重要。

她的嘴唇在動。

他努力想聽她在說什麼，但她的聲音像蒙在一層很厚的紗帳下，他怎樣都聽不清楚。

「你……九……劫……避……」

他感覺到自己快醒來了，她的形影漸漸透明。

他急了起來。不行！他必須想起來她說了什麼！

這些話很重要，他必須想起來！

狄猛然驚醒。

他出了一身冷汗，胸口沈甸甸的，原來勒芮絲伏在他身上睡著了。

黎明已經逐漸追趕上來，他抱著懷中的嬌軀，再也沒有睡意，只能睜著眼看晨光驅走他的夢境……

❦

他們從叢林穿出來的地方，約在離史多哥兩公里處。他們踩在久違的柏油路面，都有種不眞實的感覺，柯塔甚至忍不住跳了一小段踢踏舞。

一群人走了將近一個小時，史多哥鎮終於在望。

狄原以爲他會看見一座被叢林吞噬的廢墟，沒想到情況卻不是如此。史多哥是一個很典型的南美小鎮，房屋大多是兩層樓的磚造房或木造房。據其他人的說法，史多哥佔地約三公里見方，柏油路當然已經破損，野草從裂縫中鑽了出來，有些比較靠近叢林邊緣的房屋已經被橫生的樹枒穿透，電線桿和電纜成爲野蔓攀爬的遊戲台，不過大體上整個鎮的形狀還在，除了荒葉野草，街道上還算乾淨空曠。

他們一踏上主街的路面，每個人便全心戒備，提防噬人獸從任何方向衝出來。

「你還好嗎？」勒芮絲走在他的身畔。

「我爲什麼會不好？」狄看她一眼。

勒芮絲說不上來。她只覺得他今早有點心不在焉，和昨天的警覺不同。

「噬人獸有可能藏在任何一個角落，牠們的聽覺和嗅覺很敏銳，一鎖定我們的氣味聲音就像狗一樣緊追不放，一定要小心。」最後她只是說。

他點點頭。

整個城鎮出奇的安靜，蟲鳴鳥叫都降了好幾階。他們的腳步聲已經算很輕了，然而鞋底踩在柏油路面的「擦擦」聲依然十分響亮。

他往右邊看去，城鎮的右邊就是和荒蕪大地隔開的另一半森林，再過去就是噬人獸橫行的荒蕪大地。

其他人在他的身後散開，握緊手中的大刀，如臨大敵。

他提氣運息，罡氣流轉全身，眼耳口鼻各種知覺衝至極致，連最微細的蟲爬之聲都入了他耳中。

他聽見了身後四人的呼吸聲、心跳聲，天空傳來的鳥叫聲，森林的蟲鳴聲……一個異響抓住他的注意力。

他直直注視著左前方一棟兩層樓的磚造屋，耳殼動了一下。

咚，咚，咚——

一開始只有他聽見聲響，隨著他們逐漸接近，身後四個人也聽見了。

那棟磚造房的大門已經不知去向，只剩下空盪盪的門框，窗戶上防盜用的木頭擋板拉了下來，不知道什麼東西在屋子裡咚咚咚碰撞著。

砰！最角落那間窗戶的擋板突然被用力撞了一下，勒芮絲等人全後退一步。

「噬人獸，我們快走！」她壓低嗓子說。

狄只是對每個人做個手勢，自己往那間屋子走去。

「狄！狄！」勒芮絲在後面拚命嘶喚，他卻頭也不回地走過去，四個人只能眼睜睜看著他走向那間危險的房子。

狄高瘦的身影來到大門旁，探頭看了一下，一閃身消失在屋子裡。

他不能對最危險的敵人毫無瞭解，他必須親眼看看噬人獸是什麼東西。

屋子裡的窗戶擋板全放下來了，並不明亮，一進來是一間老舊的客廳，桌椅散亂一地，櫃子裡能被偷的東西都被偷完了。

他背靠著牆往內移動，先檢查一下安靜的右邊，確定沒有其他危險，再無聲地移到樓梯口，運氣傾聽，樓上也沒有其他聲響，最後緩緩走向傳出異響的左邊房間。

這間房間原本應該是起居室，和客廳之間沒有門，只有一個拱形的開口，他背貼在牆上，探頭往裡面一看——

一隻龐然大物用兩隻腳站立，被困在房間裡！

狄萬分驚訝。基本上，除了人類和靈長類，動物界用兩隻腳行走的並不多，因為動物的腹部大都很柔軟，四隻腳著地有助於牠們保護自己的要害，這是生物求生的法則。所有用兩隻腳站立的動物都表示牠們的前肢具有強大的攻擊性，噬人獸顯然亦是如此，他必須非常小心才行。

這隻噬人獸超過兩百公分，體重大概一百五十到一百八十公斤之間，肌肉堅硬結實。如果要他形容，他會認為這東西像傳說中的「狼人」。牠的四肢都很長，比靈長類更接近人形的外觀，背面佈滿灰褐色的硬毛，正面胸腹是深灰色的厚角質層。牠的臉長得像變種的犬科動物，有一張長長的嘴巴，可是牠一張開嘴，下顎竟然像蛇一樣可以跟上顎脫離，張到比牠的整顆頭還大。

此時，牠被困在兩座倒下來的書櫃中間，不斷在書櫃和左右兩面牆圍成的小空地打轉。看來勒芮絲說得沒錯，牠們沒有智力，只剩下最基本的生物本能，所以這麼簡單的陣勢竟然也將牠困住了。

牠每撞到牆一下就張開嘴，發出「嘶——」的吼聲，一副犬科的長相偏偏叫聲像貓，眞是造化弄牠。

噬人獸撞了半天撞不出去，伸起爪子四處亂抓，抓來抓去只抓到空氣，更生氣了。牠轉了個身朝向狄這邊，張嘴嘶吼，嘴裡竟然像鯊魚一樣有兩排倒勾的尖牙。

長得像狗，叫聲像貓，牙齒像鯊魚。

牠嘴巴的構造說明牠能一口咬碎其他動物的頭骨，牠像狼人的站姿說明牠的行動快如閃電，牠修長的四肢說明牠攻擊的範圍很廣，牠像貓的嘶叫說明牠是安靜的動物，牠高大的體型說明牠力量極大——這種動物融合了所有狩獵者應有的特質，簡直是部完美的殺人機器。

如果荒蕪大地上充斥著這樣的怪物，他相信他離開的計畫遇到一個重大考驗。

好吧！不打不相識。

狄撿起一根斷掉的椅腳，往房間中央一丟。

剛剛還在原地撞來撞去的怪物突然飛身躍起，撲向椅腳落地的地方。

哇噢！

牠雖然不會飛，但速度跟飛的也差不多了。他攻擊敵人的速度也差不多就是如此。

狄再不敢大意，以對付一個武林高手的心情出招。

他滾倒在地，一招地堂腿掃出，欲將那噬人獸絆倒，那噬人獸竟然只是踉蹌了一步，反而是他踢出的腳隱隱作痛。

好傢伙！

他再一招地堂腿掃出，這次加了五成功力下去，那噬人獸終於被他掃倒。

「嘶吵——」噬人獸發出一聲憤怒的嘶叫，聞到他的味道，一躍而起往他撲了過來。

狄跳開，噬人獸兩副利爪「刷」地直直插進木頭地板，跟戳豆腐一樣。狄不等牠起身，凌空躍到牠的背上，右腳往牠的頸椎重重踩了下去。

不是他自誇，這一腳下去，就算是他師父辛開陽，在沒有防備的時候也只能頸椎斷裂而死，可是他一踩下去就知道不對。

噬人獸背上的硬毛看起來像普通獸毛，可是他踩下去就感覺到獸毛底下有一層又厚又韌的皮，質感就像烘烤過的厚牛皮，用刀子可能都刺不穿。

他獵過卡拉里斯獸，卡拉里斯獸的身上長滿類似穿山甲的盔甲，可是鱗片與鱗片中間是柔軟的，只要瞄準那個縫隙就能輕易刺進牠體內，噬人獸卻全身都是這種厚牛皮，連牠的脊椎都被保護住。

狄知道不用兵器是不行的了，單憑赤手空拳很難殺得死牠。幸好他今天有機會實習一下，他可不希望將來被一群噬人獸追著跑，臨時才發現這些「驚喜」。

他從腰間抽長刀，噬人獸一個翻身躍了起來，他跟著躍起，卻是朝噬人獸相反的方向。他還沒落地就聽見背後「嗤吵」一聲，一股腐臭的氣味朝他攻過來。

狄的腳在半空中踩一下牆面，彈到另一面牆上，再輕輕巧巧落下，轉眼間又變成在牠身後。

噬人獸憤怒地狂吼一聲，在原地轉了幾次，每一次狄都先一步轉到牠身後。牠撲來撲去，半天都看不到明明跟牠在同一個空間的「獵物」，不禁挫斯地嘶嘶狂吼。

牠們的叫聲不響，應該是爲了便於夜間時的狩獵，這對狄卻是個利多，因爲叫聲不響就表示牠們不容易引來其他同伴。

狄陪牠轉了幾圈，有時在牠前面，轉眼又到了後面，慢慢看出牠的弱點在哪裡。

牠在胸椎第五節的地方有一塊膚色較淡，隱隱約約的粉紅，只是被獸毛蓋住了。當牠火大時，背上的獸毛豎起來，那塊粉色的皮肉就露了出來。

即使如此，那也是一個只有一個五角銅板大的目標。

牠不斷地衝來衝去，他得繞到牠背後才能瞄準目標，距離必須夠近才行，可是任何人只要進入牠手臂的範圍，等於把自己放在一個死亡攻擊線裡。

牠的動作太靈活了，狄試了幾次都來不及出手。牠爪子抓得到之處，牠的嘴就隨之而來，快如閃電，他一直記著勒芮絲的提醒，千萬不能被牠咬到！

他們一前一後互繞了幾圈，噬人獸突然無預警地轉身，十隻比刀還銳利的爪子向他掃過來，狄退得慢了一些，三道細細的血痕立刻劃在胸口。

牠們沒有智慧，所以這不是牠故意的招式，牠只是依循著氣味的方向攻擊。

他笑了出來。「瞎貓也能碰上死耗子，算你運氣好。」

噬人獸一聽見他的聲音，嘶嘶亂叫地撲擊，狄只是在牠的利爪下閃來閃去。

他可以不出聲，卻不能不讓牠聞到自己的味道，他得想個法子才行。

他眼角餘光看到另一頭的書櫃，一時有了靈感。

他故意大動靜往兩座書櫃的中間衝過去，噬人獸想也不想追著他的聲響過去。他跳入兩座書櫃中間，噬人獸「吵——」張開巨大的下顎，往他的氣味來源咬了過來，狄在最後一刻往上一跳，抓住屋頂的橫樑，整個人攀上橫樑。

噬人獸又被困回兩座書櫃和牆壁中間。

他的氣味就在牠的正上方，牠只是原地不斷跳躍，卻抓不到他的人。

狄把汗濕的襯衫撕開，往牠背後一丟。噬人獸鼻翼張動，撲向有襯衫氣味的方向。狄在樑上看準角度，趁牠彎身去抓咬那件襯衫時，連人帶刀直撲而下，一刀刺入那片小小的粉紅色皮膚。

「嘶——吵——」噬人獸痛得大叫，拚命往背後亂撩。

狄用力轉動刀刃，使出全力順著牠的脊椎往下切開，血淋淋的皮肉翻飛，噬人獸尖叫一聲，倒在地上抽搐兩下，終於氣絕身亡。

狄氣息急促，沒想到殺一隻噬人獸竟然讓他累得夠嗆！

他低頭看一下胸膛的血痕，從噬人獸的背心抽回自己的刀，往大門走去。

「他說不定被咬了，說不定受傷了，說不定死了！」勒芮絲在外頭急得團團轉，其他人只能不斷安撫她。

當狄的身影終於出現在門口，所有人鬆了口氣，勒芮絲想也不想地投入他懷裡。

「裡頭是噬人獸嗎？」柯塔連忙湊上來問。

「我們只聽到屋子裡乒乒乓乓的，根本看不到發生什麼事，又怕衝進去會礙你的事，反而幫倒忙。」瑪塔驚魂甫定地拍拍胸口。

「嗯，我把牠殺了。」他簡單地道。

「你把噬人獸殺了？」魯尼重複。

「你沒事吧？」勒芮絲著急地摸遍他全身。「哎，你的胸口，你受傷了！」

「皮肉傷，沒事。」他安慰她。

「我已經說了噬人獸很危險，你這個人怎麼這麼不聽話啊？」勒芮絲又氣又急。

「你沒被咬到吧？」瑪塔趕緊掏出一件乾淨的T恤給他穿上。

他對每個人的關切只是點了下頭。

「我沒事。噬人獸雖然危險，不過不是殺不死的，牠們背心有一塊粉紅色的組織非常柔軟，是牠們的要害。」只要是殺得死的東西，他就不怕。

「他殺了噬人獸。」魯尼慢慢重複一次。「嘿，你們聽到沒有？他一個人就殺了一隻噬人獸！」

擔憂過去，魯尼的話終於陷進他們的腦子裡——

他一個人殺了一隻噬人獸！

通常遇到噬人獸的攻擊，能躲的人一定盡量躲，能困住牠就盡量困住，即使迫不得已非得正面對決，也一定要好幾個人才可能有勝算，更別說這好幾個人裡面不見得每個人都活得下來。

可是他一個人單挑一隻噬人獸，而且把牠殺了

每個人又用那種看怪奇博物館動物的眼神看他了。

狄啼笑皆非。

「你是變異種吧？」魯尼說。

「我不是變異種！」

該死的！到底要他說幾次？

資。

❦

狄在街上初步檢查了一下，確定沒再聽到怪聲音，他們從鎮中心分散開來，四處搜索剩下來的物資。

狄和勒芮絲一組，瑪塔、柯塔和魯尼一組。

狄陪著她走進一間雜貨店，兩人一路玩起了「你們有沒有？」的遊戲。

「你們有沒有網路？」他們進了雜貨店，他翻了下已經被翻爛的貨品架，問她。

「你是說那種用電腦傳訊息給另外一台電腦的東西？有啊！不過我總是想，有話說打電話不是比較快嗎？為什麼要透過電腦？」勒芮絲負責翻找櫃檯後面。這裡連保險箱的門都被拆走了，是說不管裡面放的是什麼金銀財物，現在也用不上了吧？

在他的世界裡，網路一開始是軍事用途，美國人發明的，直到一九八〇年代這項技術才開放給普羅大眾使用。初期的網路只有telnet（遠程登入協定）那些很陽春的通訊協定，大部分是以文字訊息的傳送為主。

在這個世界，大爆炸將人類科技文明延宕了數十年，所以在她十六歲的時候，網路應該還只是停留在最陽春的發展。

「你們有沒有行動電話？」他猜應該沒有，因為行動通訊是在網路蓬勃發展之後才出現的。

「行動電話？你是說，可以邊走邊講、不用拉線的電話？有啊！」她的回答讓他吃了一驚。「很多家庭都有無線電話了，你沒見過嗎？」

噢，她搞錯了。

「不是室內有主機的那種無線電話，是妳有一支電話不用跟任何主機連接，走多遠都可以撥打，不必受限於跟主機之間的距離。」

「那它沒有主機的訊息要怎麼打出去？」她奇怪地問。

也就是沒有。不出所料。

雖然她十六歲就進來叢林，狄不認爲外面的科技發展在回聲爆炸後有太大的變化，他估計這個世界的科技應該停留在他的一九八〇年代水準。

他又問了一些B.B. Call、傳眞等等的問題，最後的結論：基礎的電話線路在大爆炸之前早就鋪設好了，所以電話撥接是有了，可是再進一步的寬頻、光纖等等，牽涉到鋪設新電纜，而行動電話則需要基地台，這些都必須進入荒蕪地帶才能鋪設，不會有人冒死去做這件事。

突然間，地球從近在咫尺的「地球村」概念，再度變成每個生存圈獨立存活的遙遠距離，上帝眞是有幽默感。

勒芮絲把這家雜貨店翻過一遍後，攤了攤手。

「這已經是第三間雜貨店，能被拿走的東西都被拿走了。」她吹開額前的一綹瀏海，有些挫敗。

她吹瀏海的樣子太可愛了，狄自問爲什麼他到現在還沒把她弄上床？

「你們多久進城一次？」他撿起一個塑膠罐，搖一搖之後把它丟到角落。

「羅傑在的時候，每三個月會進城一次。他死了之後……」勒芮絲神色微微一黯。「這是第三次。」

也就是說，他們過去六年平均兩年才進城一次？

「營地的食物和資源撐得了這麼久？」狄難以置信地看她一眼。

她有些氣悶。「你以爲進城像吃飯喝水一樣簡單嗎？每一次來都要冒著有人受傷或被吃掉的風險，所以我們都撐到不能撐的時候才來，其他我們自己能耕種的就盡量靠自己。」

難怪他們過得苦哈哈的。飆風幫顯然就好過多了，營區更安全，設備更新，鎮上消失的東西八成都到了他們那裡。

「走吧！我們去鎮上的五金行看看。」

「我們可能要到莫洛德去，如果連莫洛德都找不到補給，最差的情況就是到十五公里外的『參孫市』了。」勒芮絲嘆了口氣。

大街上，柯塔、魯尼和瑪塔也各自從搜尋的店家出來，每個人都兩手空空，沒找到任何能吃能用的，倒是柯塔找到兩罐礦泉水。

這兩罐礦泉水也不過是從叢林的水源採來的，爲了洩憤，他們把礦泉水喝光光。

「哪裡有五金行？」狄兩手插腰，很男人的姿態，目光往街頭一掃。

「這一頭。」魯尼是史瓦哥的居民，鎮上的地形他最清楚。「往下走兩條街，狄奧羅的五金行是我們鎮上最大的，不過可能有用的東西也不多了。」

「帶路吧！」狄點點頭。

他們往外走，走了五分鐘，打老遠就看到狄奧羅五金行的大門和窗戶全沒了。門外堆的鐵架以前放滿五金工具，現在全被打翻，鐵釘螺絲釘散落一地。

狄要他們等在原地，自己先過去確定一下屋子裡沒有危險。不一會兒他出來，對每個人點點頭，所有人一起走進去。

「盡量找手鋸、鉗子、鑿刀、起子、鐵鎚、螺絲和鐵釘，這些東西我們蓋房子的時候用得到，電鋸那些耗電的機器就不用了。」他交代下去。

所有人應了一聲散開來，他自己往後面的倉庫走去。

狄打開倉庫門，一陣霉味撲鼻而來。

倉庫內極爲陰暗，他先打開兩面窗戶，讓陽光透進來。

果不其然，貨架幾乎都被搬空了，乏人問津的都是一些需要插電的機器。他翻找一下，沒能找到跟無線電對講機有關的東西，不過有些電路板倒是用得著。他用力搬開一組擋路的木工桌，角落裡有一疊黑色板子引起他的注意。

「這是……？」

太陽能板嗎？

他驚異地瞪著那堆黑板子，太稀奇了！他竟然在這種地方看見先進的太陽能板！

他立刻把那幾塊黑色的太陽能板搬到中央的地板上，一一檢查。眞的是太陽能板！

他簡直不敢相信自己的眼睛。雖然覆蓋著一層灰，這些板子看起來卻很新，根本沒用過。

他再回那個角落翻一下，開始找其他需要的配件，應該還有蓄電模組和主控面板才對。

在一個連網路建置都缺乏的世界裡，竟然找得到太陽能模組。雖然這些太陽能板是很初階的產品，能源轉換率比不上晶矽太陽能板，可是已經讓他有意外之喜了。

「嘿，你在做什麼？」勒芮絲聽見裡頭乒乒乓乓的聲音，探頭進來看。

「你們竟然有太陽能板！」他的眼睛閃閃發光。

「噢，那個是十幾年前流動掮客帶來的貨。」魯尼探頭一看到那堆太陽能板，立刻有印象。「當時南邊那條通道還能走，有些掮客會帶貨進來，據說這是什麼……呃，『新一代的偉大發明』，可以改變人類生活什麼的。老狄奧羅信了，花了貴死人的錢買了這堆鬼板子，本來裝設的公司會跟著下一批掮客一起過來，結果商隊在荒蕪大地受到攻擊，掮客不敢來了，這堆板子就變成垃圾堆在狄奧羅的倉庫裡，他氣得連看都不想再看一眼，我還以為他早已把它們扔了呢！」

可憐的老狄奧羅，願上帝保佑他的靈魂。魯尼在胸前畫個十字。

「這是太陽能板，這東西很有用。」狄向他們保證。

「它是做什麼的？」勒芮絲狐疑地看著那堆烏漆抹黑的東西。

「它能把太陽的光轉換成電力，從此以後我們不需要汽油和發電機就能發電了。」

「對對對！」魯尼想起來了。「狄奧羅當初就說什麼……『這該死的太陽把我們害得夠慘了，現在對我們做點有用的事也算贖罪，不然老子都想把它射下來了』，原來它們是這樣用的？」

狄明白過來。科技發展是基於生活需要，在這裡，網路不見得是必要的，但頭頂上的太陽天天在那裡，針對太陽能的發展才會比網路快很多。

「陽光能夠變成電？」勒芮絲半信半疑。「我聽說有些計算機之類的不用電池也可以操作，難道是同樣的東西？」

「是。」

「可是那是計算機啊，小小一台的，發電機可是大上許多，這東西能取代發電機嗎？」她伸手去搬一片試試，

哇！這麼重？她睜大眼。

「當心，這六片太陽能板加起來超過五十公斤。」狄叮嚀。「魯尼，跟它一起的模組呢？」

「什麼模組？」魯尼一楞。

「應該還有蓄電模組和主控面板，狄奧羅把它們放在哪裡？」

「呃，這我就不知道了。」魯尼搔搔腦袋。「如果不在這間倉庫裡，可能眞的被他丟掉了。」

「我們大家散開來找找看。」他立刻說。

「這東西很重要嗎？」擠在門口的瑪塔搞不懂。

狄耐心地看著他們。「營地裡的發電機吃的是汽油，所以我們每隔一陣子得進城找汽油，遲早有一天汽油會用完。這些太陽能板的電力足夠我們整個營地的基本生活設施使用了，只要好好維護，以後我們永遠不必再煩惱沒有電的問題。」

沒想到這幾片貌不驚人的黑板子竟然這麼有用，每個人都吃了一驚。

「快快快！我們趕快幫忙找一找！」柯塔連忙招呼大家一起行動。

「可是，你會裝這個東西嗎？」連花大錢買下來的狄奧羅都不會用呢！勒芮絲不禁有些擔憂。

「這只是一個基礎模組而已，線路橋接不太難，回去之後要找個合適的地點設太能板比較需要傷腦筋。」

勒芮絲搖搖頭，笑道：「還有什麼是你不會的？」說完便分頭跟大家一起去找了。

他開始搬動倉庫裡的鐵架，看看機組有沒有被壓在哪個角落。最後是瑪塔找到的，主控機組全在屋後的柴房裡。

狄檢查了一下，確定外觀看起來沒有任何損壞，把主控機組搬進倉庫裡，跟太陽能板堆在一起。目前爲止，太陽能板和工具是找全了，可是食物和藥品幾乎是空的。這堆機組加起來約七十公斤，就算靠壯漢揹回去也要五個人才夠。他一個人可以揹七十公斤沒問題，只是他們還有其他補給，他也得保留一點餘力來開路和警戒；這樣看來，最安全的方法是他分兩趟來拿。

幸虧飆風幫的人不懂太陽能板的妙用，就算看到了也不會理它們。

「我們還有半個鎮子沒搜完，天快黑了，明天再繼續。如果明天還是找不到食物，我們後天往莫洛德出發。」他說，「這些太陽能板先放這裡，等我們補給找齊了之後再回來拿，沒必要扛著一堆重物走冤枉路。這一趟揹不回去的，我會再回來一趟。」

勒芮絲一聽就覺得不妥，又不知道自己想反對什麼。她只覺得他一個人好辛苦，所有重度勞動他一個人全包了……

「我知道有一個地方可以過夜，跟我來。」柯塔忽地露出一抹微笑。

他帶他們走了幾分鐘，來到隔壁街的一棟磚造屋前。這棟屋子的主屋部分看起來像住家，後面連接一個類似工坊的小屋。

「這是艾拉斯莫的家啊！」魯尼打老遠就認了出來。

柯塔微笑。「是的。艾拉斯莫是個絕佳的玻璃工藝匠，我和他合作過幾次。他脾氣雖然古怪了點，和他混熟之後倒不難相處。每次我來史多哥交貨，一定會繞過來找他喝酒聊天。」

「只怕不只一點吧！」魯尼咕噥，可見這位艾拉斯莫在鎮上頗有些怪名聲。

「艾拉斯莫是有點……該怎麼說？被害妄想症，對！被害妄想症！他把他的屋子蓋得跟碉堡一樣，你們自己看了就知道。」柯塔講起舊事不禁感慨。

他們來到艾拉斯莫家的門口，狄注意到這棟屋子比其他屋子堅固許多，沒有破敗得那麼厲害。屋子的每間窗戶都裝上鐵條，大門也有一道鐵柵門，所有門窗都關得緊緊的，窗戶擋板放下來。

柯塔上前轉了轉鐵柵門的門把，鎖住了。

「我來。」狄走過去，手握住門把運勁一扭，鎖「嘎吱」一聲被他蠻力扭斷。

「有這小子在眞是方便。」瑪塔笑道。

狄先走進去檢查。

屋子裡很安全。

今天累了一天下來，每個人的臉上都出現倦色。屋裡沒燈，他們找到幾根蠟燭，在客廳裡點亮。

客廳裡沙發桌椅一應俱全，除了蒙上一層灰，完全沒有受到破壞，恍然會有一錯覺，以爲屋主只是離開去度個假而已，隨時都會回來。

他們看了一整天的破屋破瓦，突然看到一間保存得如此完整的房子，勒芮絲和瑪塔不禁高興地歡呼一聲。

「還有更好的，跟我來。」柯塔對他們招一下手，往屋後的工坊走去。

工坊和主屋是以通道相連的，只有一道上鎖的鐵門，理所當然又是被某人的蠻力破壞。

每個人走進幽暗的工坊裡，空氣中飄著一股陳腐的氣味，以及……

那是，水的味道嗎？

勒芮絲舉高手中的燭台照亮內部，工坊中央赫然有一座水井！

「有水井。」勒芮絲驚呼一聲跑過去，瑪塔馬上跟過去。

兩人立刻打了一桶水上來，勒芮絲捧起井水喝了一口，清涼甜美。太好了！她舒服地閉上眼睛。

所有人歡呼一聲，全圍了過來，拿起旁邊散落的玻璃容器舀水，大口大口地喝了起來。

「太好了，今晚連洗澡都不是問題。」魯尼笑瞇瞇地道。

「艾拉斯莫老是覺得有一天太陽會掉下來，噬人獸會攻進叢林，河水會中毒，還有什麼天知道的鬼災難，他說他就算要死也得死在自己家裡，所以他連井都挖好了。」柯塔笑道。

「敬艾拉斯莫和他的被害妄想症。」狄笑著舉高玻璃杯。

「敬艾拉斯莫和他的被害妄想症！」所有人一起歡呼。

勒芮絲用毛巾擦著濕髮走回客廳裡。

「換你了。」

她剛洗完澡，身上已經換過乾淨的衣服，整個人神清氣爽。

狄懶懶地從沙發上撐起身，拿起自己的盥洗用具，經過她身旁時，輕觸一下她水潤的臉頰。

狄是最後一個用水的人，勒芮絲跟其他人一起坐在客廳裡，茶几中央點著幾根蠟燭照明。每個人帶來的乾糧和瑪塔用肉乾煮成的湯放在桌上，瑪塔為她舀了一碗湯，勒芮絲兩手捧著碗，深吸一口肉湯的香氣。熱熱的湯滑進胃裡，她滿足地嘆了口氣。

眼前的景象實在太過「正常」了，正常到跟她和父母、叔叔一起坐下來吃晚餐的情景一樣，她一時間竟有些怔忡。

「今天真是累壞他了。」瑪塔對後頭傳來的潑水聲一努嘴。「我們明天能多帶一點就多帶一點，他還得扛那堆重死人的太陽能板呢！」

勒芮絲點點頭。燭光掩映著她嬌豔絕倫的臉龐，她雙頰被水氣染紅，長長的睫毛微微顫動，像一尊標緻的洋娃娃。

「我老人家不行了，得先去躺下才行。」魯尼伸個懶腰，疲累地站了起來。

柯塔立刻道：「艾拉斯莫有三間房間，瑪塔和勒芮絲，妳們一人一間，魯尼你和狄一間，我今晚睡客廳守夜。這房子其實很安全，大門已經用鐵鍊拴起來，今晚應該不會有什麼事，我們可以好好睡一頓覺。」

所有人都點點頭，勒芮絲幫著瑪塔收拾桌上的雜物。

狄洗好了澡走回來，白色襯衫貼在他潮濕的皮膚上，刻畫出一條條精實的肌肉線條。

勒芮絲的心臟立刻漏了一拍。他看起來英俊得不可思議！

「我跟你們到每個人的房裡看看。」狄出來的時候聽到柯塔的分配，沒有意見。

魯尼選擇最靠近客廳的那一間，狄看了一下，確定窗戶都很牢靠，對他點點頭。魯尼留下來，他陪著兩個女人繼續往下走。

瑪塔睡中間那間，也沒有問題，勒芮絲繼續往走廊底端走。

最末的那一間，狄進去推推房間窗戶，確定擋板和鐵條都很牢靠。

勒芮絲看了下她今晚過夜的地方。這間房和其他兩間差不多，一張雙人床，一個簡單的衣櫃和梳妝台。雙人床的床墊有點灰塵，拍一拍就好，比起睡在野地上不知好多少倍。

她在衣櫃裡找到幾條還滿乾淨的床單，立馬鋪了上去。

狄站在門口，靜靜地看著她。

張羅完之後，她吁了口氣，站起身滿意地看著自己今晚的睡床。

「勒芮絲？」

他的輕喚讓她回頭。

然後，他的表情讓她的氣息屏住，心跳停止。

狄對她身後一點頭，黑眸深如海。

「這裡有一張床。」

8

我們第一次做愛的時候，我們會躺在一張舒服的床上。

他的話突然在她的耳邊響起。

這裡有一張床。

勒芮絲看著堅硬陽剛的他。他只是站在那裡，整個房間便充滿了他的存在感。

她知道她只要說一個「不」，哪怕是輕描淡寫的一句「我好累」，他就會轉身走開。

她不想要他走開。

他救了她，不斷在改善他們的生活，但這都是次要的，她不想再用那些外在的原因搪塞自己。

她要他。

她的身體要他，她的心要他。

他是她的英雄。和他在一起，她覺得女性化、安全。她知道他永遠不會傷害自己，即使她露出脆弱的那一面。

他也要她。

不只是口吻上的戲謔，他看她的眼神從不掩飾這點。

他是一個健康強壯的男人，她是一個健康強壯的女人。他們在一片末日之世，深深受到彼此吸引，其實不需要什麼理由。

她輕嘆一聲，終於向心中的慾望臣服。

她站起來，直直朝他走過去。

他們的唇比他們身體的其他部分最先碰觸到彼此。

他有力的大掌按住她的後腦杓，緊緊按向自己，飢渴的雙唇吞噬般攫住她的唇，她的整個靈魂彷彿都被吸進這個熱切的吻裡。

她要他。

她不想欺騙自己。

他不是典型的白馬王子。

他冷情，淡漠，喜怒難測，對小孩子超級沒耐心，但是他也英明、勇敢，不吝對需要他的弱者伸出援手。

他是個暴力的男人，但他的暴力從不會用在女人身上。

在一片荒蕪不毛之中，上帝送來了一個這樣的男人，她無法不心動。

他彎下腰抱起她往床上走。他把她舉得很高，俊臉埋在她平坦柔嫩的小腹上，他的舌滑過她敏感的皮膚，讓她輕顫著吸了口氣。

他把她放倒在床上，迅速脫掉自己和她身上的衣物。他的臉埋回她柔軟的小腹，然後——往下移動。

勒芮絲必須咬住自己的手才能不叫出聲。

他吻上她腿間最幽香迷人之處，來回深入地舔吻她，勒芮絲嬌柔的身軀還不適應如此直接的挑逗，兩手緊緊按在他的後腦上，說不出自己是想推開或是迎合。他的舌毫不容情地探得更深，她只能在他的誘惑下無助地衝上第一波高峰。

她的面頰潮紅，無力地癱軟在床上。

他分開她的雙腿，確定她濕潤得足以容納自己，開始緩緩地進入她。

「啊……」她的嬌軀依然因爲剛才的釋放而腫脹，他強悍的入侵讓她不禁呻吟出聲。

「妳可以的，寶貝，讓我進去。」他粗啞的嗓音誘哄著她，大手圈住她的腰不准她閃躲。

「啊！」

她的腰在床上弓了起來。

她的每一顆細胞都要他，可是他強烈的力量讓她本能地往後縮。狄壓下身體，用自己的體重困住她，臀一頂，完全地進入她體內。

勒芮絲細細地尖叫一聲。

被塡得過度飽脹的感覺讓她幾乎停止呼吸，她不知道原來人的身體可以同時覺得疼痛和滿足。

「寶貝，沒事的……」他的額頭貼在她的額頭，兩人都閉著眼睛，震顫地享受終於完全融合的一刻。「準備好了嗎？」

準備好什麼？

她還沒反應過來，他就動了。

他狂猛無情地衝撞著她的嬌柔，一次比一次重。他的脈動在每一次衝擊都牽動著她的心跳，她無法克制地再度衝向高峰。

她羞澀欲死，兩手緊緊捂著自己的臉頰。天哪，她和他比起來真是太弱了！他甚至還沒真正開始，她已經被他弄得兩度攀上頂峰，全身嬌軟無力。

他低笑起來，在她的耳後輕輕啃咬。「這麼敏感……寶貝，今晚我們有得玩了。」

他不過癮，突然退出她體外，她發出一聲細細的呻吟，像一隻抗議的小貓咪，他將她翻轉過去，剛才退出她體外的力量從後面又衝進她體內。

她彷彿變成一尊布娃娃，只能在他身下任他衝刺奔騰，無助地被一波又一波的情慾折騰。

叩叩。

「勒芮絲？勒芮絲？妳睡了嗎？」瑪塔小聲地叫。

她岔了口氣，又羞又急地拍打他，他突然用力撞擊她兩下，她被撞得呼吸中斷，什麼聲音都沒了。

「我睡不著。太久沒有一個人睡了，我跟妳睡好嗎？」門外的瑪塔不好意思地低語。

「我……」她很想回答，可是除了這個字，她說不出完整的句字。

在她背後的男人突然把她的上半身抱起來，強壯的大腿撐在下面承住她的身體，男性不斷在她的嬌軟間進出。

這個姿勢讓她重心全失，只能無助地掛在他的臂彎裡，下一波高點隨時可能衝擊她，她的靈魂飛到天外。

「勒芮絲？」

「我們現在很忙！」狄終於不耐煩地低吼。

她倒抽一口氣，門外霎時陷入死寂。

他沒有眞的這樣說吧？勒芮絲差點昏倒。

她氣息敗壞地想掙開他，門外的瑪塔已經清清喉嚨說：「咳，我明白了，你們慢慢忙，晚安。」

什麼慢慢忙！

「你——」她回頭，但只來得及低斥一聲，就被他的唇無情地封住。

他將她放回床上，重新衝進她體內，繼續剛才被打斷的旅程。

她嬌吟一聲，他開始加快速度。他強勁的力道撞得她的身體只能無助地隨之顫抖，他最後重重一擊，仰頭沙啞地低吟一聲，在她的體內釋放。

勒芮絲只能嬌吟著再度衝上高峰。

他沈重的身體垮在她身上，兩人被強烈的快感衝擊得透不過氣來，幾乎無法動彈。

他還在她體內，她虛軟無力地躺著，不知過了多久，他變軟的部分竟然又開始在她體內勃動。

老天，這個男人到底是憋了多久？她瞪大眼，驚喘一聲。

他笑了一下，白白的牙齒看起來性感邪惡到極點。

她發出一聲類似笑又類似嗆到的呻吟，狄拉高她曼妙的長腿圈住他的腰，慾望在她體內復甦，情慾的舞動重新開始……

⚜

「好，我已經忍得夠久了。怎樣？爽不爽？」瑪塔走在她身旁低問。

「瑪塔！」

「我忍了一天都沒問耶！」瑪塔瞪她。給她機會自己招來，她竟然什麼都不講，眞是太過分了！

「我的愛情生活不是拿來閒嗑牙的話題。」某女死鴨子嘴硬。

他們已經離開史多哥，正走在荒廢的公路上。

廢棄的車輛橫七豎八地停在路中央，有些車門還是開著的，當初車主人逃走時甚至來不及關上門。許多車子裡依然留著燒焦的屍體，八年過去並沒有讓味道淡化多少。

前頭幾個男人揹著從五金行找來的汲油桶，邊走邊檢查每輛車的油箱裡還有沒有油，只要有油，他們便抽進身上的汲油桶裡。

「別以爲我不知道妳這兩個晚上都不是自己睡的。」瑪塔的表情只能用淫笑來形容。

勒芮絲翻個白眼。

「說啦！」瑪塔推她。

勒芮絲努力想忍，最後實在是忍不下去了。

「只有一個字：讚。」她低聲說。

兩個女人抱在一起笑成一團。

前頭的男人們莫名其妙地回頭，她們馬上換上一副正經相，一臉「你們有事？」的表情，男人狐疑地看她們一眼，轉頭繼續走。

兩個女人馬上嘀嘀咕咕起來。

「這個男人超持久的，根本不知道累爲何物，妳相信嗎？我已經高潮了四、五次他還在繼續，到最後我根本不知道自己是怎麼睡著的。」她壓低嗓音說。

「四、五次……」瑪塔的嘴巴發乾。

「就算他結束，過一下子又起來了。像我們昨晚睡覺前就做了兩次，黎明前又做了兩次。」她小聲問：「瑪塔，男人都像他這樣嗎？我以爲男人恢復需要一點時間。」

「要死了，妳在我面前炫耀這個。」瑪塔覺得自己的小心肝快受不了。

「我們什麼姿勢都做過了，站著躺著側著坐著正面背面，我甚至不曉得做愛可以有這麼多姿勢。我告訴妳，那個男人的體力絕對不是正常人！」勒芮絲斬釘截鐵論斷。

「要死了，妳知道我上次跟男人上床是什麼時候嗎？」瑪塔只能猛吞口水。

「什麼時候？」她問。

「要死了，連我自己都不記得。」

兩個女人又抱在一起笑成一團。

狄謹愼地回過頭，她們馬上轉爲女童子軍的聖潔貌，他只好轉回去，決定不要介入比較好。

「她們在聊男人。」柯塔走過來閒聊。

「……謝謝。」

「我們男人聊女人是坐在酒吧裡，一邊喝啤酒一邊吹噓，女人聊男人就是這樣，嘰嘰喳喳，笑成一團，不信你可以過去聽。」

「……不用了。」想也知道男主角是誰。

「我猜你和勒芮絲在一起了吧？」柯塔笑著拍拍他肩膀。

狄默默看著自己被拍到的地方。

「你也要來一頓『你如果辜負她我就殺了你』的話嗎？」

「醫生說過了嗎？」

「說過了。」

「噢，那我就不用重複了，反正你懂的。」柯塔愉快地再拍拍他肩膀，悠然踱開來。

「……」

這就是跟一個公主交往的壞處，所有的臣民都對你虎視眈眈。

「嘿，這台車還有半桶油耶！」魯尼高興地在一輛廂型車前叫。

狄立刻走過去，把半桶油抽到自己的油桶裡。他抽完油，和魯尼繼續在廢棄的車輛間穿梭。

「你們不是說叢林生存圈被回聲爆炸毀了嗎？爲什麼這些車子看起來都非常完整，史多哥的房子也沒有太多燒毀的痕跡？」狄蹙了蹙濃眉。

其實在史多哥他就已經十分納悶。他確實看到車子裡有許多燒焦的屍體，這些人逃都來不及逃，可是炭化程度並沒有他想像的嚴重。建築物雖然有些毀損，架構也還算完整，並沒有太慘烈的破壞。

「被回聲爆炸擊中的地方是亞洲北邊。如果直接打在這裡，我們連灰都沒了。」魯尼道。

「所以主要是閃焰的衝擊波嗎？」狄若有所悟。

魯尼點點頭。「閃焰擊中地球之後，衝擊波往四面八方輻射開來，持續了三個多小時。傳到我們這裡時，北邊的叢林阻擋了大部分的熱能，據說第一波熱能將近四百度，荒蕪地帶整片都烤焦了，接下來的幾波溫度低一點，你看到的這個——」他比了比旁邊一部車子裡駕駛座上的焦屍。「這個差不多是兩百度，人被烤死了，但還不足以烤焦。」

狄想像爆炸發生的那一刻，不由得感慨。人們和以往一樣進行著自己的日常生活，突然間，一道強光從天而降，他們的人生在這短短幾分鐘內就消失了。雖然比起躺在床上被病痛折磨十幾年才死，這不啻是個好死法，不過對親身經歷過的人大概沒有這種豁達感。

他們走了半個多小時，終於來到莫洛德的入口處。

「歡迎光臨莫洛德」的巨大招牌懸在公路上方，破碎的柏油路和陳舊的屋宇訴說著它曾經有過的時光。

柯塔和瑪塔都是莫洛德的居民，兩人停在街口，望著昔日曾經美麗的家園，心中五味雜陳。

莫洛德和史多哥的情況其實差不多，同樣蕭條荒涼，只是莫洛德的人口更多一些，當時倉惶逃命留下來的雜物也更多，街道看起來比史多哥更混亂一點。

狄站在路中央，轉身面對每個人。「我們需要的工具在狄奧羅的店已經足夠了。我們在莫洛德的主要目標是食物和藥品，其他的不用多拿。」

「醫生已經把藥品單開給我，藥品的部分我負責。」勒芮絲拍拍牛仔褲口袋。

「我們從拉烏爾街開始吧！」柯塔點點頭，「拉烏爾街是我們主要的商店街，有一間超市、幾家館子和藥房。如果還是沒找到足夠的食物，我們再往下一條街找。」

「『梅洛館子』就在那裡，老薩爾多的披薩店也在那裡，我知道他把獨家配方的醬藏在什麼地方，保證飆風幫那些混蛋找不到。」瑪塔的眼睛一亮。

「大家要小心一點。飆風幫進城的出口比較接近莫洛德，所以他們通常是在這一帶活動。提默說，他們每次在鎮上遇到噬人獸，都會誘到一間『有大院子的房子』裡困住，他沒有詳細說是哪一間房子，不過鎮上的某間屋子關滿了噬人獸是肯定的。」勒芮絲警告。

柯塔搔搔下巴。「『有大院子的房子』……聽起來像鎮長的家。嗯，鎮長的家在第三街跟緬恩街的交叉口，在拉烏爾街的下一條，我們小心一點就是了。」

「每個人待在彼此的視線範圍裡，不要一個人亂跑。」狄指示，「要進入任何建築物之前，先叫我，等我檢查過後確定安全了，你們再進去。」

所有人應了一聲，開始往鎮上走去。

拉烏爾街大約走七、八分鐘就到了，他們停在街上，左邊是柯塔說的那間超商，瑪塔迫不及待要找的醫在超商隔壁，右邊就是藥局。

狄做個手勢要他們先在街上等，自己走進去這幾間店檢查。

超商不大，大約是一般加油站的附設超商大小，幾分鐘之後他便走了出來，再進入其他幾間店看一下。都檢查完之後，他回到街上對他們點點頭。

「裡面沒古怪，如果你們發現任何異狀，立刻把自己鎖進儲藏室，然後大聲叫我。」他告訴每個人。

「走吧！」柯塔點頭，招呼了瑪塔和魯尼一起來。

狄和勒芮絲一起進了藥局。

勒芮絲先站在門口適應裡頭的陰暗，多年的塵埃默默在空氣中飄動。狄繞過她走進去，把窗戶擋板打開，讓陽光落進來，凝滯的空氣終於開始流動。

他注意到每間屋子的窗戶擋板都是放下來的，在史多哥也一樣。這應該不是他們倉惶逃難時還會記得去做的事，可見是平時的生活習慣。

拉下擋板可以避免在夜裡招來不必要的生物，這些人即使在承平時期，也是生活得戰戰兢兢啊！

藥局裡可以找的東西已經不多了，四排的商品架幾乎全空，地上散落著被踩爛的藥錠和空紙盒。勒芮絲依然不死心，掏出醫生給她的藥單，開始一排一排對架上和地上的藥品名。

放在開架上的藥大部分都是成藥，果然止痛鎮定這個部分已經全被掃光，想當然耳是那些混蛋搜去的。

勒芮絲繞到櫃檯後面，檢查後面的處方藥品櫃，或許有些處方藥飆風幫看不懂，還沒被搜走。

「妳說醫生平時還會幫人看診，為什麼我到目前為止還沒看過有人來求診？」狄倚著櫃檯，盯著她搜尋的舉動。

「因為羅納不讓他們過來。」勒芮絲的語氣藏著冰冷的怒意。「以前不管我們兩邊多劍拔弩張，只要是病人過來求診，醫生一律來者不拒。最近這兩年病人越來越少，到了半年前，甚至已經不再有人來了。」

她把櫃檯底下摸得到的盒子都拿到櫃檯上，一個一個打開。

「醫療營是唯一一個羅納無法控制的地方，對他來說，我們就像搧在他權威上的一巴掌。」她平板地說。「他藉由控制誰可以看醫生、誰不可以看醫生來奪回一些掌控權。可是終極來說，只要他的人依然需要仰賴醫生，對他就是一種侮辱。

「提默說，半年前羅納對全營的人宣布，以後任何人要來看醫生，必須先經由他評估，如果他認爲病情沒有嚴重到需要『痲煩醫生』的程度，他們就不必過來。

「四個多月前有一個人在叢林裡摔斷了腿，疼痛難當，羅納不讓他來找醫生。他忍不住痛，自己撐著拐杖偷偷來看醫生，醫生將他接好斷骨，給了他藥物，讓他回去，結果羅納發現了……」她的嬌軀微微一抖，似乎有些冷。現在的氣溫高達三十四度，所以狄知道她不是眞的覺得冷。「羅納在每個人面前，帶著微笑，重新打斷他接好的腿，讓所有人知道違抗他是什麼下場。此後，再沒有人敢私自過來。」

「那些鎭民就這樣容許羅納苛待他們？」他挑了下俊朗的眉。

勒芮絲沈默片刻。「他們只是一般老百姓，他們不像你這麼厲害，可以保護自己。」

他譏誚的唇角揚得更深，不予置評。

「既然沒有病人，我們就不需要這麼多藥了不是嗎？」

「當然需要！」勒芮絲回答得有點激動，「醫生永遠做好準備。就算現在沒有病人，有一天那些人需要他了，他隨時都能幫助他們！」

狄只是挑了下眉，沒有說話。

片刻後，她突然氣餒。

「有時候我覺得……羅納不讓鎭民過來，眞正想懲罰的不是他們，而是我叔叔。我叔叔這一生只想做一件事，就是醫治病人。一個好醫生沒有病人可醫治，就像一個廚師端出一身廚藝卻無人品嘗，一個音樂家寫好曲子卻無人欣賞……這份失落感，叔叔從來沒說過，但我知道他是藏在心裡的。」

狄慢慢地點了點頭。「我瞭解。」

勒芮絲嘆了口氣，拿出藥單，開始和桌上的瓶罐做比對。

狄隨手拉開幾個抽屜，突然在其中一個抽屜找到一樣東西。

「嘿，看這是什麼！」他拿在手中亮一亮，原來是一只上發條的機械錶。

勒芮絲對他一笑。狄把手錶的發條轉上，湊在耳旁聽了片刻，確定錶裡傳來滴滴答答的運轉聲。

「還可以用，回去我可以把錶還給醫生了。」他對勒芮絲挑了下眉，把醫生的錶收進口袋裡，把這個錶戴上。

「世界末日都到了，還需要錶做什麼？」勒芮絲拿他的話虧他。

「根據某位名醫的說法，每一分鐘都很重要。」他揚揚眉。

勒芮絲笑了起來。

「這裡只有一、兩樣是醫生要的。柯塔說兩條街外有另一間藥房，你可以先過去看看嗎？我在這裡再找找，一會兒過去那間藥房和你會合。」

「我會回來接妳，自己不要一個人亂走。」

「嗯。」她露出一絲笑意。

「等我。」

「好。」

她喜歡他說這兩個字：等我。

狄轉頭走出去。

她把藥局又翻了一遍，最後總共找到四盒醫生指定的藥。她把戰利品放入背包，推開門往街上走。

柯塔、魯尼和瑪塔正好從餐館走出來，瑪塔一看見她，臉上立刻咧出大大的笑容，顯然有人成果比她豐碩。

「不只醬找到了，猜猜誰在暗格裡藏了一大塊起司？」瑪塔滿足地拍拍自己的背包。

「這表示我們回去之後有起司鍋吃了嗎？」勒芮絲笑了出來。

「以及其他一百種起司料理。」瑪塔向她保證。

「我們在超商找到一些豆子和肉醬罐頭，不多，不過總比空手好。」柯塔說。

「狄呢？」魯尼看了看她身後。

「他先去兩條街外的藥房檢查。」她指了指自己的背包。「我的運氣沒有你們那麼好，我只找到四盒藥。」

「既然如此，我們過去和他會合吧！」柯塔調整一下背後的包包。

「狄叫我們在這裡等他回來。」

「這幾條街都很空曠，如果有噬人獸出現，我們老遠就看得到了。我們過去找他，省得他再折回來。」柯塔笑道。

「好吧！」勒芮絲想了想，點點頭。

每個人揹著自己的戰利品往下一條街走去。

勒芮絲深深相信，人要是運氣不好，兩百年出一趟門都會踩到狗屎，眼前就是最好的例證。

她沒有踩到狗屎，不過她的感覺和踩到狗屎差不多。

「哇、哇、哇，這不是我性感美麗的鄰居勒芮絲嗎？」

和他們交錯的路口，幾條大男人悠然向他們走來。

走在最前面的羅納笑容可掬地向她張開雙手，他身後跟著喬歐、提默和另外三個飆風幫，提默在最後面拚命眨眼要他們小心。

如果佩卓像典型的地痞流氓，那麼羅納就像典型的羅曼史男主角。

身高將近一九〇公分的他高大英挺，一頭濃密黝黑的鬈髮用皮繩紮住，他的背心和皮褲包裹著古銅色的健壯肌肉，一張英俊到找不到一絲缺點的五官，說他是從羅曼史直接走出來的海盜都不爲過。上帝在創造這張臉的時候，心情一定非常好。

勒芮絲還記得自己第一眼看到他那種驚豔的感覺。現在她知道了，美麗的糖衣下往往包裹著毒蛇般的邪惡殘酷。

現在的她，看到他的臉只有噁心想吐。

「可惡……」勒芮絲喃喃低咒。

她早該猜到飆風幫一定也跟他們有同樣的想法，在雨季來臨前先進城搜尋補給，只是沒想到他們竟然會選中同樣的時間、同樣的地點。

羅納走到他們前方五公尺停住，一隻手貼在胸口。

「勒芮絲，莫洛德何德何能得到你們光榮的眷顧？」

「我不知道莫洛德屬於你，我們要來還得跟你報備。」她黑亮動人的眼眸寫滿不馴。

「親愛的，這整座叢林都屬於我。」羅納不在意地揮揮手，好像她說了什麼笑話。「不過妳誤會我的意思了，我只是想說，如果醫生那裡有任何需要，大可跟我說一聲，你們不必千里迢迢跑一趟，畢竟沿途有太多危險了。」

「例如某個惡意又無聊的男人故意把我們的繩橋弄斷嗎？」她沒有笑意地扯一下嘴角。

「哦？你們的繩橋斷了？」羅納一手按住心臟，表情無比摯誠。「我希望沒有人受傷。如果你們需要，回去時可以走我們的木橋。勒芮絲，我早就跟你們說過了，木橋比繩橋安全多了，畢竟繩子是很容易斷的。」

勒芮絲銀牙暗咬。

「木、木橋也是會斷的！你不要以爲只有你們會玩這種手段。」柯塔勇敢地上前一步。

羅納英俊臉上的笑容漸漸消失。

「他在威脅我嗎？」他轉向勒芮絲，「柯塔先生在威脅我嗎？勒芮絲，妳也瞭解，我這人是不太喜歡被威脅的。」

勒芮絲的牙咬得更緊。

「不，柯塔，我們和他們是不一樣的人。」她回頭堅定地對柯塔說：「我們不是毒蛇，我們不屑做宵小才會做的事。」

羅納的笑容整個消失了，在最後面的提默露出憂心之色。

「噯，勒芮絲，爲什麼我覺得妳對我有很深的誤……」羅納的語音突然斷掉。

勒芮絲的心跳微微加速。

狄來了。

和上回一樣，她不是聽到他的腳步聲，而是感受到他的存在。

本來他們後面沒人，然後他突然就在那裡。

羅納的俊眉一皺，注視著那個無聲繞出街角的男人

柯塔回頭一看，心跟著一定，三個人的背不自覺地挺得更直，腳站得更穩，面對這幫人更有底氣。

只要狄在，一切都會沒事——每個人的心頭浮現一模一樣的想法。

不知何時，他已經成爲他們心頭獨一無二的長城。

「藥房很安全，我們走吧！」狄無聲走到她身旁，在她腰後輕扶了一下，把面前幾條大漢視如無物。

喬歐吃過他的虧，走到羅納身邊，在他耳旁迅速低語了幾句，羅納的眼中竄出一絲火苗，笑容重新揚起來。

「這位想必就是醫療營神祕的貴客了。」羅納主動伸出手，朝狄走過來，笑容如春天的陽光一般和暖，可惜在場沒有一個人不知道他的本質。

狄終於正眼看他一記。

「你好，我相信我們還未經過正式的介紹。我叫羅納。」羅納依然伸出手，等他回應。

狄看了那隻手一眼，隨便握了一下就鬆開。

每個人本來以爲他們這一握應該有戲，再怎樣也得兩隻手掌鎖住，指關節泛白，直到其中一個人受不了放開爲止。沒想到這個握手竟然如此短暫就結束了，所有人登時都有些失望。

只有羅納知道，當他的手碰到狄的那一刻，他的掌心彷彿被一股電流擊中，整隻手臂發麻，他趕緊把狄的手鬆開。

這個暗虧只有他們兩個人知道，羅納的笑容變小了一些。

「狄。」狄淡淡自介。

「D？」羅納露出剛剛好的訝異表情。「字母那個D，還是有其他拼法？」

「就是狄。」

「D，眞是奇特的名字。」羅納回頭問自己的同伴：「你們認識用字母當名字的人嗎？」

每個人高高低低地訕笑起來，提默只能跟著陪笑。

「狄，我是很誠心地想認識你，用一個字母敷衍我太不夠意思了，我告訴你的可是眞名。」羅納轉回來對他笑。

「名字只是一個代號而已，能叫就行了。」狄輕描淡寫地道。

名字只是一個代號而已，能叫就行了。

辛開陽的嗓音突然躍入他腦中。

他腦子裡有一扇門突然打開，他聽見年幼的自己不高興地說：

「可是每個人都有名字，法蘭克、艾兒、若妮，他們都有自己的名字，爲什麼我的名字只是一個字母而已？爲什麼安只有一個『N』，畢只有一個『B』？」

「你不覺得這樣比較好叫嗎？」辛開陽咬著根棒棒糖，無可無不可地聳聳寬肩。

「我想要一個眞正的名字。」小孩子狄喃喃抱怨。

「好吧好吧，你這小子眞麻煩！你想叫什麼名字，你自己說好了。」他那浪蕩無行的師父總是沒個正經相。

「哪有人家名字自己取的，每個人的名字都是長輩取的。」他心裡想的是，他想要師父幫他取名字，像師父幫自己的兒子取名字一樣。

「人活在世上什麼都由得自己，唯有取名字由不得自己，就算被取成阿貓阿狗也是命，多不公平啊！我是給你一個機會讓你自己取名字耶！」辛開陽向自己的徒弟叫屈。

「……不要，我不要自己取。」

「嘖，你這小子眞難搞。」辛開陽想了半天，終於想到一個。「不然叫『玄武』好了。」

玄武，玄武，他在心裡默念幾次，其實還不錯，不過——

「玄武是烏龜。」

「烏龜又怎樣？龜兔賽跑你沒聽過？最後誰贏？」

「……烏龜。」

「那不就得了？而且玄武不是烏龜，是龜蛇，一種靈獸，你知道玄武還代表什麼嗎？」

年幼的他搖搖頭。

「玄武代表眞武大帝，武當山供奉的主神。你要是把我教你的武功練好，最後就會變得像眞武大帝這麼厲害，連張三丰都要拜你，這樣還不威風嗎？」他師父敲他一個爆栗。

是這樣嗎？小小狄其實不知道張三丰是誰，不過師父說他很威風，那應該就是很威風。想了半天，他終於滿意地點點頭。

玄武！

他的名字叫狄玄武。

他終於想起來了。

「……這樣的機會……」羅納說了片刻，終於注意到他的聽眾根本沒在聽他說話。他眼中露出一絲兇狠的殺意，嘴角的笑容卻加深。「狄，我讓你無聊了嗎？」

狄回過神，看了他一眼。

「有點。」

噗！勒芮絲差點笑出來。她都忘了這位狄先生想氣死人的時候有多厲害。

瑪塔就沒這麼客氣，直接噴笑。

羅納的笑容消失。

「走吧！」狄懶得跟他們浪費時間，對三人一點頭。

大家有志一同往外走。

「我知道你殺了路卡。」羅納微冷的嗓音從他們身後響起。

狄慢慢回過身。

「不斷有人說我殺了路卡，我自己記得不是很清楚，不過有一點我倒是肯定，我會殺的人只有強暴犯和虐童者，你們營地裡有這兩種人嗎？」

羅納頓了片刻，忽然笑了起來。

「我欣賞你這樣的男人，你知道自己要什麼，而且知道如何得到自己想要的。」羅納對他讚許地點點頭。「像你這樣的男人一定明白，唯有跟著強者才能提高自己的生存機率。路卡是我的左右手，他死了，他的位置空下來，我可以用得上你這樣的幫手，你的想法如何？」

他竟然真的在公開招降，狄真是開了眼界。

「如果你要，醫生和勒芮絲可以一起來。」羅納慷慨地張開雙手。「其實，整座醫療營的人都可以一起來，我們的營地有足夠的空間容納每一個人，我摯誠地歡迎你們。」

「誰要去你們的鬼地方！」向來好脾氣的魯尼怒火上衝，一副要衝上去扁人的樣子，瑪塔趕快將他拉回來。

狄深深地看了羅納一眼，突然露出一個笑容。

那個笑容讓每個人都毛骨悚然。鯊魚要吃掉牠的獵物時，豹子要咬死羚羊時，這些獵物臨死前看見牠們的掠食者張開嘴巴，應該就是這樣的笑容。

「你知道嗎？」狄的笑意沒有進入他眼底。「或許有一天我真的會接受你的提議。」

他對自己人一點頭，每個人轉頭一起走開。

飆風幫站在他們身後，動也不動，直到他們的身影消失在街角為止。

勒芮絲伸手，悄悄握住他粗糙的手掌。

「玄武。」他突然說。

「嗯？」勒芮絲揚眸看著他。

「那是我的名字。」他靜靜地說：「我叫狄玄武。」

勒芮絲的手握得更緊，神色變得溫柔。

「嗨，狄玄武，我的名字叫勒芮絲，很高興認識你。」

9

他們在莫洛德待了半天，接近傍晚時終於準備離開。

每個人的帆布袋都裝得滿滿的，臉上的表情都很開懷。他們找到一間屋子，在牆壁夾層裡有一些私藏，勒芮絲在第二間藥房也找到許多處方藥。

他們沒有再遇到羅納的人，不過看飆風幫的背包都鼓鼓的，想來比他們早補滿貨，早就離開了。

勒芮絲和魯尼站在大街上，等柯塔和瑪塔搜完最後一間商店出來。

「狄呢？」她好奇地問。

魯尼和她一起四下看了一圈，只見狄玄武從一間屋子的後院繞出來，手上抓著一台粉紅色的兒童腳踏車。

「嘿，妳看這是什麼？」他英俊的臉上掛著十分開心的笑容。

「噢——腳踏車，艾拉一定會很開心。」勒芮絲按著心臟，露出一副被融化的笑容。

狄玄武把腳踏車翻看一下。

「這車子被棄置在後院，雖然有點髒，回去洗一洗上點油應該就可以騎了。」他頓了一下，突然想到：「那小鬼會騎腳踏車吧？」

「我們有一整個營的人可以教她。」魯尼笑道。

「噢——我們這麼多人裡面，他是唯一一個記得替艾拉找禮物的人。」瑪塔跟勒芮絲一模一樣的姿勢按住心臟。

兩個女人甜蜜蜜地對他笑，狄玄武的笑容僵掉。

「別這樣，妳會讓他害羞的。」勒芮絲故意頂頂她。

「抱歉。」瑪塔馬上一臉正色。「狄，你是一個糟糕透頂又沒有道德良知的暴徒，全世界再沒有比你恐怖的男人了，我保證這件事不會改變你在我心中的形象。」

柯塔和魯尼低低竊笑。

狄玄武陰鬱地瞄她們一眼，把腳踏車扛在寬肩上，臉臭臭地走開。

勒芮絲忍著笑，心眞的融化了。

這是艾拉第一個眞正屬於她的兒童玩具。更重要的是，這是狄玄武送給她的。在她小小的生命中，年輕強壯的男人帶給她的只有殘酷和傷害，但是狄做的每一件事都重新定義了那段記憶，勒芮絲不知道該如何讓他明白她的感謝。

「我們今晚回史多哥過夜，明天開始往回走。」走在最前頭的狄玄武說。

「可是橋斷了怎麼？」瑪塔憂心地問。

狄玄武回頭看她一眼。「狄奧羅的店找得到修橋的工具，我會把它修好。」

斷在另一邊的橋要怎麼修？他們都想不出來，不過狄既然說他修得好，他就修得好，他們對他再也沒有任何懷疑。

「這一趟出來竟然還滿平靜的，我本來以爲我們會遇到噬人獸。」勒芮絲說。

「因爲樹都長回來了。」魯尼比了下北側的叢林。「八年過去，席而瓦已經漸漸在療癒自己。等所有的樹都長回來，席而瓦雨林會再度成爲保護我們的壁壘。」

所有人若有所思地望向另一邊的叢林。

是啊！不知不覺間，當初被烈焰燒光的半片雨林，竟然已經恢復了它旺盛的原貌。這樣看來，或許有一天，叢林生存圈的人眞的能再回到城裡，重建以往的人生……

走在前面的狄玄武突然停下來，左手舉高拳。

這是「停止」的意思，每個人警覺地停下來。

他們四處看，什麼都看不到，狄玄武的神色卻非常嚴峻。

過了一會兒，他們聽到了那個越來越近的嘶嘶聲……

「噬人獸，是噬人獸。」柯塔臉色發青。

那是噬人獸的低咆聲，絕對錯不了！聽這個聲音，竟然還不只一隻。

「在哪裡？從哪裡過來？」所有人原地打轉。

嘶吵——嘶吵——

低嘶的聲音竟然從好多不同的方向朝他們包圍過來。勒芮絲和瑪塔緊緊拉住對方的手，臉色都是一片蒼白。

「到那裡！」狄玄武迅速指著左邊的一間磚造房，每個人立刻往房子衝過去。

「柯塔！」狄玄武將艾拉的腳踏車拋過去給他，柯塔連忙接住。

「你要去哪裡？」勒芮絲緊急刹車，回頭看著落在後面的他。

「進屋子裡躲好，門窗都鎖緊，不必等我，快去！」狄玄武將身上的行李解下來掛到她身上。

瑪塔趕快過來幫她分攤重量。該死，好重！這小子一個人到底是扛了多少東西？

「來吧，勒芮絲，這小子知道怎麼照顧自己！」瑪塔拉著勒芮絲的手往前拖。

勒芮絲不情願地看他一眼，但留下來只會變成他的負擔，只好跟著所有人跑進屋子躲好。

他們每個人巴著客廳的窗戶往外看。

街尾揚起一陣塵煙，奔騰嘶叫的聲音漸漸殺了過來。

「該死，那裡是鎮長家的方向。」柯塔用力一捶掌心。

「羅納！」勒芮絲的心狠狠一揪。

一定是他！原來他們沒有走遠，在天黑之前繞回來將困在鎮長家的噬人獸放了出來。噬人獸是夜行生物，在黑暗中更加兇猛，他分明是想置他們所有人於死地！

站在街道中央的狄玄武也想到了，嘴角冷冷一挑。

這是飆風幫第二次想殺他。

他有個好習慣，事不過三。

「我們在這裡會被噬人獸看見，上樓！」魯尼道。

二樓的窗戶可以看得更清楚，勒芮絲二話不說往樓上衝，其他人緊跟在她身後。

「天哪，這麼多隻……」瑪塔巴在二樓臥室的窗戶前，整張臉發白。

這群噬人獸少說也有十隻。一般人要殺一隻已經很不容易了，非得十幾個人聯手不可，狄玄武昨天雖然殺了一隻，也已費了一番工夫。十幾隻圍攻的話……每個人都不敢想下去。

狄玄武動了。

他先衝到對面房子的門廊下，對著一根門柱重踹幾腳，門柱應聲而斷，他再踹向第二根門柱，卻沒有將第二根踹斷，只是讓它裂開而已。門廊的屋頂嘎吱一聲，搖搖欲墜。

他如法炮製，將好幾間屋子的兩根門柱都破壞，然後跳回街上。

「柯塔？」他沈聲大喊。

「是！」柯塔高聲回應。

狄玄武撿起一根被他踹斷的門柱橫在手中，這根門柱兩公尺長，握在手中像一根巨大的球棒。那群噬人獸越衝越近，嗅到他的氣味，「嗤吵——」張牙舞爪地加速衝來，連幾隻原本要轉向的也折了回來。

狄玄武橫握著門柱。五十公尺、四十公尺、三十公尺……

「待會兒我給你們訊號之後，你們從屋後逃進森林，往史多哥的方向跑，不要回頭，知道嗎？」

他緊盯著嘶吼而來的怪獸。

「你怎麼辦？」勒芮絲在屋子裡大叫。

「記得離這裡五公里的路上有一輛救護車嗎？」他全神貫注，盯著前方。

「記得。」

「我們在那裡碰面，如果到了五點我還沒出現，你們直接回艾拉斯莫的家，我們在那裡見！」

第一隻噬人獸撲到，狄玄武長棍在手，一人一獸怒吼一聲，同時向對方撲過去！

勒芮絲的心臟停止了。

所有人緊緊貼在窗戶上。

狄玄武在半空中一棍揮出，第一隻噬人獸被震飛出去。後面的十幾隻已經趕到，剛毛箕張，巨大的嘴發出嘶吵之聲，利齒盡露。

牠們比他兩天前殺的那隻更瘦，顯然被關著一段時間了。飢餓讓牠們更嗜血瘋狂，可是虛弱也讓牠們的動作沒有那隻靈活，對他反倒是有利之處。

從牠們身上散發出來的強烈屍臭味向他湧來，他鬥志心起，一把長棍如行雲流水般揮了開來。

這套棍法是他師父自創的得意之作。

有一次辛開陽被困在一棟滿是爆裂物的大樓裡，街上守滿了等他出來的恐怖分子。他手中的槍子彈用盡，出去是死，不出去也是死，他身後是幾個來不及撤走的分公司主管和保全。

最後，他以一條打濕的窗簾當布棍，領著這些平民從地下通道硬闖出去。所有人都活了下來，有幾個恐怖分子的運氣就沒那麼好了。

回到家之後，辛開陽將這套布棍發展成一套完整的軟棍法，傳給了他的徒弟。

他一定沒有想到，有一天在另一個世界裡，他的傳人會用這套棍法對抗十幾隻吃人的怪獸。

當年辛開陽用的是軟棍，狄玄武拿的是一條眞正的木棍，硬度雖勝，柔韌度不足，不過對付一群沒有智慧的怪物已經夠用了。

只見他橫棍在手，左點右挑，上攻下掃，一支木杜猶如一尾靈活的長蛇舞開，在身前畫出一個圈。棍子有多長，他身周就有多寬是噬人獸近不了的。

他內勁力透杜身，整根門杜堅硬如鐵，那些被他點到的噬人獸痛得狂叫連連。

所有的人躲在二樓，看他猶如變把戲一般將那群噬人獸集中在街心。到最後，他身前已經圍滿了張牙舞爪的噬人獸，除了他騰躍的時候，他們甚至看不見他的身形。

他們無法想像他要如何從重重包圍中脫身。

狄玄武很清楚，一時三刻之間要把這些怪物全殺了不是那麼容易的事，也沒必要，他只是想確定還有沒有其他藏在暗處的漏網之魚。

這番纏鬥發出的聲響沒再引來新的噬人獸，他心中有底，突然飛身躍起，長棍像撐竿跳一樣，一個起躍就到了剛才被他踢斷門柱的其中一間門廊前。

他長棍再一點，人彈到半空中，借力使力踹斷只是裂開的那根門柱，隨之撲來的噬人獸衝入門廊底下，屋頂嘩喇喇倒了下來，將牠們壓住。

兩隻。

他如法炮製，再彈往另一間的門廊而去，又是兩隻。

去掉三分之一的目標，戰場反而變寬鬆了。其他噬人獸狂叫著，朝他撲咬過來，他長棍點地，三個起落已經在三十公尺之外，那群噬人獸「嘶」、「吵」狂叫連連朝他追去。

「柯塔，現在！」狄玄武突然大喊。

柯塔再不遲疑，拉了勒芮絲，魯尼拉著瑪塔，四個人往樓下衝。

魯尼找到後門，瑪塔先奔出去，再來是柯塔。勒芮絲離開前，從客廳窗戶最後看一眼被那群猙獰巨獸追逐的男人。

他不會有事的。那些怪獸傷不了他。他會回到她身邊。她只能在心裡不斷默念，一邊衝出後門。

四個人無聲地逃進南半邊的叢林裡。

狄玄武繼續纏住怪物，不讓牠們有機會發現身後的動靜。

待確定四個人都已經離開之後，狄玄武清嘯一聲，往北方的叢林飛躍而去。

❦

三日後

醫療營就在前方。

他們到家了。

看見營地的建築物在樹影間出現，勒芮絲的心不禁雀躍起來。

回想過去幾天的旅程，她幾乎摔得粉身碎骨，他們被噬人獸包圍，狄一個人誘開一整團怪物……種種遭遇在看到家的那一刻都放鬆了。

原來，在不知不覺間，這座叢林中的簡陋營地已經成了她的家。

「叔叔！」

營地的人聽見他們的動靜，早就走到空地上來迎接。勒芮絲一眼看見醫生清癯瘦削的身影，立刻加緊腳步。

「叔叔，你絕對想不到我們找到什麼，太陽能板！狄說，這個東西能將太陽光轉換成電力，以後我們就不用再擔心沒電的問題了。」

瑪塔和柯塔跟在她身後，每個人也都笑容滿面。

這一趟回來，最辛苦的還是狄玄武。

最後他決定一次把七十公斤的太陽能板都帶回來，以免飆風幫的人回頭攪局。

本來他打算自己一個人全扛了，可是其他四人抗議。最後商量結果，最重的太陽能板交給他揹，剩下的組件由他們四人兩兩一組輪流抬。

他們身上各自又揹了近十公斤的罐頭食物和日用品，這一趟下來真的累得夠嗆。

勒芮絲把背包放在地上，開心地跳到叔叔面前嘰嘰喳喳，彷彿回到了十六歲的自己。

「對了，進城的繩橋斷了——不要問我爲什麼，我現在心情太好了不想發火——不過不用擔心，我們把橋修好了，還有，我找到你要的那些藥……」勒芮絲看見每個人的表情，聲音漸漸逸去。

醫生的臉上雖然帶著微笑，嘴角一個可疑的青影卻讓她狐疑起來。那是……淤青嗎？

「叔叔，你的臉怎麼了？」

「沒事，這一趟你們都辛苦了，眞是太謝謝你們了。」醫生溫柔地拍拍她安撫。

狄玄武把背上的重擔往地上一卸，看一下儲藏室。

原本應該在烘木頭的儲藏室此刻卻門戶大開，裡頭黑洞洞的，所有木頭不見蹤影。他算了下時間，知道開窯的時間還沒到，起碼還要兩天。

「木頭呢？」

柯塔幾個人把身上的東西都卸下來，開始感覺到氣氛不太對勁。

勒芮絲再看了一下迎出來的人，裡面沒有梅姬和艾拉。她們兩個看他們回來了應該很興奮才對，尤其是艾拉，她最喜歡的狄回來了，她怎麼可能不飛奔出來？

「梅姬和艾拉呢？」勒芮絲問。

「我在這裡。」梅姬從她們的木屋走出來，神情有些疲憊。

「發生了什麼事？」勒芮絲緊繃起來。

「飆風幫的壞蛋！」歐巴老太太恨恨朝地上吐了口唾沫。

勒芮絲一驚，連忙看向叔叔。

狄玄武慢慢走到她背後，按住她的肩膀。

「幾天前佩卓帶了幾個人過來，說要讓狄對路卡的下落給個交代。他們發現狄不在，就開始搗毀營地。」德克教授沮喪地道。「我們烘到一半的木頭被他們全拖出去，又砍又劈的都毀了；他們還想打人，醫生衝上前攔住，佩卓沒有動他，不過醫生在保護其他人時掛了點彩。」

「叔叔，你沒事吧？」勒芮絲連忙輕撫醫生的嘴角，心疼極了。

「我沒事，萊特不敢直接對我動手，這算是邊際損害，我將來出去一定要向保險公司申請理賠。」醫生還有心情開玩笑，勒芮絲急得直跳腳。

佩卓他們並不知道醫療營的人要進城，明擺著是上門找麻煩。

她一直知道飆風幫遲早有一天會主動來犯，但知道是一回事，眞正來了又是另一回事。兩方的協議可以說到此正式破裂，她驚怒交加。

「萊特是最壞的。」只剩下一隻手的洛道夫憤憤地道：「上次他被狄先生痛打一頓，面子下不去，這次他一衝進來就先把我們的鍋碗瓢盤摔了，烘到一半的木頭也是被他毀掉的。幸好醫生擋在前面，不然他們還想衝到後面把我們砌好的牆都砸毀呢！」

勒芮絲心疼地抱住叔叔，醫生輕撫她的頭頂安慰她。「我沒事。」

「他們還把我們所有的肉乾都搶走了。」歐巴太太生氣程度不在話下，「接下來就是雨季，他們這時候來搶我們的存糧，分明是想讓我們都餓死嘛！」

狄玄武雕像般的臉龐沒有任何表情。

梅姬泫然欲泣地走過來。

「艾拉嚇壞了……她以為他們又要來抓她，從那天起就把自己藏在房間裡，不肯出來，我們誰跟她說都沒用。」梅姬含淚看著狄玄武。「狄，她最信任你了，可以請你進去跟她說說話嗎？」

狄玄武冷冷看她一眼，大步走向她們的木屋。

他的手一搭上門把，就聽見裡頭劈里啪啦一陣亂響，看來有人急著躲起來，結果撞倒一堆東西。

狄玄武往門內一看，靠牆的那座小櫃子及時關上，櫃門跟著裡頭小人兒一起在發抖。

「妳在幹什麼？」他兇兇地問。

櫃門立刻停止發抖。

「我問妳在幹什麼？」他再重複一次。

勒芮絲想叫他不要那麼兇，不過醫生只是對她搖搖頭，讓狄玄武去處理。

櫃門慢慢滑開，一張蒼白的小臉露出來。

艾拉的臉幾乎被那雙大眼睛吞沒。她沒有哭，只是瞪得大大，彷彿她只要眨一下眼睛，這個世界隨時會在她的眼前崩裂。

原來一個不哭的小鬼，比一個愛哭的小鬼更讓人心疼。

「我回來了，妳躲在櫃子裡幹嘛？」他依然兇兇的。

艾拉瞪了他半晌，突然衝出來緊緊抱住他的大腿，他將全身發抖的小鬼一把撈進懷中。

「你不見了……你不見了……」她的聲音細細的，像一隻小貓在嗚咽。

狄玄武讓她貼著自己的胸口，艾拉的小臉蛋埋進他頸窩裡，好像想黏成他的一部分，永遠不從他身上下來。

「你丟下我……不見了……」她細細地嗚咽。

狄玄武抱著她走出去。

「我出去找食物，妳又不是不知道，難道我們可以不吃東西活下去嗎？」他口氣還是很兇。

「你不見，壞人就來了……」她終於出現一點哭音。

狄玄武超有罪惡感。

他媽的爲什麼他要有罪惡感？他一點都不喜歡有罪惡感！

梅姬過來要抱女兒，艾拉死死勾住他脖子不肯鬆手。

「是佩卓和萊特。」梅姬流下淚來。「上次也是佩卓硬抓住她，她以爲她又要被帶走了……」

佩卓和萊特。

飆風幫。

狄玄武眼神一硬。

事不過三，這是第三次。

「妳哭什麼？妳死了嗎？」狄玄武怒問懷中的小傢伙。

小傢伙搖搖頭。

「我死了嗎？」

小傢伙更用力搖頭。

「那些壞人死了嗎？」

還是搖頭。

「那不就對了？沒人死，有什麼好哭的？要哭也是等有人死之後再哭。」他粗魯地道。

勒芮絲覺得這種話實在很不像安慰人的話。

「……他們死掉……才不哭……」懷中飄出一個細細的反駁。

嗯，不錯，邏輯感還在，還沒被嚇傻。

「那妳就更沒有理由哭了！」

小傢伙想了一下，覺得好像有道理，不禁出神。

「他們誰想抓妳？萊特嗎？」

她點頭。

「佩卓？」

她又點點頭。

「還有誰？」

「不認識……」

「好，去找妳媽。」他不由分說把小傢伙塞進她母親懷中。「勒芮絲，把我們帶回來的東西整理一下。柯塔，你去後面巡巡看還有什麼被破壞。醫生？」

「是？」醫生走過來。

狄玄武從口袋掏出醫生的錶，和自己戴的錶對一下時間，然後把錶拋給醫生，醫生伸手接住了。

「我今晚不會回來，不用等我。明天早上十點，準時到飆風幫的營地來，不要早不要晚。」他轉身就走。

艾拉看他又要走了，放聲大哭。「你又要走了！你走了壞人就來了，嗚——嗚——不要，嗚哇——」

她一哭，大人反而鬆了口氣，她若是憋著不哭才糟糕。

艾拉哭得天昏地暗，梅姬輕拍她的背心，吻著她的臉頰柔聲安慰。

「哭什麼？」狄玄武回頭兇巴巴地說。「那些人搶了我的食物！其他東西也就算了，我最痛恨有人搶我的食物。有人搶了妳的東西，難道妳就任他們搶走嗎？」

艾拉吸了吸鼻子，一雙濕淋淋的大眼睛對住他，任何人看了那雙大眼睛都要心碎。

「他們有沒有搶妳的東西？」狄玄武問。

艾拉先搖搖頭，想了想又點點頭。

「竹竿斷了……」她低聲控訴。

艾拉有一根竹竿，前身是掃把，後來掃把頭掉了下來，大人把竹竿給她玩，她就把那根竹竿當成木馬一樣騎來騎去，這是她唯一的玩具。

「哪一個人？」狄玄武兇狠地問。

「不知道名字……黑黑的，綁很多辮子……」

「好，我知道了。」

他大步往外走，轉眼消失在森林裡。

所有人聚了過來，在勒芮絲身後圍成一圈，歐巴太太憂慮地道：「就這樣讓他一個人去好嗎？」

勒芮絲望著他消失的方向，只能嘆口氣。

「照他的話做吧！」她轉過身拍拍手，要每個人動起來。「好了，大家一起把營地整理一下。魯尼，那些太陽能板麻煩你；瑪塔，我們帶回來的罐頭和食物要歸類——」

10

飆風幫，傍晚

貝托在牆頭輪守，一把來福槍揹在肩上。

槍裡其實沒有子彈，羅納不可能讓飆風幫以外的人拿槍，不過若有陌生人來犯，背上的槍依然有警嚇作用。

過去八年，叢林裡只來了一個陌生人。

貝托還未見過那個人，但他從提默的耳語中聽到了一些事，他不確定自己該對那些事有什麼看法，但可以肯定的是，即使世界上再來一個「羅納」，情況最差也不過就是如此了。

他們的營區是由羅納和飆風幫親信統治，其他鎮民只能淪為打雜的，專門做一些清潔跑腿和輪班的勤務。貝托心裡其實很不樂意，不過他沒有辦法。

他的父親原本是深受莫洛德居民愛戴的鎮長，已經當了十五年，可惜他父親沒能逃過回聲爆炸；此後，貝托在大家眼中隱隱成為他父親的替代者，所有鎮民如信任他父親一樣信任著他，他們的安全成了他的責任。

飆風幫營區雖然是鎮民在被奴役下蓋出來的，過程中不乏有人死亡，貝托卻不能不說它是一個安全的營地。

他們從鎮上拖回建築專用的厚鐵板，在周圍築起一圈四公尺高的鐵牆，把整個營圍住，牆頭搭了巡守用的便道。

他們比醫療營大了五倍，營地周圍二十公尺以內的樹都砍光，所以視野良好。

他們用木頭、鐵皮蓋了房子，每兩、三戶鎮民共住一間，雖然有點擠，至少每個人都有房子住，只有少數後來加入的鎮民必須睡帳篷。即使如此，貝托也在自己的能力所及盡量確保他們住得舒適。

在這裡，只要你願意付出勞力就能換取食宿，不怕風吹雨打，不用流落在外，不必與叢林的猛獸搏鬥，比困頓窘迫的醫療營好多了。嚴格說來，這算不得已中最好的安排。

當然，這樣的生活是要付出代價的。

在羅納的治下，所有飆風幫以外的人都活得像次等公民。那些混蛋平時把鎮民當僕人使喚，看見自己喜歡的東西半要半搶的一定弄走；看上哪家的女人，誰敢說不？居民沒有所謂的「私有物」，所有東西，包括人，都屬於羅納和飆風幫，這整座營區幾乎是他們該死的後宮。如果有人反抗，結果就是被羅納拖到大門前的空地公開處罰，這些處罰包括鞭打、吊起來數日，甚至連坐親友和家人。

羅納早就把規則講得很清楚，這裡是他的地盤，他說的話就是法律！

鎮民們敢怒不敢言。他手下的二十幾條大漢個個是兇神惡煞，每個人的手臂都比鎮民的大腿粗，他們只是普通小老百姓，所有武器又控制在羅納手中，誰打得過這幫惡漢？

不是沒有鎮民試過反抗，但是下場都十分淒慘。最後大家認命了，反正只要安安分分的，日子也就是這樣過下去。

由於貝托是老鎮長的兒子，羅納知道他在鎮民中的地位不同，對他是比對其他鎮民好一點，不過比起飆風幫還是天差地遠。

貝托心裡其實是憤慨的。如果只有他一個人，他早就離開了，去醫營療挨餓受凍好過在這裡當奴隸。

可是他不行，他還有萊娜。

萊娜剛發現自己懷孕了，他絕對不可能帶著她到外面冒險。

羅納不准他們去找醫生，這點讓他非常頭痛。再過不久萊娜就需要做產檢，他們營地裡只有一個年輕的獸醫。

洛伊大學剛畢業不久就碰上回聲爆炸，根本一點實務經驗也沒有。羅納強迫洛伊硬著頭皮上陣，他只好接下來，然而八年過去，一些小傷洛伊勉強還能應付得來，再嚴重一點的就沒辦法了。

貝托無法想像萊娜在這種情況下生孩子的情景。

他們需要醫生！

他心煩地走來走去，眼睛往前一瞥，無意間看見森林裡的某個地方。

他停下來，注視著那個點。他今天一直覺得那地方怪怪的，可是又說不上來哪裡怪。

是那棵樹嗎？他拿起望遠鏡檢查一下。

正好飆風幫的納杜爬上牆頭查勤，貝托立刻將望遠鏡遞給他。

「納杜，那個地方好像不太對勁，你看一下。」

整顆大光頭都佈滿刺青的納杜把望遠鏡接過去，看了半晌，聳聳肩把望遠鏡遞還給他。

「我沒覺得有什麼奇怪。」

「你看那三棵樹，早上好像不是這樣的。」貝托接過來又看了一下。

「樹就是樹，不然要長怎樣？」納杜怪眼一翻。

「我說不上來……你想，要不要請羅納過來看看？」貝托依然心神不寧。

「你以爲羅納天天閒著沒事做，有工夫去記每棵樹長什麼樣？神經病！」納杜啐了他一口，逕自從鐵梯爬下去。

貝托又拿起望遠鏡看了半天，終於發現有什麼不對勁。

這三棵樹禿了！

這三棵樹距離他大概五百公尺，周圍被其他樹包圍，乍看沒有什麼不對，仔細看就會發現，那三棵樹光裸得像三根被削乾淨的牙籤，直挺挺立在森林中央。從他的視野只能看到三根露出來的尖頂，其他部分被前面那排樹遮住。

它們本來就是禿的嗎？還是一夜之間禿掉的？貝托不太確定。

三棵樹在一整座叢林裡不算顯眼，他不知道爲什麼他會突然注意到它們，可能是因爲它們就在營區正前方，又是三棵併排長在一起，比其他樹更容易被注意到。

「嘿，貝托，我們來接班了。」兩個鎭民從鐵梯爬上來。

「你們看看前面有沒有什麼問題。」貝托決定讓他們兩人試試。

一個鎭民拿起望遠鏡，掃視一遍之後交給另一個，兩人看完之後對他聳聳肩。

「一切很平靜，沒什麼問題，接下來交給我們吧！」

貝托遲疑一下。或許他記錯了，或許這三棵樹早就禿了，只是他以前沒看見。

最後他把望遠鏡和長槍交給接班的人。

只是幾棵樹而已，叢林裡天天都有樹枯掉，沒什麼大不了的。

他喜歡殺戮。

狄玄武在黑暗的叢林間奔跑，興奮的血液在他體內沸騰。

殺戮是他的本能。他享受敵人的頸動脈在他掌中搏動，享受他用力一捏那條頸動脈爆掉，享受一條生命在他手中逸去的感覺。

他喜歡骨頭斷裂的聲音，喜歡刀刃刺穿皮膚的韌度、內臟在他的刀尖下破裂。

他喜歡敵人痛苦的尖叫和呻吟，喜歡濃稠的血漿味，還有人死去那一刻失禁的氣息。

他愛極了殺戮的每一刻。

小時候，嗜血的天性曾經讓他困擾，他覺得自己不正常。為什麼其他人都覺得殺戮恐怖，他卻非常興奮？他一定不正常。

後來師父跟他說：「你無法改變你的天性，但你可以決定自己要變成一個什麼樣的人。是讓自己的慾望本能主宰，從此變成一隻野獸，看見女人就強姦，看見財寶就搶奪？還是學會紀律和自制力，當一個頂天立地的男人？」

天權師伯也曾經跟他說過：「人性本惡，你不過就是人性之一。人類是從社會化的過程中學會『道德觀』、『價值觀』、『正義感』這些事，你的本性嗜血不是你的錯，唯有你自主性地選擇放棄道德價值和正義感，才是你的過錯。」

所以他認眞地從師父身上學什麼叫武，什麼叫俠，什麼叫同門義理，什麼叫自制力和判斷力。

他比所有師弟妹都認眞去學做爲一個「人」應有的價值。

他把他本能裡缺少的那一塊，用後天的勤學來補足。

眞正的強者不是打遍天下無敵手，而是明白如何將他的強用在需要的地方。師父如是說。

他不必完美，甚至不必永遠踩在「對」或「正義」的線上。他可以游走在許多灰色地帶，但他不能拋開身爲一個人應有的人性。

浪蕩不羈的辛開陽或許不像個好典範，狄玄武卻知道他是世界上最棒的師父。

如果當初師父沒有收養他，他不知道現在的他會變成什麼樣子。

他可能是一個喪心病狂的殺人犯，如果不是當職業殺手，就是一輩子被關在牢裡到死爲止。

但他學會了怎麼當「人」。

即使如此，體內的獸性總是在他即將殺戮時興奮地咆哮。

他無法改變自己的本性，只能控制那頭野獸，壓抑牠。當牠需要被釋放時，讓牠釋放在該釋放的人身上。

此刻，那頭獸在他體內翻騰撓動，要求被釋放！

他無聲無息地攀上那些蠢蛋自以爲安全的高牆，漆黑的身影融成黑夜的一體。

他潛伏，暗行，搜索，偵察。他在黑暗中是如此自在，他甚至可以閉上眼睛，如野獸般以感官指引他前進。

殺戮的快感在他的血液中沖刷，已經好久好久了，他多麼懷念放手去殺的暢意！

不行！

他閉了閉眼，他必須克制自己。

他有目標。必須找到他的目標。

他打開第一間屋子的門，無聲無息地潛進去……

❦

第一陣騷動在凌晨時分響起。

「羅納——羅納——」從牆頭下來的鎮民飛快衝到羅納門外狂敲。

羅納從兩個陪睡的女人身上起來，低咒一聲。他媽的，才幾點而已，他正想再來一發，是誰這麼不識相？

「什麼事？」羅納赤身露體地打開門，撥開凌亂的黑髮，身後兩個女人驚惶地拉起床單遮掩自己。

「你一定要來看看這個！」那個鎮民臉色發白。

他的神情讓羅納心頭一凜。

「你最好有充分的理由打斷我的晨間運動，不然被打斷的就會是你的腿！」他低吼，隨手撈了地上的牛仔褲和衣服穿上。

納杜已經等在牆頭，另外兩個值班的鎮民臉色鐵青，所有人神色都不好看。底下有些屋子的窗簾掀開來，有人已經開始被這一大早的騷動聲驚起。

羅納和納杜一起站上瞭望台，一名值班的鎮民立刻把望遠鏡遞給他。

這是第二個在他面前臉色發白的人，卻不是因爲他的緣故，羅納不確定自己喜歡這種發展。

「什麼鬼東西？」他拿起望遠鏡掃了一圈，不確定自己要看什麼。

「那個方向，大約五百公尺左右。」納杜吞吞吐吐地指著正前方。

現在才早上八點，陽光灑在叢林的樹蓋上，氤氳蒸騰，預告著接下來一整天的高溫。太過明亮的光線讓羅納剛從室內出來的眼睛不能適應，他先揉一揉，再調整一下望遠鏡的焦距，對準正前方。

然後他看到了。

搞什麼……？

他把望遠鏡拿下來不敢置信地往前看，確定自己沒有對錯方向，然後把望遠鏡飛快架回鼻梁上。

是真的！他又驚又怒。

森林裡，三棵光禿禿的樹上，吊著三具屍體。

那三棵樹所有枝葉不翼而飛，擋在它們前面的一排樹也不見了，三棵裸樹得以完整地曝露在他們眼前。

羅納將望遠鏡放下來，深深吸了口氣。

幾個值夜班的鎮民在旁邊微微發抖，大氣都不敢喘一聲。

「這是什麼時候發生的事？」羅納的語氣竟然十分平靜。

「我、我……」拉維多吞了口口水。「我不是很確定……天一亮的時候，我就看到了。」

「天一亮就看到？」羅納忽然旋身，重重一拳揍在他的臉上。「那天亮之前呢？一整排樹被砍掉了，你竟然什麼都不知道？」

「我、我眞的不知道……」拉維多被揍倒在地上，捂著爆噴的鼻血嗚咽。

羅納火大地猛踹他的身體，踹得拉維多四處打轉，窄窄的通道上根本沒有什麼地方可以滾，他只好整個人抱成一團，縮成胎兒狀。

「半夜一點聲響就能傳得很遠，你是想告訴我你什麼都沒聽到？你他媽的是死了嗎？還是睡著了？你在輪班的時候他媽的給我打瞌睡，對不對？」羅納暴怒的腳全踹在他的背上。

「我沒有！我沒有！」拉維多捧著腦袋哀號。

上一個在輪班時打瞌睡的人被吊在廣場上鞭打，吊了三天才被放下來。

「嘿，羅納，要不要叫前一班的人來問問？那時太陽還沒下山，或許他們看到什麼。」納杜小心翼翼地開口。

「去把他們叫來！」羅納怒喝，猙獰的臉孔再沒有任何性感風流可言。

另一個鎮民趕快下去，羅納拿起望遠鏡再看一遍，緊握的指關節泛白。

重點不是三個死人，而是他們的死法。

掛在左右兩側的人分別是愛德瓦多和巴特。巴特的滿頭辮子非常好認。

他們兩個從手腕的地方被吊起來，掛在樹梢，身上全裸，整個人拉成一條肉色的直線。在他們身上有一些可疑的痕跡，似乎被刑求過，他的望遠鏡功率有限，距離太遠了看不清。

但是他們的情況還比不上中間吊掛的那個人。

中間的屍體是萊特。他的手臂一樣被高高地吊起來，乍看會以爲他和另外兩具屍體一樣是吊著的，只有細看才會發現他的兩隻手臂血肉淋漓地被切下來，和身體分離，剩下的身體部位被綁在兩隻手臂下面。

萊特身上的傷痕更明顯，明顯到隔著這麼遠的距離羅納都可以看見他的屍身和另外兩具的顏色不同。他的胸口血肉模糊，已經看不見完整的皮膚，兩隻眼睛只剩下兩個血洞，下體血紅色一片。從屍體扭曲驚恐的五官來看，這些傷口應該是在他活著的時候製造的。

羅納用力將望遠鏡扔出去，回身再踹拉維多一腳，拉維多只能蜷成一團求饒。

「羅納，他們說你有事找我？」一頭霧水的貝托被納杜硬拉到城牆上來。

「他就是昨天值白天班的人。」納杜小心地看著羅納。

「我問你，你昨天傍晚有沒有看到什麼奇怪的事？」羅納的臉色肅厲。

「奇怪的事是指什麼？」貝托看納杜一眼，納杜迴避他的目光。

羅納知道貝托在鎮民心中的地位不同，已經有越來越多的人走出門外，他如果沒有來由地公然攻擊貝托，有可能會引發鎮民的眾怒。他努力忍下把貝托一腳踹下牆的衝動，從齒縫間迸出聲音。

「你昨天有沒有看到任何不同於以往的事？」

貝托再看納杜一眼，納杜還是不敢對上他的視線。

「我好像看到有三棵樹突然葉子掉光了，我不曉得這算不算奇怪的事，我還讓納杜一起上來看。」

「我昨天明明叫你跟羅納報告，一定是你自己忘了。」納杜連忙道。

一股怒氣衝進貝托心頭，差點破口大罵。

「納杜說那不是很重要的事，沒有必要打擾你，所以我就沒有去吵你了。我說的是實話，信不信由你！」貝托忍著氣道。

羅納當然明白自己的手下是個什麼樣的人，貝托沒必要在這種事上說謊，不過他不能在這麼多人面前拆自己親信的台。

「除了樹禿，你有沒有看到什麼可疑的人？」羅納的目光陰沈。

「羅納！羅納！」有個飆風幫成員慌慌張張跑到牆下，抬頭對他們喊：「哥洛里……維克多……你一定要自己來看！」

天殺的又是什麼事？

羅納低咒一聲，衝下牆頭。

飆風幫徒領他到哥洛里和維克多的屋子。

他們的屋子只有一個房間，一進去就是左右兩張床和滿地的髒衣服。哥洛里和維克多躺在自己的床上，兩眼驚恐地瞪著，嘴巴微張，臉上毫無血色。

羅納臉色鐵青地一搭他們的頸脈。

「SHIT！」他飛快抽回手，摸到滿手濃稠黏膩的液體。

他刷地將兩人身上的床單掀開——他們的脖子和他們的身體並沒有連在一起。

「發生了什麼事？」夜貓子佩卓也被驚動了，排開門邊的人大步進來，他的獵弓如影隨形地揹在他肩後。

羅納偏了下頭示意他自己看。佩卓把床單掀開，倒抽了口氣。

羅納把他拉進來，將門關上，所有好奇張望的臉全被擋在屋外。

「不只他們，萊特、愛德瓦多和巴特死在森林裡，身上有刑求的痕跡。」羅納壓低嗓音，卻壓不住不斷上揚的怒氣。

「萊特、愛德瓦多、巴特、哥洛里和維克多，他們是前幾天跟我一起到醫療營的人。」佩卓陰沈地道。

羅納霎時領悟，事情一定和醫療營脫不了關係。

那幫半老不死的傢伙，竟然想和他鬥了嗎？

不，他們沒有這個能力。在醫療營裡，若要說誰有這種能力，答案只有一個。

「哥洛里和維克多是死在自己的床上，萊特、愛德瓦多和巴特昨天晚上沒有出營，卻死在森林裡。無論動手的是誰，他都可以潛進我們的營區，將其中兩個殺死，將另外三個拖出去，而且從頭到尾沒有驚動任何人，這怎麼可能？」羅納心頭驚懼、憤怒，各種複雜的情緒交加。

那個人如果能無聲無息進來殺人，任何人都有可能成爲被暗殺的對象。羅納和佩卓在彼此眼中看見一模一樣的恐慌。

「羅納，佩卓，發生了什麼事？爲什麼大家都圍在這裡？」喬歐不明所以地在外頭敲門。

兩人互望一眼，羅納打開門面對自己的堂弟。

「聽著，喬歐……」

砰！砰！砰！大門響起三聲巨大的捶門聲。

所有人被這突如其來的巨響嚇了一跳，有些鎮民甚至叫出聲。

「去看看發生什麼事！」羅納改口對喬歐說。

喬歐莫名其妙地走開兩步，守門的人已經自己跑過來，神情十分奇異。

「幹什麼？好好的門不守，誰叫你進來的？」喬歐推了他一把。

「呃，外頭有個人正在敲門。」

「什麼人？」喬歐喝道。

「呃，不認識。」守門的人搔搔腦袋。這麼多年來，從沒有陌生人來敲過門，實在太奇怪了，他不敢大意。

喬歐正想叫他把那傢伙攆走，羅納突然拉住堂弟。

「羅納，怎麼了？」喬歐愕然回頭。

羅納把他往哥洛里的屋子一推，讓他自己去看，然後對所有人做個手勢。

在場的飆風幫徒立刻進入戒備狀態，每個人都聚攏過來。有小孩的鎮民趕緊將小孩抱進屋子裡，貝托看見萊娜站在人群的後方，連忙跑過去抱住妻子。

飆風幫成員原有二十五個，羅納一夕之間少掉五名大將，不可謂不是重創。

剩下的飆風幫成員紛紛拿出自己的武器，在大門旁圍成一個半圓，對羅納點了點頭。

「什麼鬼——」喬歐看到屋子裡的兩具屍體，倒抽一口氣跌跌撞撞退出來。

羅納深吸一口氣，「開門！」

守門人不敢怠慢，打開大鎖，緩緩將沈重的鐵門往旁邊推開。

一道高大結實的身影站在正中央。

羅納狠眸一瞇。

狄。

果然是他想的那個人。

狄玄武只是冷冷地站在中央，雙手負在背後，甚至沒有武器，他衣服上的斑斑血跡讓他過度平靜的臉龐有一股不真實的感覺。

看見他的身影，喬歐神色大變。

「啊——」離大門最近的飆風幫徒殺了過去。

狄玄武的目光甚至沒有往他們身上瞥一下。他從頭到尾看準羅納，身形一閃，突然就在門裡了。

兩名大漢先後殺到，他一個古怪的手法從他們的中間穿過去，其中一個人的木棍竟然換到他的手中。

他反手一人腦袋一棍，兩個人哼也不哼，倒地不起。

其他飆風幫的人一看不對，大叫一聲，同時衝過去。

十來條人影在他身前圍成一團。

他依然不言不語，只是步伐穩定地往前邁進。手中的木棍眼花繚亂地揮出，一堆人長刀、短刀、開山刀、匕首、各種武器與他手中的木棍相交，鏗鏗鏘鏘連響過去。

他手中的木棍沒有被任何刀件損毀，一棍下去一定有一聲慘叫，再幾棍下去一定有人倒下。

炫目的刀光劍影中，他穿梭自如，猶如無物。

一把流星錘突然飛來，勾住他手中的木棍。甩錘的是一個兩百多公斤的大漢，狄玄武嘴角一挑，臂肌暴起用力回抽，那個大漢非但沒搶到他的木棍，自己的流星鍾反而被他奪去。

他換了一樣武器，流星鍾揮舞開來，威力比大漢舞得更勝一百倍，被掃中的人馬上皮肉翻飛，多出好幾條血痕，只能慘叫著抱傷退開。

狄玄武一一將擋在他前面的人放倒。只要面前的人失去行動力，他並不追擊。

他一路往場中央殺來，眼神冷冷盯住羅納和佩卓。背後一群斷手斷腳、滿臉血痕的傷兵躺在地上哀號，成為他驚人的背景音效。

所有鎮民全看呆了。

他們從沒想過他們懼如虎蛇的飆風幫，有一天會這麼輕易被一個男人掃平。

「你找死！」佩卓怒喝一聲，張弓朝他的面門直射而去。

佩卓是叢林生存圈最厲害的弓箭手，據說他連一隻蒼蠅都射得中。

他這次失手了。

狄玄武的步伐停都不停，直接迎著箭走過來，在萬分之一秒內突然身形一歪，那支箭繼續從他的身後射去，將一個飆風幫的人釘在地上。

佩卓又驚又怒，架起第二支箭。

他的速度不夠快！

剛才還在幾公尺外的男人，突然身形一閃就在他眼前了。

佩卓不暇細想，握著弓當武器，往狄玄武的腦袋揮過去。

狄玄武不躲不閃，一掌直接抓住他的弓，佩卓呆了一呆，下一秒，他被狄玄武從頸子揪住，舉在半空中。

「你……你……」佩卓的臉孔漲得通紅，句子擠不出來。

在旁邊的喬歐已經跟其他人一樣呆掉，甚至忘了救人。

「不急，等一下就輪到你。」狄玄武冷冷對羅納說。

然後，他將佩卓摔在地上，一腳踩住佩卓的背心，雙手拉住佩卓的右手，硬生生將他的右臂撕下來。

「啊——」佩卓發出慘烈之至的尖叫。

所有人臉色全變。

狄玄武停也不停，面無表情，空手撕開佩卓的肢體像在撕熟雞腿一樣，他繼續將佩卓的左手握住，用力一扯，佩卓的左手又離開他的身體。

「啊——」佩卓慘叫一聲，滿地打滾。

血從他的兩邊肩膀汩汩流出，有些鎮民看得受不了了，轉過頭開始嘔吐。

把一個活人的皮肉撕開，這需要多大的力氣？羅納臉色慘白地盯著在地上打滾的同伴。

狄玄武維持一貫冷靜專精的表情，踩住哀號的佩卓，兩手握住他的右腿。

「不……不……」一個女人已經受不了，回過頭埋進丈夫的胸口。

狄無視於任何人的存在，兩手用力一扯，佩卓的右腿也離開他的身體。

他繼續把佩卓的左腳扯下來，往旁邊一拋。

偌大的廣場上，血腥狼籍，四根斷肢散在四個方向，佩卓躺在腥紅血液中，一點聲響也無。沒有人知道他只是昏過去，或者已經死了。

眼前的景象太過慘烈，竟然沒有人發得出聲音，整片營區安靜得一根針掉在地上的聲音都能聽見。

狄玄武深呼吸一下，慢慢吐出來，將體內的獸關回牠的籠子裡，抬頭掃過每一個人的臉孔。

他通常不會用如此狠烈的手法殺人，只有在情況必須的時候。

現在就是情況必須的時候。

飆風幫以懼壓人，鎮民以懼被壓，「恐懼」是這個營區的共通點。

於是他製造更大的恐懼，讓他們明白，這個恐懼，可以發生在他們每個人身上。

「……」

「……」

「……」

醫療營的人到了。

醫生帶著柯塔、勒芮絲和幾名同伴，一走進來看見的就是這副場景。

柯塔的眼神像見到鬼一樣，趕快看著正前方，勒芮絲勉強自己雙眼平視，不要去看地上的血團。

每個人盡量保持神色鎮定。

醫生嘆息一聲，蹲在佩卓身旁，探一下他的頸動脈。佩卓的脈膊還在跳動。

「他……」醫生的話還沒說完，一隻腳橫空而來。

啵！佩卓的腦漿從後腦噴出來，當場爆頭而死。

「他死了。」狄玄武冷冷替他說完。

醫生無言地望著他。

他冷漠地轉向羅納幾個人，臉上毫無任何情緒。

生平第一次，羅納嘗到「恐懼」的滋味。

即使在回聲爆炸的時刻，他都不曾如此恐懼過。回聲爆炸時他知道他有很大的機會逃過，可是他沒有任何機會逃過眼前的男人。

所有人都在看著他，只要他露出一絲弱色，這些鎮民和殘存的黨羽再不會把他當一回事。

他必須動手。

羅納咬了咬牙，赤手空拳朝狄玄武衝過去。

勒芮絲一手捂著嘴巴，不確定她有辦法再承受一次像佩卓這樣的慘狀。

幸好狄玄武沒有殺羅納的意圖，他只是結結實實地痛揍羅納一頓。

臉，鼻子，眼睛，嘴巴，胸口，小腹——

他的鐵拳落在羅納身上，一拳接著一拳像打沙包一樣。羅納的雙眼腫了起來，兩顆牙齒連著血一起噴出，整張臉漸漸變形——

「夠了！」醫生終於喝道。

狄玄武高舉的拳頭一頓，慢慢收住，抓起羅納癱軟的身體，往喬歐的方向推過去。

喬歐臉色慘白地接住自己的堂哥，沒有動手。他知道打也打不過，與其自取其辱，乾脆等狄玄武自己動手。

「咳……咳咳……」羅納咳出一口帶血的唾液，竟然沒有昏過去。

狄玄武沒有再追擊。

他站在廣場中央，視線冷冷掃過每個人。他身上濺滿了點點滴滴，全是別人的血，刺目得猶如一尊修羅惡鬼。

所有人不是低頭就是轉開眼，避開他的目光，沒有一個人敢和他對上。貝托緊抱住萊娜，她把臉埋在丈夫懷中簌簌發抖。

狄玄武終於開口：

「我以為我們可以和平共處。」他淡漠的話沒有說得太響，每個人的耳膜卻被震得嗡嗡脹痛。「這個叫佩卓的人和他的手下，試了三次想殺我。」

他慢慢繞著佩卓的屍體，低冷的嗓音在廣場中飄揚。

「我一直很有耐性，事實證明，你們不值得我的耐心。所以，從現在開始，我作主，一切由我說了算。」

他抬腳往地上一挑，掉在地上的一支箭飛進他手中，他頭也不回地朝左側射去，一個躲在屋後想開槍的飆風幫徒「啊」的一聲，心口中箭倒地。

他停也不停，彷彿剛才的打擾沒有發生過。

「你們可以試著繼續殺我，但是下場會跟那個小丑一樣。」他指了指那個想偷襲的飆風幫徒。

「還有誰想試嗎？」

一些飆風幫成員你看看我、我看看你，等了片刻，沒有人敢去撿掉在地上的那把手槍。

魯尼走過去撿起來，插在自己褲腰上，以防萬一。

「很好。」狄玄武繞了一圈，最後停在羅納和喬歐身前。

羅納勉強靠堂弟的攙扶站著，一張臉早已看不出形容。

「你一直想知道是不是我殺了路卡——是的，我殺了他。」狄玄武傾身向羅納，柔聲道：「我殺過當政者、暴君、獨裁者、毒梟、恐怖分子、犯罪首腦、軍閥；我推翻過政府，瓦解過全球最大的販毒集團。這些人都有一個共通點，手下都養了群像你們這樣的廢物，專門替他們辦一些跑腿打雜、上不了檯面的事。你知道你在我眼中像什麼嗎？像一堆蟲子，我手一伸就捏死一堆的蟲子。

「你是社會的最底層，生物鍊中的食腐者，而你竟然以爲你能和我平起平坐？我不知道還有什麼比這個更屈辱的。」

狄玄武站直身，繼續踱步。羅納腫脹的眼中射出強烈的恨意。

「是時候讓你們這些人明白你們的位置在哪裡了。我和溫格爾醫生不同，醫生認爲其他鎮民是無辜的；在我看來，一群人爲了自保，不惜出賣身爲人的尊嚴，對孩童和女人的苦視若無睹，然後回頭又想以無辜者自居，這種人比地痞流氓更不如。起碼地痞流氓知道自己是地痞流氓，不會假裝成好人。」

貝托爲首的鎮民被他譏得臉色一陣青一陣白。

「你們通通都是禽獸，是怪物，是不是飆風幫並沒有分別。我喜歡對付禽獸和怪物，因爲我自己就是一個。如果讓我來說，我會認爲把你們通通都殺了比較快，你們每個人都罪有應得。」

所有鎮民臉色大變，好幾聲抽氣聲在人群中響起。

「不過你們運氣不錯，我對這個營區的人一點興趣都沒有！」他冷冷勾了下嘴角。「我甚至認爲羅納應該繼續領導你們，因爲你們本來就該在地獄裡腐爛，我一點都不在乎。不過，從現在開始，任何跟醫療營有關的事都必須透過我，我就是你們兩方的使節。」

他停下來，看著每個人，「有意見嗎？」

每個人都垂下視線。

「很好，規定如下：」他冷冷掃過每張臉孔。「第一，往西三公里處有一個兩棵異榕共生的地方，那裡以後是中界點。這個營區的人不得越過中界點，除非事先提出申請，如果你擅自跨越，我會視你為意圖攻擊醫療營，我會殺了你。

「第二，醫生閒著沒事很無聊，我想為他找點事做。」

嗯？勒芮絲沒想到話題會轉到自己人身上。

她不禁看向身旁的叔叔，醫生只是靜靜地看著他，神色不變，手卻微微握緊。

「從明天開始，醫生的門診時間是每個星期二到星期四，一個星期三天，從早上九點到晚上五點。」他抬起手腕看一下自己的錶。「誰有錶？」

有幾個人怯怯地舉起手。

「很好，對時，現在的時間是星期一早上十點四十七分，」他告訴他們。「你們的世界，從現在開始，依循我的時間運轉。」

所有人都沒有意見。

「如果當天有病人要看門診，前一天必須請信使過來報備；如果有急診，醫生不出診，你們自己把病人抬過來，同樣必須有信使隨行，抬不過來就讓他死了吧！我無所謂。任何人未經通報跨越中線，一律視同第一條處理，我會很不高興，你們不希望我不高興吧？」

所有人忙不迭搖頭。

叔叔這一生只想做一件事，就是醫治病人。

一個好醫生沒有病人，就像一個廚師端出一身廚藝卻沒有人品嘗。

勒芮絲悄悄按住狂跳的心，他記住了她說過的話。

她偷偷望向醫生，醫生的神色平靜無波。只有她知道，她叔叔激動的時候耳朵會發紅，他的兩隻耳朵現在就紅通通。

狄玄武停在羅納面前，似笑非笑的。

「我認爲指定一個我們兩方都能接受的信使是很重要的，你同意嗎？」

「同意，我們同意。」喬歐搶著回答。

羅納吐出一口含血的唾液，勉強點點頭。

「很好。」他又轉了一圈，在人群中開始挑選。

他轉到哪個方向，那個方向的人就縮一下。最後他的長指一點，指向貝托。

貝托愕然比著自己，狄玄武搖搖手指，貝托往旁邊一讓，身後那個瘦竹竿男孩露了出來。

提默。

提默比比自己的鼻子，狄玄武對他勾一下手指。他眼睛一亮，一拐一瘸地朝他蹦過來。

勒芮絲一看到他就心疼極了，他不知道又做了什麼，半張臉被揍成豬頭樣。他的右手用布條掛在胸前，角度看起來不太對，應該是斷了，左腳看起來也怪怪的。

這孩子遲早會被他們打死！

「從現在開始，這個小鬼就是我們共同的信使。任何人有任何原因必須穿越中界點，先讓這個小鬼過來跟我通報。所有這個小鬼沒有通報的，我一律當成你們非法越界。」他看了其他人一眼，最後停在羅納和喬歐身上。「如果這個小鬼出現的時候，身上有任何傷痕，我視同有人刑求他，逼迫他配合，意欲對醫療營不利，所有當天進入醫療營的人我一律視爲侵略者，殺無赦！你們最好保證這個小鬼走路不要跌倒，爬樹不要掉下來，而且長命百歲。」

勒芮絲緊緊按住胸口。

他保護了提默！

所有她曾經向他提過的事情，他看似不經意，如今卻都幫她做到了。她的眼睛濕濕的。

「有時候大家的運氣都很好，難免好幾天沒有人需要醫生。」狄玄武似乎非笑道：「不過，如果連續兩個星期都沒有人上門，我就會開始好奇，這裡到底發生什麼事？爲什麼每個人突然都這麼健康？我一好奇就會想過來看看，要是讓我聽到有人咳嗽一聲，我會認爲他感冒了，可是他不想去看醫生。」他雙手負在背後，傾身對羅納說：「那麼我就會找你聊聊，爲什麼你們的人不來看醫生？難道你們不信任醫生的技術嗎？如果你們沒有很好的理由，我會覺得受到冒犯，你明白吧？」

「咳，我們明白，明白。」喬歐稍稍挪動一下身體，讓自己擋在他和羅納之間。

「嗯？」狄玄武只是對羅納挑一下劍眉，直到羅納終於點頭爲止。「很好，我們終於有共識了。」

他不但恢復醫療營的門診，而且讓羅納不敢再阻撓他們來看醫生。勒芮絲終於忍不住輕輕握住叔叔的手，在他的掌心摸到和自己一樣的潮熱。

所有她不知道如何解決的難題，他就這樣輕而易舉地幫他們解決了。

「我所有的規矩都說完了，有人有異議嗎？」狄玄武對著廣場問。

他腳尖忽然挑起地上的一把刀，刀跳到半空中，他抬腳用力一踢，甚至不必轉頭，刀直直射向左前方的屋頂，一個潛伏的飆風幫徒慘叫一聲，手中的弓掉在地上，心口正中一把刀落地而死。

「有一個人有異議，還有其他人嗎？」他神色自若地看著所有人。

他們可以看醫生了！

他的話開始在鎮民腦子裡生根。

羅納不能再阻止他們！

只要超過兩個星期沒有人去醫療營，他就會回來找飆風幫的麻煩。在場絕對沒有哪個人希望他回來找麻煩。

貝托突然覺得腳有些軟。他昨天還在憂心的問題，沒想到一夜之隔，這個血腥恐怖之極的男人出現，問題就解決了。

他究竟是惡魔還是天使？

「很好，所有的規則即刻生效。」他對羅納微微一笑。「瞧，當我們互相合作的時候，事情不是進展得十分順利嗎？」

人家好像不是自願和你合作的……柯塔在心頭嘀咕。

「現在，我們是不是該來談談賠償的問題？」狄玄武看了看喬歐，口氣甚至可以說是和藹可親的。

「賠、賠償？」喬歐吶吶的。

「佩卓毀了我們要蓋屋子用的木頭，」他的腳隨便踢一下佩卓的屍塊，其他人一縮。「把我們的存糧搶走，你不會以為我打算空手回去吧？」

「對極了！」雙手插腰的瑪塔十分憤慨。那可是她辛辛苦苦醃製的肉乾，用了多少香料啊！

「噢，你可以把你們的食物都帶回去，沒問題。」喬歐清了下喉嚨。「那叫『歸還』，我說的是『賠償』。你們害我大老遠跑一趟來教你們規矩，難道不應該有賠償嗎？」

這個有點像趁火打劫，醫生清清喉嚨，勒芮絲精明能幹的天性馬上發作，立刻握緊叔叔的手，不准他打亂場子。

醫生暗嘆一聲，只好不再出聲。

喬歐在心裡譙遍每個人的祖宗十八代。

說真的，佩卓這次想對醫療營動手，他一開始就持反對意見，偏偏羅納進城去了，沒有人壓得住佩卓。

醫療營對他們根本不構成威脅，大家相安無事明明很好，他就不懂羅納和佩卓為什麼這麼容不下他們。

看吧，現在下不來的不只自尊心了吧？

說真的，佩卓死了，喬歐不怎麼難過。這傢伙從來沒看得起他過。至於萊特，佩卓一直想拉攏萊特，踢掉他在羅納身邊的位置，如今這兩人都死了，喬歐反倒少了兩個問題，可是他們留下來的爛攤子卻要他來收拾殘局。

他不知道怎麼收拾殘局！

以前這種事都是羅納在做的，他只要負責在羅納的手一指，他把被指的那個人抓出來痛揍一頓就好。

他一點都不懂羅納爲什麼喜歡當老大，當老大麻煩死了。雖然羅納以前是他們這幫人的老大沒錯，不過他們頭上還有另一個更大的老大頂著——那混蛋把所有親信召進他挖的地下室裡，以爲躲得過回聲爆炸，結果一堆人全燒死在裡面——如今他們自己當老大了，喬歐只覺得麻煩透頂。

他懷念以前的日子。

他們一幫人逍遙過生活，鬧著無聊還能收收保護費，揍揍人，人人都怕他們，日子多風光啊！

鎮民既然相信那個貝托，就讓貝托去管那群蠢蛋就好了，羅納幹嘛非管事不可呢？

現在換成這個狄想當老大，喬歐一點意見都沒有！

如今他們三個頭頭裡面，佩卓死了，羅納半死，喬歐發現自己是最幸運的一個。他想繼續保有這份幸運。

「你想要什麼？」他毫不掙扎地問。

如果羅納的表情本來就很難看，現在只是更難看而已

「我注意到你們有牲畜。」狄玄武往他們的獸欄一指。「牲畜是活著的肉，我可以接受。我要你們從醫療營裡搶走的所有食物，外加一對公雞和母雞，一隻母牛，兩隻乳豬。」

這簡直是獅子大開口，這幾乎分掉他們的一半種畜了！

喬歐感覺到身旁的羅納一僵，連忙偷偷捏捏堂哥的手臂。

反正他們還有一隻公牛和兩隻母牛，一隻公雞和七隻母雞，夠用了。豬的部分比較麻煩，他們的

母豬死了，只剩下一隻種公和兩隻小豬。如今小豬被他要去，讓種公和野豬交配也就是了。

「好，你拿去。」喬歐一點都不想再觸怒這個兇神惡煞。

「你把牠們牽出來吧！」狄玄武點頭。

喬歐回頭使喚人牽出他們要的牲畜，鎮民的動作不慢，一來是怕死他了，二來多少有點感謝他讓他們可以看醫生，這種交織著恐懼和感謝的心情複雜萬分。

勒芮絲手心開始潮濕。

他們有牛、有雞、有豬了！

有母牛就有牛奶，有公雞母雞就有雞蛋和小雞，有豬就有培根吃，能夠找到野豬配種的話還能有源源不絕的小豬，不必再常常冒險進森林打獵。

她不敢相信事情會突然往這個方向發展，一時有點頭重腳輕的感覺。

狄玄武忽地撿起佩卓屍體旁的獵弓，好生欣賞了一番。

「嘿！這把弓不錯，既然我們剛認識，把它送給我當見面禮如何？」他微微一笑，注視著羅納。

「可以，可以，你拿去吧！」喬歐點頭。

「你若不願意也沒關係，我不想讓其他人以爲我佔你便宜。」狄玄武只是對著羅納說。

他要的不是喬歐，他要的是羅納。

他要羅納在所有人面前向他低頭，認同他是今天唯一的贏家。

羅納眼中的恨意幾乎將他整個人燃燒殆盡。

「隨便你……」

「你確定嗎?你聽起來有點勉強，我瞭解佩卓是你的好友，如果你想留著他的遺物，我完全可以理解。」狄玄武微笑。

羅納破碎的口中勉強吐出話來。

「『請』收下……」

「既然如此，我恭敬不如從命了。」他微微一笑。「這個地方穢臭萬分，請恕我不想久待，希望我不必有再回來的一天。」

他突然屈身一跳，整個人躍上了旁邊的屋頂，再兩三個起落，高大瘦削的身形已消失無蹤。

所有人盯著他消失的方向，難以相信自己今天早上究竟經歷了什麼。

他是人還是鬼?

只有鬼魅是用飄的，然而眼前慘烈無比的血腥，分明是實實質質的人類才做得出來。

每個人的表情彷彿他們剛經歷過一場夢境，這夢境中有血腥，有殺戮，有惡魔，有暴力，結尾卻帶出希望。

他們很清楚，那個恐怖鬼魅會像今天一樣一直潛藏在暗處，突兀地出現，再突兀地離開。

「你們聽到狄先生的話了，門診明天開始。」醫生看向提默，「你先跟我回去，我幫你看看手上和腳上的傷。」

「是!」提默中氣十足地應了一聲。

醫療營的人有志一同地轉身往外走，提默一拐一拐地跟上去。

沒有一個飄風幫的人敢阻止他們。

11

勒芮絲打開窗戶讓空氣流通，然後搓著雙臂回到被窩裡，狄玄武堅硬溫暖的臂膀立刻圈住她。

雨季來臨了。

席而瓦雨林四季如夏，只有雨季來臨時氣溫才會掉到二十度以下，而濕度會讓體感溫度降低，她現在的感受就像十五、六度的天氣。

對許多人來說，十五度或許不算太低溫，可是對於生活在熱帶氣候的勒芮絲，十五度已經像冬天了。

雨季裡沒有什麼事可做，每個人忙完了基本的日常勞務，都待在乾爽的屋子裡，這是一年之中勒芮絲難得比較清閒的一段時間。

狄玄武靠坐在床頭，全身性感地全裸，只有下半身蓋著一條毯子。他略微粗糙的指在她的皓臂滑動，帶來一陣麻麻癢癢的觸感。

「覺得冷就把窗戶關起來。」他依然閉目養神。

「你知道這間房間聞起來是什麼味道嗎？」

「像兩個人關在裡面做愛好幾天的味道？」

「答對了！」她睨他一眼。「我們需要新鮮空氣。」

他嘴角浮現一絲隱約的微笑，下一秒鐘整個人就壓在她身上。她的上衣被他丟在床旁邊的地上，勒芮絲輕嘆一聲，感受著和他皮膚摩擦的微癢觸感。

這間屋子是醫療營的人送給狄玄武的。

原本狄玄武一直以為這間小屋要蓋來當醫生的辦公室。他們進城補給時，全營的人加緊趕工，甚至在佩卓搗亂之前就蓋好了。

那天他一回來立刻殺到飆風幫去，醫療營沒來得及把這項「禮物」送給他，直到他隔天回來。

勒芮絲猶記得他們從飆風幫回來的那天，每個人懷中抱著公雞母雞，背後牽著牛豬牲畜，所有醫療營的人下巴全掉下來，不敢相信自己的眼睛。

他們尚未來得及送他的禮物，他又為他們帶回來更多東西。

醫生的反應比較有趣。他總覺得他們這種行為叫趁火打劫，跟強盜沒兩樣，不過醫療營所有人都被欺壓太久了，眼看一樁禍事到最後竟然變為喜事，所有人喜出望外，根本沒人把醫生的唉聲嘆氣放在心上。醫生又好氣又好笑，只得由他們去。

狄玄武覺得他做的每一件事只是舉手之勞，不曉得他們在高興什麼。他卻不知道，對醫療營來說，他們已經太久沒有接受過任何人的善意，在他們眼中他就像上天派下來的天使——雖然這個天使非常、非常、非常的不典型。

現在，梅姬母女——咳，名義上還有她啦——住在原先的屋子裡，醫生則認為病房其實不需要那麼大，反正他平時看診和睡覺都在那裡，不如把病床數減為三床，多出來的空間為他隔成一間小小的睡眠區就好。

他們原本預定在雨季前蓋好公用空間，可是佩卓毀了他們的木頭，屋頂無法鋪設，整個屋子的框架和四面磚牆倒是都砌好了。狄玄武先用大帆布將屋頂罩住，等木柴烘好隨時可以動工。

他們還得張羅畜欄安頓那些雞隻豬牛，這些預期以外的工作讓每個人忙得不亦樂乎。

一個月前，他們重新砍樹，重新烘一批新木頭。由於雨季開始了，空氣裡的濕度相對提高，乾燥的時間比預期延長了一倍。再過兩天就是他們第一批成品出爐的時間，每個人都十分期待。

勒芮絲很難想像在這種大雨滂沱的日子裡要如何蓋屋頂。雨季之所以稱之為「雨季」，就是它真的會連下一季的意思，從開始下的那天到雨完全停大約需要三個月，中間就算偶爾小停一下，頂多就是小半天而已。

可以肯定的是，年紀大的老人家絕對不可能踩著滑不溜丟的樑柱爬高爬低的，少不得所有重活又要落到他肩上，她輕撫他的臉龐，不禁嘆息。

「還記得我今天早上拒絕你的原因嗎？還有昨天，和前天？」她低笑，左閃右躲他的索吻。

他的動作一僵。

「經期來了，抱歉。」她甜甜一笑。

「已經三天了還沒結束嗎？」他低吼。

「起碼還要兩天。」她善良地提醒他。

他挫敗地低咒一聲，倒回床上。

可憐的孩子！勒芮絲看他慾火高張的樣子，不禁有些同情。

他的慾望十分強烈，從他們兩個人有肉體關係開始，他每天一定都會要，晚上睡前一次，隔天在晨光中再來一次，連續三天不做對他好像真的很可憐的樣子……

她翻坐到他的腰上，對他誘惑地輕語：「我或許可以想個方法補償你……」

他的眼眸在半垂的眼瞼下發亮。

她掀開他的被單，沿著他精壯的胸膛開始往下吻。

結實的六塊肌，小腹，人魚線……最後將他納入口中。

狄玄武呻吟一聲，舒服地閉上眼，將她按向自己的灼熱。

她感覺他在她的口中膨脹，鼻間都是他的氣味，於是加快起伏的動作。過了一會兒，他終於呻吟一聲，用力按住她的後腦在她口中噴發。

勒芮絲鬆開他，拿起床頭櫃的水杯漱漱口。

他緩過氣來，將她用力拉進懷中，深深地吻住她，不在意在她口中嘗到自己殘留的餘味。

「現在，讓我報答妳。」

「我告訴你我還沒……啊！」她倒抽一口氣，他害死人的手指已鑽入她腿間的縫隙……

十分鐘後，兩個人都全身舒軟地癱在床上。

這男人說得沒錯，時間地點和方式對他都不是問題。

「你是個邪惡的男人……」她雙頰潮紅，從剛才的餘韻中慢慢緩過神來。

狄玄武露齒一笑，隨手在床邊的水桶清洗一下。累積的慾望終於得到宣洩，他一口氣矯健地跳起來。

「我去瞭望哨看看。」

他到底哪來這麼充沛的精力？她受不了地搖搖頭，看著他穿好衣服，衝進大雨裡。

下午三點，雨雲密佈的天空卻暗得像傍晚一樣。

羅傑的樹屋被他們改為東北角的瞭望哨，狄玄武規定營裡七十歲以下身體健康的人，不分男女都必須輪班值守。醫生除外，因爲醫生白天還要看診。

他本來以爲有人會抱怨，沒想到每個人都配合度超高，甚至有超過七十歲的人氣沖沖跑來質問他「爲什麼瞧不起老人？啊？啊？要不要來比畫兩下？」，結果被醫生幽默地用「你們連眼前的樹都會撞上去，就別替我添工作量了」，才把他們勸退。

以前不是他們不願意做，而是沒有人知道該怎麼做，現在既然有人將他們組織起來，他們不願再回到坐以待斃的生活。

狄玄武自己有空就會上去瞭望哨巡一下。他剛衝過梅姬母女的屋子外面，窗戶突然「啪」地推開。

「狄！」艾拉趴在窗戶上，雙眸亮晶晶。

「待在屋子裡。」他提高音量蓋過雨聲，繼續往瞭望哨的樹跑去。

不一會兒，一件亮黃色的小雨衣衝出來，緊跟在他身後。

「小心一點，繩梯很滑，不要跌下來！」梅姬倚著門輕喊。

亮黃色的小影子對母親揮揮手，繼續跟上去。

她的雨衣是飆風營的一個鎮民送的。

過去三個星期醫生重新看診，照慣例是免費的義診。有些鎮民覺得過意不去，開始送一些自己做的派或小禮物。如果是用得著的東西，勒芮絲會留下來，其他的都請他們收回去。

後來鎮民發現，若是送給艾拉的禮物，大部分不會被拒絕，於是她開始多了些二手衣和玩具。

狄玄武來到樹下，停下來等她。這小鬼眞是愛跟路！艾拉跑上前野心勃勃地攀住繩梯，一隻大手馬上將她拎到自己背上，免得她滑下來，某隻母老虎不跟他善罷干休。

艾拉圈住他的脖子，兩人一下子就竄上五公尺高的平台。

正在值哨的人回過頭和他對上眼，竟然是醫生！

「你怎麼上來了？」兩個人同時問出聲。

「我今天下午有點空檔，上來替安東尼奧接兩個小時的班。」醫生笑著，眼角都是和藹的魚尾紋。「在底下待久了，偶爾上來看看，也有不同的景致。」

狄玄武點點頭，讓背上的小人兒先上了平台，自己再爬上去。醫生挪了挪身子，空出位子，兩大一小在平台上盤腿坐定。

這間樹屋本來就有屋頂，他們又增建一些，盡量蓋住大部分的平台，角落放了個火爐，除了烤暖也可以燒點熱水，雨季值班時比較不那麼辛苦。

艾拉鑽進狄的懷裡，背靠著他的胸膛坐得安安穩穩，好像這是她專屬的王座。她的黃色雨衣把他的前襟都弄濕了，他看起來不怎麼在乎，大掌調整一下她的坐姿，讓她更舒服一點。

「艾拉，嗨。」醫生微笑對她伸出一隻手，掌心朝上，在她面前幾寸就停住不動。

艾拉看看醫生，再看看他的手，最後小手慢慢放進他的手掌心。

「妳晚上睡覺會冷嗎？」醫生溫柔地捏捏她的手。

她搖搖頭。

「那就好。」醫生微笑。

她害羞地笑一下，縮回狄玄武的懷裡。

狄玄武隔著雨衣感覺她身體涼涼的，運起內勁，黃色雨衣的濕意馬上蒸發，兩人一下就全身暖烘烘。小傢伙被烘得懶洋洋的，眼皮慢慢開始打架，這個時候本來就是她睡午覺的時間。

醫生看著艾拉坐在他懷裡瞌睡的樣子，不禁莞薾。

「她愛你。」

「……」這對他可不是讚美。

「喂！像個男人一樣，接受事實吧！」醫生輕笑著擊他一下肩膀。

狄玄武翻個白眼。

「勒芮絲說你想起自己的名字了。」醫生放輕聲音，免得吵醒睡著的小傢伙。

「嗯。」

他低沈的嗓音在胸腔裡震動，聽在小傢伙耳中就像令人安心的搖籃曲。

「那你想起所有的事了嗎？」醫生問。

「幾乎。」狄玄武淡然道：「如果你是想問我記不記得如何來到這裡，答案是否定的。我想起了一切，獨獨對過去半年的記憶一片空白。」

醫生慢慢點頭。

狄玄武沒有說的是，他的夢境確實開始喚起一些記憶。

他記得一條很長的走廊，兩旁都是一扇扇緊閉的門，走廊竟然兩端都看不見底。

直覺告訴他這裡是天機的地方，可是他記得天機住在紐約的南集團大樓裡，那裡再怎麼大都不可能無止無盡，他不懂他看見的是什麼。

不過那裡既然是天機的地方，某方面這就是一個解釋。

天機大概是全世界碩果僅存、獨一無二的妙法之人，陰陽五行，奇門遁甲，紫微八卦，所有你想得出來的數術玄學她都會，而且不只如此。

她能呼風喚雨——不是象徵式的說法，是眞的能開壇召來狂風大雨——能溝通陰陽，能施符降咒，能收鬼降妖。

「遇鬼殺鬼，見佛殺佛」這句話正是爲她而生的。

在二十一世紀高科技世界裡，本不應該有一個如此「遠古」的人存在。話說回來，他那身懷絕世武功的師父叔伯們，哪一個不是如此？

這個世界上有許多科學無法解釋的事情，天機的絕頂法術是其一，他師長的超凡絕俗是其二，他突然掉到另一個世界是其三。被這群奇人撫養長大的結果，就是世界上很少有什麼事能讓他以爲不可能了。

在他的夢境裡，他曾打開長廊的其中幾扇門。那幾扇門後的情景他記不起來，他只知道門後的世界和他的世界不一樣，有時候他甚至感覺他還帶著其他人——或其他靈魂——一起過去，彷彿他在執行一個任務。

所有謎樣的殘缺記憶讓他煩躁不安。

他來到這個世界的原因一定和天機有關，他不知道她爲什麼要把自己丟到這裡來。天機雖然和任何人都不親，他已經是師弟妹中最常和她互動的一個，他以爲她起碼會向他透露一些什麼。

或者，她有？

她在夢境中一直對他重複一句話，他知道這句話很重要，可是他就是想不起來。

他不求知道原因，只想知道他還有沒有機會回去？

「狄，大腦是一塊神祕的領域，有時你不強迫去想，原始記憶反而容易催發。不要給自己太大的壓力，讓你的大腦慢慢復原吧！」醫生道。

「我明白。」他點了下頭。

兩人靜靜看著籠罩在雨中的叢林。

厚重的雨勢如一道白色的簾幕，隨著風勢左飄右搖，恍然會有一種伸手可及的錯覺。

「你眞的做過你說的那些事嗎？」片刻後，醫生問。

「什麼？」

「暗殺獨裁者，顚覆政府，除去犯罪首腦？」

「嗯哼。」他從口袋裡掏出一段手掌寬的木頭，再抽出一柄小刀，開始刻了起來。

「爲什麼？」

「工作。」他聳了下寬肩。「我替一間很有權勢的集團服務，保護他們在世界各地的產業，這些產業有時候包括人。這個世界是個危險的地方，我們不見得總是能將所有的人安然撤離動亂的地區，所以唯一解決的方法，就是除去那些製造動亂的人。」

醫生慢慢地點頭。

「是誰教會你這些的？」

「我師父。」他看醫生一眼。「我是個孤兒，師父收養了我，教了我所有的武功，我的工作曾經是他的工作，據他的說法，他輩分比我大，所以他『升官』了。他把我踢出去，現在去世界各地跑腿的人換成我。」

他嘴角流露的笑意讓醫生明白，他和他師父的感情非常好。

「他是個好師父嗎？」醫生問。

「他？」狄玄武的笑意變得更深。「他大概是全世界最無賴的人，所有你想得到、想不到的偷懶藉口，他都想得出來，心情不好就怠工，不然就是獅子大開口，吃定了我們老闆愛他如兄弟，不會對他怎樣。更別提他從大老闆那裡揩了多少回油，我沒見過比他更糟糕的男人——但，是的，他是世界上最棒的師父。」

「聽起來是個很有趣的人。」

「全世界最讓人頭疼的人！」他微笑。「你一定會愛上他。」

醫生笑了起來。「我相信，但願我有機會能當面對他表達我的謝意。」

「謝他什麼？」狄玄武看他一眼。

「謝他教出了你。」醫生嘆息。「最強的能力落在錯誤的人身上，往往成為其他人的夢魘，他將你教成一個強壯的男人，也同時讓你擁有紀律和正義感。在這個世界上，這種結合體幾乎絕跡了。」

他安靜片刻。「別誇得太早，如果我告訴你我心中在想什麼，你應該會落荒而逃。」

「哦？」醫生微笑。「你在想什麼？」

「我在想，我應該殺了羅納和飆風幫的人。」他靜靜地說。

醫生沈默一下。「爲什麼？」

「因爲我親眼見到他們了。」他的眼神轉爲冰涼。「醫生，在你的世界裡只有需要幫助的弱者，其他人都不重要，但我看過太多像羅納那樣的角色，他們的問題在於他們的愚蠢！真正能爬到上位的人有頭腦，知道何時該攻，何時該守，何時該靜觀其變，何時該忍辱負重。像羅納那樣的宵小卻只知道逞兇鬥狠，他們就像裝了暴衝裝置卻忘了裝上開關的故障玩具，唯一能阻止他們的方法就是把他們都殺光。」

醫生安靜了一會兒。

「那你那天爲什麼沒有殺了他們？」他不是在叫狄殺了他們，他只是想知道。

「不爲什麼。」狄玄武懶懶把雕出來的木頭屑吹開。「這叢林沒什麼好玩的事，太早把他們殺了，日子不是很無聊嗎？」

醫生微微一笑。

他們都知道他的原因不是如此。狄沒有立刻殺了所有飆風幫，是因爲醫療營的人都在場，尤其是勒芮絲。

他才剛用了很極端的手段處決佩卓，那一幕已經夠讓每個人晚上做惡夢，他不想在他們面前掀開另一場腥風血雨。

「你從來不罵髒話。」醫生突然說。

狄玄武怪異地看他一眼。

「我當然會罵髒話。」這話從哪裡冒出來的？

「不，你從不在其他人面前罵髒話，尤其是在女士面前。就算你發生什麼意外，例如鐵鎚敲到拇指之類的，開口要罵出來的那一刻，只要有女人在場，你就會收回去。」醫生微笑。「這不是我說的，是梅姬那些女人說的。」

「……」

「你進每間屋子都會先敲門，即使門是打開的；你從不偷偷摸摸走到別人背後，除非故意嚇勒芮絲；如果你跟其他人一起用餐，你一定會確保年紀比你大的人先開動，你才會動手。」

「那又如何？」

「不如何，我只是想指出，不管外表多麼兇神惡煞，內裡的你其實是一個有教養的人。」

「所以呢？這代表我是好人？」他覺得荒謬極了。「你知道這個世界上有多少風度翩翩的殺人魔嗎？」

「但是沒有一個會在陳述他打算如何殺掉一幫惡徒時，一邊替一個小女孩刻玩具。」醫生指了指他手中那個即將成形的木頭兔子。

狄玄武的手僵住。

他低咒一聲，自暴自棄地把那隻兔子丟下樹去。

這個孩子氣的舉動讓醫生咯咯笑了出來。

「你是一個很好的青年，狄玄武。」醫生嘆了口氣，輕拍他的肩膀。「我一直對你不放心，可是去飆風幫的那一次才讓我眞正對你放下心來，我終於領悟你是一個什麼樣的男人。我曾經擔心勒芮絲不能遇到一個她値得的人，現在，我放心了。」

狄玄武聽了他的話，反而沈默下來。

「但是你打算離開。」醫生嘆息一聲，毫不意外地說。

雨勢變緩了，幾乎完全停下來，看來他們會有幾個小時的無雨時光。

「不是現在。」片刻後，狄玄武才開口。

「不過你有離開的打算。」

「我不能永遠留在這裡，我必須知道外面的世界發生了什麼事。」

「我明白。」醫生點點頭。

這片叢林，困不住這樣一個驚世絕俗的男人，醫生只是希望，當這男人離開的那一天，自己能在心愛的姪女身旁勸慰她的心碎。

他不會阻止勒芮絲和狄在一起，因爲一個人的心之所向是無法阻止的。出於相同原因，他也沒有試圖勸狄留下來。

「總之，你要離開前，先知會我一聲，讓我準備好如何安慰勒芮絲。」醫生拍拍屁股站起來。

「……你不臭罵我『既然你要離開，幹嘛招惹我姪女』之類的？」

「罵了你就會和她保持距離嗎？」醫生低頭對他微笑。

「不會。」

「那就對了，何必浪費時間？」醫生笑笑。

狄玄武若有所思。溫格爾就像一張安全網，靜靜張在那裡，當你不需要他時，你不會感受到他的存在，然而當你墜落之時，他會在那裡穩穩地承接住你。

或許這看似冬烘的老醫生，才是整片叢林裡最清明的人。

「啊！上面這麼多人？」柯塔的腦袋從繩梯頂端冒出來。「現在輪到我當班了，醫生，你要不要下去休息？」

「正好，我們要下去了。」醫生對他笑了一下。

「對了，醫生，提默那小子來了，他在下面等你。」

醫生先讓柯塔爬上來，自己再轉身下去。

「喂，小鬼！」狄玄武輕點一下懷中的小腦袋。「我們該走了。」

艾拉惺忪地揉揉眼睛，一看到前面的人變成柯塔，嚇了一跳。

「嗨，艾拉。」柯塔對她和善地微笑，知道她的習慣，沒有試圖碰觸她。

艾拉怯怯地回他一個笑容。

一大揹著一小跟剛才一樣溜下樹。提默站在樹底下正在和醫生說話，一看到狄玄武，眼睛一亮，立刻熱情地黏過來。

「嗨，狄！」

他這麼熱情幹嘛？他們兩個很熟嗎？狄玄武冷淡地瞄他一眼。

提默完全沒有被他的冷淡打倒。

「狄，你上次打那個誰誰誰的動作——」提默比手畫腳也不知道在說什麼。「我在家裡自己練了一下，你看看！」

他剝掉厚重的雨衣，跑到他們溜下來的樹前，勒芮絲等一干人全打開了窗戶看。

提默吸口氣，跳起來右腳往樹幹一踢，整個人側向滑了出去，左腳不曉得是抽筋還是什麼的，抖了兩抖，招勢未完整個人就落地了。

「還不錯吧？我知道需要再練習一下，不過我應該不久就能學起來了。」提默跑回狄玄武面前討賞。

狄玄武只有一個感想：不忍卒睹。

他跳那多高？離地三十公分嗎？笑死人！他再跳三十年也學不會。

他眞的以爲照著招示做他就算學全了？狄玄武翻個白眼，轉身想走。

勒芮絲下巴拄在手上，靠著窗台，笑意盈盈地看著他們。

狄玄武對上她期待的眼神，嘆了口氣，回頭把破少年召過來。

「深吸一口氣。」提默莫名其妙地照做，狄玄武食指比著他的胸口，「憋著！想像那口氣凝聚在這裡，照著我手指的地方走。」

狄玄武的手指從膻中開始，沿著經脈轉了一圈，來到丹田，提默憋著氣跟著冥想。

「把所有的氣聚集在這裡，吐出來的時候順著那股氣流跳起來，準備好了？」他的手在提默丹田一按。「去！」

提默一口氣噴出，縱身一躍，竟然比剛才跳的高出許多，左腿成功地在半空一踢，飄然落地。

「耶！」

「成功了！」

「提默讚！」

啪啪啪啪啪！各方響起熱烈的掌聲。

提默又驚又喜，他在家苦練半天的招式，竟然如此輕而易舉便完成了。

「謝謝你，狄，我一定會努力練習的，你以後可以再教我嗎？」提默狂追上去。

狄玄武把艾拉交給她娘，懶得理背後那個吵死人的傢伙。

「嘿，艾拉，狄給妳刻了一隻兔子，掉在那邊樹底下了，妳要不要去找找？」醫生在後頭愉快地叫。

「……」某人步伐一滯，差點跌倒。

艾拉眼睛一亮，咚咚咚跳離母親懷裡，去找她的小兔子。

這營區眞沒一個好人。

他站在那條無止無盡的長廊，兩側緊閉的門後有兇猛撓抓的聲響。

「你……九……劫……避……」

身後的絮語讓他飛快旋過身。

天機。

她長袍飄飄，神色莊寧，衣角的符文隱隱現出金光。

她的身旁站了一個端緻秀雅的少女，容貌與她年輕時幾乎如出一轍。

少女看著他的眼中似有無盡的歉意。她微垂著頭，烏泉般的黑髮流洩，神色哀傷。

薇兒。

她是天機的女兒，叫作薇兒，今年十八歲，他最疼愛的就是這個文靜乖巧的小師妹。她不學武，只跟著天機學琴。

「……二……劫……」天機又說了一次。

他搖搖頭，開口想告訴她他聽不見她的聲音。他嘴巴動了，聲音卻發不出來。

天機那雙只見陰不見陽的雙眼突然一睜，一道金光從她眼中直射入他眼中。

他的腦門轟然一暈，在腦子裡清清楚楚響起一句清喝：

「你二十九歲那年有一場大劫，避無可避！」

狄玄武滿頭冷汗地驚醒。

他的心臟快如急鼓，耳裡全是自己「怦怦怦怦怦怦怦怦」的心跳聲。

他想起來了！

天機從小就警告他，他二十九歲那年有一場大劫！

天機說的每句話他都切切在心，唯有這個警告他選擇不放在心上。在他的想法裡，未來之事如此渺茫，事先知道了又如何？既然避無可避，不如等時間到了再做打算。

他今年二十九歲。

天機早就知道他會有這一天。

他的背心湧上一層冷汗。如果天機早就知道，那代表……他不敢再想那代表什麼，因爲那代表的意義很可能是他不願意面對的。

避無可避。

連天機都無能爲力的事，他，眞的回不去了吧？

勒芮絲在他懷裡翻了個身，安穩地睡著，他忍不住把她抱得更緊。

門無聲地滑開，他的肌肉繃緊，那串細細的腳步聲讓他又放鬆下來。

他知道來的人是誰。

一抹小影子靜靜走到勒芮絲的床邊，狄玄武沒有出聲，免得嚇到她。

小影子遲疑地站了一會兒，終於推一推勒芮絲。

勒芮絲惺忪地睜開眼。

「艾拉，妳想跟我們一起睡嗎？」她睏睏地翻開床單，身後的男人馬上收緊手臂。

啊，對了，他們兩人都沒有穿衣服。勒芮絲趕快把床單按住，有些困窘，艾拉卻輕輕搖了搖頭。

「媽媽……」小貓咪輕嗚。

勒芮絲心頭一驚，再也顧不得，立刻翻開床單跳下床，摸黑把T恤和牛仔褲快速套上，狄玄武沈默地跟在她後面著裝。

「走，我們去看看媽媽。」勒芮絲抱起小艾拉，往屋外走去。

她們一踏出門，狄玄武張開的傘已經在她們頭上，他自己的身體倒有一大半落在雨中。

灼灼的體熱在後面烘暖她們，三人一起走向梅姬的小屋。

屋內昏暗無燈，勒芮絲進了門先把艾拉放下來，然後快步走到後面的行軍床，按開床畔的小燈。

梅姬在床上蜷成一團，全身撲簌簌顫抖。

狄玄武站在門外，不方便進去。小艾拉遲疑一下，跟他一樣站在門口。

勒芮絲躺在梅姬身後，雙手緊緊抱住她，不斷搖晃她的身軀。

「噓，噓，沒事了，我在這裡，大家都在這裡，沒事了……」她溫柔地誘哄梅姬，如母親誘哄夜半夢魘的孩子。

梅姬有些夜裡會做惡夢，以前她們住一間，她都會在梅姬做惡夢時安撫她。

勒芮絲不禁有一絲罪惡感。最近她幾乎都睡在狄的屋子裡，沈浸在熱戀之中，竟然完全忘了梅姬的夢魘。

梅姬面對著牆，緊咬著自己的雙手嚶咽啜泣，勒芮絲不斷輕撫她的髮絲，輕吻著她的額角，溫柔地安慰著她。

「沒事了，妳已經回到我們身邊，沒有任何人可以傷害妳……」

狄玄武站了一會兒就覺得他不太適合留在這裡。他看看艾拉，她的一雙眼睛幾乎佔掉半張蒼白的小臉。

「我要回去睡覺了，妳要跟我回去嗎？」他問她。

艾拉遲疑地看著啜泣的母親，最後輕輕點了一下頭。

狄玄武伸出手，她立刻投入他的懷中，一大一小回屋裡睡覺去了。

勒芮絲抱著梅姬好一會兒，直到她的啜泣和顫抖慢慢平息下來。兩人靜靜躺在淡黃的燈光中，淅瀝瀝的雨聲帶來一種近乎催眠的寧靜感。

「他和佩卓……」梅姬低啞地開口。

勒芮絲沒有說話。

從來沒有人敢問梅姬在飆風幫發生過什麼事，雖然從提默和幾個鎮民不自在的轉述，醫生和她隱約知道一點，卻沒人敢提，免得刺激到她。

醫生曾經嘆息，如果他當年兼修心理學的專業就好了，起碼不會對於梅姬的創傷如此無助。

「先是羅納，然後是佩卓……」梅姬的臉埋在自己手中。「有時候是他們兩個人一起……他說，如果我敢告訴別人，他……他會殺了我們所有人，然後把我帶回去，讓他的兄弟都一起……我好害怕，我不知道該怎麼辦……我每次要去他那裡都胃痛得全身發抖……」

勒芮絲很努力抑回眼眶中的熱意。

她為什麼這麼盲目呢？為什麼沒有早一點發現梅姬的不對勁？

她當時只顧著算配給、數人頭，每天忙那些柴米油鹽的事，卻連跟她同一房睡的梅姬都沒時間關心。

這一切都是她的錯！如果她早一點發現，梅姬就不會這麼痛苦了！

「沒事的。」她的鼻音有點重。「佩卓已經死了，羅納再也不能傷害妳。如果他敢亂來，狄一定會殺了他，妳已經安全了。」

「有一陣子我覺得自己好骯髒，好想死掉……然後我發現自己有了艾拉……」

當時醫生曾含蓄地告訴梅姬，如果她想中止妊娠，他可以幫忙。出於宗教信仰的因素，梅姬最後選擇生下艾拉。

勒芮絲常看著艾拉，暗暗感謝梅姬當初沒有放棄這個可愛的小孩。可是，她心中十分清楚，如果梅姬選擇拿掉艾拉，她一定會全力支持，因爲沒有一個女人必須承受這些恐怖記憶的後果。

「我不敢拿掉孩子，我怕我的靈魂會下地獄，可是我一直在心裡暗暗希望孩子流掉……我不想要那個魔鬼的小孩，如果它知道它自己是不受歡迎的，或許它不會想被生下來……將來艾拉若知道我曾有這種想法，她一定會恨我……」

「這不是妳的錯。艾拉愛妳，妳是全世界最好的母親，妳給了她滿滿的愛，她永遠都不會恨妳。」

「那兩個魔鬼，我天天詛咒他們死掉，現在佩卓眞的死掉了……勒芮絲，我是不是一個邪惡的女人？我的體內充滿了恨意，有一天上帝一定會懲罰我……」

「上帝就算要懲罰，也是懲罰那些混蛋。」她兇猛地說。「佩卓的靈魂一定會下地獄，有一天他們通通會在地獄裡焚燒！」

梅姬嘆了口氣，疲倦地閉上雙眼。

勒芮絲又陪了她許久，直到她重新睡著爲止。

勒芮絲不驚動梅姬地下床，轉身去看小艾拉在哪裡。每一次她媽媽做惡夢，她總是嚇得不知所措。

在房裡找不到艾拉，她帶著納悶離開梅姬的屋子。

最後，她在她和狄玄武凌亂的大床上找到他們。

狄玄武呈大字型躺著，艾拉像隻小貓咪蜷在他的身邊，拇指塞在嘴巴裡。一大一小睡得人事不知。

勒芮絲的心融化了。

狄玄武在睡夢中搔搔臉頰，艾拉蠕動一下，他的手垂下來下意識將她攬緊，兩人繼續安寧地睡著。

這一刻勒芮絲知道自己愛上他了。

愛上這個可以將一個人活生生撕裂，也能讓一個驚惶的小女孩靠緊他安睡的男人。

她可以不為了情慾愛他，不為了他幫醫療營的老人愛他，不為了他三番兩次救她而愛他，但她無法不為他對一個五歲小女孩的溫柔而愛他。

她輕嘆一聲，脫掉鞋襪和牛仔褲，爬上床加入他們。狄玄武惺忪地張開眼，她鑽入他溫暖的懷裡，他強壯的手臂收緊。

在夢魘的夜裡，她和艾拉第一次安安心心地睡著。

12

醫生持著超音波探頭在萊娜塗滿凝膠的肚子上滑動，黑白影像立時呈現在一旁的螢幕上。

「讓我算算看，十隻手指頭，十隻腳趾頭，一切正常。」醫生看向一臉融化的貝托。「你們想知道小孩子的性別嗎？」

貝托和萊娜互望一眼，貝托重重一點頭。

「請告訴我們。」

探頭在萊娜肚皮上滑動，最後停在肚子的頂端，醫生指著螢幕中間一小塊白點。

「這是個小男生。」醫生微笑，「恭喜你們。」

「醫生，你上次產檢說的寶寶心臟雜音……」萊娜有些擔心地道。

勒芮絲在一旁拍拍她的手，醫生卻一直盯著螢幕看，好像沒聽到萊娜的問題。過了一會兒，肚皮上的探頭快速滑動，最後停在非常接近腹側的地方，醫生眼睛一亮。

「嘿！原來你躲在這裡，小傢伙。」

貝托和萊娜同時一楞。

「恭喜你們，你們有第二個寶寶，萊娜肚子裡的是雙胞胎。」醫生笑得合不攏口。

第、第二個？所有人都抽了口氣。

「但是，不是只有一個寶寶？」貝托驚訝過度，一時手足無措。

「懷孕十八周才發現另一個胎兒的情況確實很少見，但不是沒發生過。有些雙胞胎會在肚子裡玩躲迷藏，一個遮住另一個的身影，就會不容易被看到。」醫生指了指螢幕上一個重疊的影像。「看到了嗎？這是另一個小寶寶的手，它躲在它哥哥身後呢！真是調皮。」

醫生拿出聽診器聽了一下，確定位置之後，對勒芮絲伸出手，勒芮絲立刻將胎音擴大器遞給他。

怦怦怦怦怦怦怦怦怦怦怦怦怦——

胎兒疾速的心跳聲立刻傳了出來。

「那不是雜音，是另一個胎兒的心跳聲。」勒芮絲驚奇地道。

「噢，我的上帝，雙胞胎……」貝托頭重腳輕，必須在旁邊的椅子坐下來才行。

醫生微笑地看著夫妻倆緊緊抱在一起。

「我本來擔心萊娜的胎兒太重，如果是雙胞胎的話，那就合理了。」醫生對貝托夫妻倆說，「目前看起來胎兒都沒什麼問題，定期做產檢就好。雖然現在是雨季，往來不太方便，不過今天剛發現另外一個小傢伙，為了保險起見還是兩個星期後再來檢查一次。如果回去有疼痛或不正常的出血，立刻回來找我。」

醫生將器材收起來，勒芮絲將萊娜肚皮上的凝膠拭去，幫她拉好衣服。

「謝謝你！謝謝你，醫生！」貝托緊緊握住醫生的手。

叩叩。

勒芮絲和醫生互視一笑，一聽就知道是誰在敲門。

他的敲門聲向來不疾不徐，不管是否有人立刻出來應門，絕不會一直敲下去，總是敲兩聲，然後耐心地等候。

「進來。」醫生確定萊娜的衣服都整齊了才叫。

狄玄武打開門走進來。

貝托和萊娜下意識轉開目光，不敢直視他。

狄玄武只要走進一間屋子裡，便瞬時充滿他的存在感。他總是自若從容，無須裝腔作勢，整間屋子便成爲他的領土——這是羅納永遠學不來的氣勢。

萊娜的眼睛只敢盯著地上。他將一個人活生生撕裂的記憶實在太過驚悚，所有來求診的人只要遇到他，都像眼前這兩人一樣，大氣不敢喘一聲。

狄玄武對他們的瑟縮完全無所覺，只是對醫生道：「我要進森林打獵，你有沒有什麼需要的東西？」

「雨這麼大，小心一點。」勒芮絲擔心地叮嚀。

他的黑眸落在她臉上，對她唇角一挑，微暖的笑讓她的心停頓一拍。

「我有幾種草藥的配方想實驗看看，如果可以的話，請幫我抓幾隻活的兔子或松鼠回來，謝謝你。」醫生頂了下鏡框。

狄玄武點了下頭，轉身離開。

門一關上空氣又輕盈起來，貝托馬上舒了口氣。

醫生低頭在處方簽上寫下幾個字，交給勒芮絲，勒芮絲拿了處方簽去後面的藥品櫃拿藥。

「我開給萊娜的只是一些孕婦需要的維他命，照上頭指示的時間吃就好。」醫生把勒芮絲包好的藥交給貝托，對兩人笑笑。

貝托低頭看著手中的藥包，沒有立刻離開。

「我們不是怪物。」他忽然抬頭說，「我們和羅納那些禽獸不同，他……他說的話對我們不公平。」

勒芮絲的笑容消失。

「嗯，我明白。」醫生只是點頭。

貝托不知道自己怎麼了，只覺得內心梗著一些話非說出口不可。

「我們和飆風幫不一樣！我們只是普通老百姓，沒有受過任何訓練，貿然反抗只是找死而已。狄先生說我們是共犯，可是我們從來沒有幫助飆風幫傷害過任何人，他這麼說不公平。」

「因爲他，你和萊娜才能來這裡產檢，現在你卻站在這裡指責他？」勒芮絲冷冷地道。

「妳不明白，他那天說的話刺傷了我們每個人！」貝托爭辯。「對，或許我們沒有能力反抗羅納，可是我們也沒有幫他做壞事啊！我們唯一做的是洗衣服、煮飯、打掃、巡邏，讓營區維持正常運作，每個人有安全的環境可以生活。我父親死了，所有鎮民都仰賴我，我們和那些飆風幫的流氓不同，我們根本沒有做任何傷害人的事，更不是禽獸的幫兇！」

勒芮絲聽夠了。

「對，你們沒有主動做傷害人的事，你們只是見死不救！袖手旁觀有時比主動做壞事更糟糕！艾拉被羅納抓回去的時候，你們在哪裡？提默被揍得半死的時候，你們又在哪裡？你忘了他才只是個十五歲的少年嗎？羅納強佔鎮民的女兒妻子時，你們又在哪裡？誰敢站起來說一聲『不』？梅姬……你爲梅姬做過什麼？」勒芮絲一把怒火全發出來。「你說鎮民都仰賴你，好像你爲他們做了多少事似的，你忘了梅姬也是莫洛德鎮的居民嗎？在她被羅納欺辱的時候，你幫了她什麼？你們所有人只是轉過身去，假裝沒看見，然後說服自己這樣對每個人最好！你怎麼還敢說你自己不是幫兇？你們的懦弱造就——」

「夠了。」醫生低喝一聲。

貝托和萊娜臉色蒼白地站在那裡。

勒芮絲深呼吸一下，強抑下腹中的怒火。

「抱歉，我出去換一桶乾淨的水。」她提著醫生洗手的水桶，僵硬地走出去。

「貝托，我明白你的心情。」醫生緩緩開口，「每個人都有求生本能，這是爲什麼大多數猶太人沒有反抗地被關進集中營裡，因爲他們不知道未來會發生什麼事，可是唯一肯定的是反抗一定會立刻死亡，所以他們選擇順從，這是人類最基本的求生本能。」

貝托垂下頭，捏緊手中的藥包。

「但是，當命運開始走向最壞的方向，我們必須做出抉擇。如果我們抉擇得太遲，我們就永遠錯過了那個扭轉的機會，只能讓命運的巨輪輾壓過去。」醫生低沈地道：「你的父親是個勇敢的男人，飆風幫在他當鎮長的時期就已經在鄉里橫行，你父親從未對他們屈服過，最後連羅納都不得不看在他的份上收斂幾分。

「我知道狄說的那番話很傷人，但某部分我認同他的說法——邪惡的蔓延不是因爲壞人作惡，而是好人袖手旁觀。我可以向你保證，我願意提供你們應有的醫療服務，心中不會有芥蒂，但你若想在我這裡求一個心安理得，我只能說，這是你和上帝之間的對話，我無能爲力。」

萊娜咬了咬下唇，輕輕拉一下丈夫的手，夫妻倆沈默地離開。

「你在這裡做什麼？」

狄玄武回頭冷盯著跟在他背後的少年。

「噢，今天有人要過來看醫生，我是來通報的，是你自己指定我當信使的啊！」提默立馬綻出熱情的笑容。

可惜他的熱情沒有溫暖面前的男人。

這三個月耗在醫療營裡混吃混喝，讓一群女人寶貝他、寵他，提默瘦巴巴的骨架子終於開始塡上一點肉了。

有些男人長得英俊，有些男人長得陽剛，有些男人長得性感，提默則是長得漂亮的那一型。

三個月的營養補充讓他的五官越發漂亮有形。

「還有，洛伊想請醫生收他當實習醫生，請我陪他過來跟醫生說。」提默用力點頭。「洛伊就是我們營裡獸醫系畢業的那個人，之前我們不能來看醫生，都是讓他先看看的。他從來沒有醫人的經驗，連醫動物的經驗都很少，一整個就是被趕鴨子上架。

「每個人都跟他說，醫生不會收他的。如果收了他，以後我們的營區也出現一個醫生，就不需要他了，醫生幹嘛這樣砸自己的腳丫子？我跟每個人說：『醫生才不是這種人，你們太小看他了！』「你猜怎地？果然洛伊一說完來意，醫生馬上露出笑容說：『這眞是太好了，我們迫切需要新的幫手。』嘿，我就說他們以小人之心度君子之腹嘛，你說是不是？」

「……你向來話這麼多嗎？」

「呃，我只是想要讓你知道我爲什麼來醫療營嘛。」提默訕訕地摸摸鼻子。

「我不是問你爲什麼來醫療營，我是問你跟在我背後做什麼？」他冷冷地道。

「我……我……我是來幫你提東西的！」他趕快接過狄玄武手中的兩個桶子，十分乖覺。

話說，這兩個桶子滿怪的，其中一個是普通的鐵製水桶，裡頭灌滿乾掉的水泥，只有圓心保留一個直徑十五公分的空洞。另一個水桶則是空的，比較窄比較深，兩個水桶的重量很不平均。

除了水桶，狄玄武另一手拎著一大袋空鋁罐，肩上揹著佩卓的弓箭，不曉得要做什麼。

狄玄武懶得跟他多說，轉身就走。

提默跟著他來到森林中央的空地，狄玄武停下來，把身上的東西都卸下來，提默趕緊把兩個桶子放在地上，好奇他要幹什麼。

「把那個桶子裝滿土。」狄玄武指著空水桶說。

提默馬上提著空水桶到旁邊挖土。他生怕動作太慢就看不到了，快手快腳塡滿一桶土衝回來。

狄玄武從裝空鋁罐的塑膠袋裡掏出一小袋黑炭，在水泥桶的中空部位放了幾塊黑炭，用瓦斯噴槍點燃。接著他掏出一個削短的厚鋼筒放進中空的部分，放在點燃的黑炭上，鋼筒和水泥之間約有兩公分的空隙。他把黑炭敲成小塊小塊的，塡入空隙裡，黑炭不久就燒了起來，鋼筒的熱度開始升高。

「你在做什麼?」提默好奇地探頭探腦。

狄玄武沒回答他，只是耐心等黑炭的溫度上來。等了十分鐘左右，中央的厚鋼筒開始燒紅了，他把空鋁罐用鐵夾夾出來，放進鋼筒裡面。鋁罐極薄，一下子就被高溫融化。

他一個鋁罐一個鋁罐慢慢放，看似小小的厚鋼筒竟然融了十二個之多。

「啊，這是一個小型的熔爐。」提默省悟，「你怎麼會做這個?太厲害了!你融化鋁罐想做什麼，做陷阱嗎?還是想做面具?戴一個銀光閃閃的面具一定很酷。」

他眞的很吵。

狄玄武看他一眼。「你們營裡最近情況如何?」

「噢，最近這兩三個月還算安寧，喬歐管事的時間變多了。」見他竟然主動問自己問題，提默受寵若驚。「以前都是羅納和佩卓使喚他，他再使喚我們，不過佩卓死了之後，羅納變得越來越古怪。「以前他做什麼事都面帶微笑，連打斷人家的腿也面帶微笑，超變態的，可是自從你狠狠教訓過他之後，他整天陰沈沈地關在他自己的屋子裡，好像以前那個假面具連戴都不想戴了。他的脾氣比以前更暴躁，有些女人晚上……」講到這個他有點不好意思，咳了一下。「總之，現在的他比以前難伺候多了。大家都說，他關在屋子裡是在盤算要如何報復你。狄，別說我沒警告你，你一定要小心一點。」

他不置可否，繼續盯著熔爐裡的鋁汁。

「因爲羅納不管事了，喬歐只好自己扛起來。」提默繼續踴躍發言，「喬歐做人比較隨和，不像羅納那麼嚴厲苛刻，很多事得過且過就行了，大家現在日子反倒比以前好過。其實，如果不去想他是飆風幫的人，喬歐這個人講話還滿好笑的，不難相處。」

「那幫人手上有多少軍火？」狄玄武再丟一個空鋁罐進去。

「來福槍的子彈早就用完了，你看他們在牆上扛的那些槍根本沒子彈。」提默聳聳肩。「羅納可能還有一、兩把手槍有子彈吧！早幾年他們拿那些槍威嚇我們，每個人去打獵都不知節制地狂射，我想現在就算沒有用光也差不多了。這兩年我們進城已經找不到新的子彈。

「我有一次偷聽到喬歐說，手槍裡的子彈用完就沒了，現在只剩下羅納和一、兩個他信任的人有手槍，不過他們都沒有再用就是了……等一下，你是不是想要我做你的探子？沒問題，交給我！你想知道什麼儘管問我。」他豪氣干雲地一拍胸脯。

「我只是找個話題讓你不要來吵我。」狄玄武冷冷瞄他一眼。

「……噢。」他摸摸鼻子。

狄玄武從箭筒裡抽出一支箭來，不過這箭外表包著一層白色的石膏。提默看他把石膏模切開，把中間的箭小心地取出來，然後將整個石膏膜合起來，直直插進他挖回來的那桶土裡。

箭筒裡只剩下三支箭，狄玄武做了三個石膏膜。他用防火鉗將燒紅的鋼筒夾起來，把裡面融化的鋁汁小心注入那三個空心的石膏膜裡。

「我知道了，你要做鋁箭！」提默恍然大悟。「太厲害了！你怎麼會想得到這麼做？你可不可以教我？」

「你什麼都想學，有完沒完？」

「當然沒完啊！你什麼都會，我等多久才等到一個這種人？」

他突然露出狠意。「你相不相信我打斷你的腿，把你的頭扭下來，把你藏在森林裡，沒有人能發現你的屍體？」

提默眞的嚇一跳，不過馬上露出笑容。

「不可能，我要是失蹤了，勒芮絲一定會打斷你的腿，把你的頭扭下來，每個人都會發現你的屍體。」

「……」

靠！

懶得理他。

狄玄武等了一陣子，等石膏膜冷卻到一定程度，再用火鉗把土裡的石膏模夾出來，放在旁邊的地上，輕輕敲破，一根還未打磨的鋁箭立刻出現在眼前。

「好漂亮……」提默彎身想去撿。

「很燙。」他冷冷地道。

提默連忙停住，還沒碰到他就感受到熱氣了，差點被它閃著銀光的樣子騙去。

突然之間，提默眼睛一花。

狄玄武張弓帶箭，對準他身後的叢林。

提默連他拔弓、取箭、架箭、張弓的動作都沒看清楚，他整個人已經蓄勢待發。

太扯了，這個也好厲害！可不可以教他？

狄玄武冷冷對著樹林，手中滿弓，動也不動。

一張黑色的臉慢慢從樹叢後露了出來，肩上揹著一個看似昏迷的人。

接著，黑臉旁邊出現第二張臉孔。

然後是第三張、第四張、第五張……

他們周圍的樹叢裡無聲露出更多張臉孔。

每個人皮膚黝黑，身材矮小，突唇小眼，赤裸的身體和臉孔塗著花草汁液描繪的戰彩，手中都握著削尖的長矛。

叢林土著。

狄玄武張著弓動也不動，他們竟然走到這麼近他才發現，這些人果然是森林眞正的主人！

提默趕快抽出腰間的長刀，在原地轉來轉去。

每個土著手上的矛頭都浸成深黑色，顯然餵了毒。如果這些土著擲矛攻擊，狄玄武自忖躲得過，只是他背後那小子八成會被射成刺蝟。

僵持半晌，他將滿張的弓慢慢放低。

這是個明確的示好動作，土著們看在眼裡。

不久，第一個男人發出一聲低沈的喉音，所有土著無聲轉頭，和出現時一樣安靜地消失。

「哇……我第一次看到這麼多土著。」提默喃喃走到他旁邊。「聽說他們才是這個森林眞正的主人，連羅納都不敢去惹他們，不過他們以前只待在森林深處，爲什麼現在會走出來？我們要不要追？」

「好啊！」狄玄武冷冷道。

「好，追！」提默提刀追了兩步。

不對，狄沒跟上來。他趕快停下來，狄玄武只是在後面盤著手臂看著他。

他訕訕地摸摸鼻子走回來。

「那就不追了……」

「眞是太可怕了，我們一定要做點什麼！」

「醫生怎麼說？」

「醫生當然連想都不用想，不過我們得顧慮其他人的想法。」

「是啊，終究是一件大事，狄怎麼說？」

「他出去了，等他回來我們再跟他談談——」

狄玄武一踏入食堂就看見一堆女人在那裡嘰嘰喳喳。

他謹慎地停住，想趁她們沒看見他之前悄悄退出去。

根據經驗，一群女人聚在一起說話，第一個出聲的男人通常是自己找死，他可沒那麼蠢。

「噢！」後面那個破少年一鼻子撞在他背上，叫了出來。

刷刷刷，每顆脂粉腦袋轉向他。

他給提默一記殺人的眼光。

「好，告訴我人名和地點，我馬上做。」他舉起手宣示。

「你在說什麼？」勒芮絲一愣。

「不管惹火妳們的傢伙是誰，我立刻去宰了他。」他的表情好像她們是一顆隨時會爆炸的炸彈，他一隻腳在門內，一隻腳在門外，已經做好逃命的準備。

「沒有人惹火我們，你不要滿腦子都想著殺人好不好？」勒芮絲又好氣又好笑。「嗨，提默。」

「嘿，勒芮絲，我們剛才在森林裡做箭。」提默興高采烈地道。

狄玄武森寒地看他一眼。

呃，這個不必提嗎？提默吶吶地閉嘴。

「你們中午吃過了嗎？爐子裡還有馬鈴薯燉肉，你們坐，我熱一下就來。」瑪塔立刻轉進廚房裡。

狄玄武決定，就算要死也是吃飽了再死。

他踏進門之前瞄一下醫生的屋外。診間外站了一個陌生人，與他年紀相仿，戴了一副黑框眼鏡，看起來頗爲斯文的樣子。

那男人離診間的門大概有兩公尺，緊緊盯著裡面，不曉得在看什麼。

「嗨，洛伊！」提默跟那個陌生人打招呼。

那男人回過頭，對他揮了下手，臉上的表情有點奇特。

「那邊在幹什麼？」狄玄武低頭啄一下勒芮絲的櫻唇，在餐桌前坐了下來。

瑪塔將熱好的燉肉端出來，替他和提默各舀了一大碗。提默歡呼一聲，拿起叉子唏哩呼嚕開始吃，狄玄武望著在身前站成一排的女人，總有這是他最後一餐的錯覺……

「醫生接了一個得瘟疫的病人。」勒芮絲在第一口燉肉送進他嘴裡的時候說。

「可惡！」他就知道有問題！

他把叉子往桌上一丟，不爽地踏出大門。

「你要去哪裡？」勒芮絲趕快追上他高大的身影。

「把那個病人丟出去！」

「我就說他知道了一定會生氣。」梅姬在後面小小聲地說。

「等一下，等一下。」勒芮絲急忙擋在他前面。

她的小雞力氣完全擋不住他這部推土機，所有人都跟了出來。洛伊看見他來勢洶洶的樣子，嚇得退後好幾步。

「洛伊，我怎麼說的？」醫生的聲音從診間傳出來。

洛伊低頭一看，地上畫了一條線，他越線了，趕快再跳回線的另一邊。

好極了，一條線！

這條線必然有神奇的魔法，把瘟疫擋在後面。

「你們在開玩笑嗎？」狄玄武咆哮。

「聽著，那不是一般的病人，是深林裡出來的土著。」勒芮絲在他身前快速低語。「我們必須非常小心，我不想引發兩邊的衝突。」

「只要他們把他們的病人帶回去，就不會有衝突。」狄玄武神色嚴苛。

診間旁的樹影無聲無息冒出幾條人影，狄玄武全身的肌肉緊繃起來。他們就是剛才他和那小子在森林裡看見的土著。

勒芮絲順著他的眼光看過去，心頭一跳。

「他們平時住在森林深處，從不和外人往來。這麼多年下來，醫生只曾經和他們遇過一次。」她急急在他的耳畔說：「他們有自己的巫醫，如果不是情況無法收拾，絕對不會來找我們。醫生從不拒絕來求診的病人，請你先跟醫生談一下，我不想激怒他們。」

狄玄武難以置信地看她一眼。不想激怒他們？她應該擔心的是被激怒的人是他。

「醫生，請你出來！」他低吼。

裡頭一陣窸窸窣窣的聲音，醫生凝重的神情片刻後出現在門口。「噢，狄，你回來得正好。」

狄玄武舉步想走進去，醫生立刻抬手阻止他。「站在那條線後面。從現在開始，任何人都不許跨越那條線，直到我說可以為止。」

「這些人在這裡做什麼？」狄玄武不悅地停住。

洛伊已經遠遠閃到營區邊緣了，比起瘟疫，他可能覺得狄玄武更恐怖。

「噢，他們是我在森林裡的朋友，他們其中一個人生病了。」醫生溫和地道。

朋友？

「勒芮絲說他得了瘟疫。」

醫生給姪女責備的一眼，勒芮絲低下頭，偷偷躲到狄玄武背後。

「這不是瘟疫，是一種叢林熱，通常發生在雨季結束，天氣開始放暖的時節。因為這時節濕度比較高，空氣暖熱，正好是病蟲害繁殖的時期。席而瓦雨林與世隔絕半個世紀，有許多原生種的細菌是我們不瞭解的，這些細菌繁殖力非常強，不過足量的抗生素一定能解決。」

狄玄武伸出手指開始算。「如果我說錯的話請糾正我：雨季結束，天氣濕熱，細菌大量繁殖，有人病倒，傳染力強——這個不叫瘟疫叫什麼？」

「……好吧，那就叫它瘟疫好了。」醫生嘆息。

它本來就是瘟疫！

「那個病人必須離開。」

「不。」

「醫生！」

「不。」醫生堅定地重複，「我尊重你的立場，但我才是醫生，所有跟醫療有關的事由我來決定。由我作主什麼樣的病人可以留下來。」

醫生轉頭進去。

「狄！」艾拉看見他，立刻開心地從自己的屋子跑出來。

「不要過來！」他這次是眞的兇。

艾拉怯怯地在半途停了下來，梅姬趕快將她抱到後面去，拍拍她的背心。

「勒芮絲。」醫生在診間裡叫。

「我在。」勒芮絲連忙從他身後閃出來。

「從現在開始，所有人不得走進這條線以內，如果進了診間，就不能擅自離開。我們必須規畫出一塊隔離區，沒出現症狀的人在隔離區待滿七天才能重新回去接觸人群。」醫生走到門口交代。「所有醫療廢棄物都拿到菜園那裡燒毀，處理的人一定要戴口罩和手套，一旦皮膚接觸到，立刻用稀釋十倍的漂白水清洗，知道嗎？」

「是。」勒芮絲和所有聽到的人都應了一聲。

狄玄武耙了一下頭髮。看來他是無法阻止這個老頑固了！

「病人不能待在這裡。」他宣布。在醫生和他翻臉之前，他繼續道：「待在這裡，傳染給其他人的風險太大，我們必須另找一塊空地搭設臨時的醫療營，我相信這個人不是唯一的病人吧？」

那群土著從頭到尾都無聲地站在樹影間，對他們的話沒有任何反應，看來是聽不懂他們的語言。

「好，我們去你在南邊整理出來的那塊空地，那裡離土著出來的路更近，正好方便他們過來。」

醫生想了一想，覺得他的話有道理。

狄玄武回頭陰那小鬼一眼。艾拉提緊縮回母親懷裡，假裝很忙地玩她的衣襟。

那塊空地距離醫療營大概兩公里，他本來打算當作探索南邊叢林的中繼點，後來他莫名其妙攬起了整個醫療營的事，那塊整理好的地反而被他忘了。全醫療營只有艾拉知道那塊空地，真是小叛徒！

「我今天會帶著幾個人過去把帳篷搭好，明天開始，所有得了叢林熱的人都只能到那個臨時營，不准來到我們這邊！」

他大步流星地走開。

❦

那個土著果然不是唯一的病人，最後送到臨時醫院的染病者有十二個之多。

勒芮絲在第一天就決定留下來當醫生的助手。

「我是這裡唯一的護士。」對於狄玄武的不悅，她如是說。

他和柯塔在臨時營搭了一間長棚，擠一擠可以躺十五個病人；一間可以睡兩個人的帳篷，晚上給醫生和勒芮絲當睡棚；狄玄武另外折彎樹枝綁上帆布，變出一個棚子來，醫生用來當他的臨時診間、藥房兼辦公室。

臨時醫院有專用的小爐子，瑪塔每天早上過來送當天的飯菜，勒芮絲便在小爐子上加熱。橫在營地後方的那片毒荊棘在這時候反而成了一道安全牆，讓他們不用擔心野獸從後面攻擊。

主營區的藥櫃搬了一大部分過來，漂白水和消毒水在醫生的棚架旁邊堆了兩排，退役的小型發電機被搬了過來供醫療儀器使用，附近有水源可供他們清洗器械。

臨時醫院外拉開十公尺的空地當作隔離區，所有送進營內的東西都放在隔離區中間，裡面的人再出來拿，內外的人禁止直接接觸。

臨時醫院有兩套替換的食物容器，不與醫療營的人共用。勒芮絲每日洗淨後用熱水燙過，隔天瑪塔送菜來的時候再交給她，如此輪替使用。

洛伊沒有進去臨時醫院。

他想要，但醫生告訴他，自己現在被困在臨時醫院裡，其他鎮民的醫療必須由他接手。洛伊負責看診，如果有不明白的地方就過來請教醫生，醫生再教他怎麼做。

一開始土著只送了兩個人過來，沒想到後來染病的土著越來越多。

醫生有點著急，大量的抗生素雖然漸漸展現出效果，可是他們的抗生素存量越來越少，如果再有其他病人，他不確定還夠不夠用。

最基本的要先教土著消毒環境，找出疾病的來源，偏生他們語言不通，實在沒辦法詢問病人到底是如何感染、在哪裡感染，部落裡還有沒有相同症狀的人。

狄玄武每天會過來看一下，若是發現有新病人，臉色總是一沈。勒芮絲眼下疲倦的青影只是讓他更煩躁。

兩個星期後，病人症狀都有減輕的情況，卻開始進入反覆期。醫生忙得焦頭爛額，原本就清瘦的身形看來更消瘦了。不過幸好最後人數停留在十二人，暫時沒有再增加。

這天，喬歐在提默的通報下，帶了兩個手下過來。他們沒有進醫療營，而是直接來臨時醫院。

「嗨，狄，我有事來找醫生。」看見狄玄武也在場，喬歐神色有些不自在。

「我聽說了。」狄玄武冷冷地道，不然他等在這裡做什麼？

喬歐清了清喉嚨。「醫生，你有空嗎？」

溫格爾從長棚走出來，疲憊地站在隔離線後面，勒芮絲繼續在病床間穿梭，幫病人打針和換點滴。

「喬歐，你有什麼事嗎？」

醫生向來有老式歐陸人的風格，看見人一定會先寒喧兩句「許久不見」、「你氣色很好」之類的，對再不喜歡的人都一樣。從他單刀直入的問話方式，狄玄武知道他眞的累了。

喬歐趕快退開一步，好像隔著這麼遠的距離都會被傳染似的。

「醫生，我們營裡的人回報說，你這裡收了得瘟疫的病人，這樣不太好吧？現在我們的人常常來醫療營，你這樣等於是把兩邊的人都曝露在危險中。」

「臨時醫院離醫療營很遠，我們已經做到兩方完全的隔離，病菌不會傳到醫療營去的。」醫生低沈地向他保證。

「話不能這麼說啊！誰知道這些病毒是怎麼飛的，說不定風一吹就吹到我們兩邊去了。還有，他們說洛伊天天會來問你看診的事，瑪塔也會送飯，這個不能算完全隔離吧？你能百分之百保證眞的一點都不會傳染給其他人嗎？」

醫生躊躇一下。

醫療文獻記載，叢林熱的主因是一種非常頑強的桿菌，而不是病毒。抗生素只能殺得死細菌，卻殺不了病毒，從大量抗生素產生了效果來看，醫生認爲這次的病因和文獻記載差距不遠，不過現在似乎不是教喬歐「關於病毒和細菌之差異性」的時候。

重點是，這種事沒有人能「百分之百」保證，只能盡量防堵。

勒芮絲走到醫生身旁，神情和醫生一樣疲憊。

「這種情況只是暫時的，他們的病況已經很有起色了。」勒芮絲忍不住看向狄玄武。

「別看我，我同意他的說法！」狄玄武聳了下肩，喬歐受寵若驚地看他一眼。

他本來就不是人道主義者，在物資缺乏的時候收進一群需要大量物資的病患只是自找苦吃而已。

「醫生和我來到叢林的原因，就是要幫助需要幫助的人。」勒芮絲的臉龐緊繃。「我不期望你們能瞭解，可是在這種時候，多點鼓勵而不是責難，我們會非常感激。」

狄玄武看她變得更深的黑眼圈，只能嘆息。

「抱歉。」

喬歐見他竟然臨陣倒戈，想想情況不對，趕快站出來。

「醫生，既然你堅持要救這些土著，我們只好自己明哲保身。洛伊是我們的人，我今天就帶他回去，等你們這裡的事忙完了，我們再恢復之前說好的條約，這樣總行吧？」

醫生一聽不禁大爲躊躇。他被綁在這裡，他們自己營裡也有需要醫療照顧的老人，目前暫時都是洛伊在處理，如果洛伊被帶回去，醫療營就出現空窗期了。

狄玄武肩膀的線條突然繃了起來，勒芮絲太瞭解他的肢體語言，連忙轉頭。

叢林無聲無息地多出幾條人影，其中一人肩上扛著一個病人。

醫生心頭一驚，又有人繼續病倒嗎？

「勒芮絲，把那個角落整理一下，快鋪一張新的床！」醫生迅速行動。

勒芮絲跑到棚子裡搬出乾淨的床單，用行軍床鋪了一張新病床。

醫生指示土著將病人放在那間行軍床上，立刻用聽診器聽病人的胸腔。

病人家屬開口說了一堆話，神情很憂慮的樣子，醫生搖搖頭，實在是聽不懂他們的話，土著開始比手畫腳。「嘰哩咕嚕嘰哩咕嚕……嘰哩咕嚕嘰哩咕嚕……」

狄玄武心頭一突。

他們的語言和舒阿爾族的語言非常相似。

他曾經奉派到亞馬遜雨林出任務，在那裡待了兩個多月，舒阿爾族是亞馬遜雨林裡的一支土著。

他要出發之前，天機把他叫去，要他學舒阿爾語。

是這樣的，天機從不管事，只理她的玄學術法。如果有一天，天機突然把你叫過去，要你做一件莫名其妙的事，你一定會做，因爲那件事很可能最後會救你一條小命。

狄玄武花了三個月硬啃了舒阿爾語，結果在那次的任務裡完全沒用到，因爲跟他接頭的那個土著已經社會化很深，學會說西班牙語了。

回來之後他只以爲天機誤判了而已，也沒想太多。沒想到，他竟然是在另一個世界裡聽到舒阿爾語。

或者，這才是天機要他學的用意？

她知道他有一天會去到另一個世界，所以一直在用她的方法幫他準備好？

狄玄武的心頭涼涼的。

他開口用舒阿爾語回了那個土著一句：「你說他昨天才倒下來的？」

他一開口，所有人都楞住了。

土著大喜，趕快巴著他嘰哩咕嚕說了一長串。

「等一下，你說太快了，我聽不懂。」他很無奈。

他們說的話雖然像舒阿爾語，卻又不全然一樣。有點像一個說北京話的人聽一個四川鄉音極重的人說話，兩種話發音方式不同，但都是中文，語言結構一模一樣，有些關鍵字的發音也相近，勉強用猜的還是能猜出幾分。

「你會說他們的語言？」勒芮絲大驚嚇。

「我會說的語言和他們十分相似，能通個五、六成吧！」

「太好了，」醫生興奮得臉都紅了。「請你幫我問他們，第一個生病的人誰？他們知不知道那個人在哪裡染病的？第一個病人也在這裡嗎？部落裡總共有多少人，還有多少人出現症狀？」

狄玄武只能盡力而爲。

三個月能學的語言實在有限，不過透過他的破翻譯，兩方也通了七七八八，醫生終於有一個大概的輪廓。

第一個染病的人已經死了。事實上，他們帶來的第一個病患是在部落裡死了七個人之後，巫醫和長老都沒有辦法控制病情，最後部落族長想起了多年前曾和醫生有來往，才要族人帶著最嚴重的病人過來。

他們一直找不出原因，族裡的巫師說他們得罪了邪靈，是邪靈在報復，目前部落裡還有兩個人身體開始不舒服。

「跟他說，那不是邪靈，是環境裡有不衛生的根源。請他們務必回去調查，最初生病的那幾個人是不是共同去過某個地方、吃過某些東西或喝過哪裡的水是其他人平時沒有的。」醫生突然想到一件事，「順便問問這七個人有沒有接觸過外界的人事物。」

數百年來土著生活在深林之中，幾乎不與外界接觸，他們對外界的細菌或病毒沒有任何的抵抗力。歷史上有幾次美洲原住民大規模死去，都是因爲簡單如感冒病毒或日常常見的細菌引起的。

狄玄武將他的話翻譯給土著聽，土著聽完連連點頭。

「跟他們說，回去之後把已經死掉的人的東西通通火化，環境必須大規模消毒。勒芮絲，勒芮絲，過來幫忙！」醫生抱起兩大桶漂白水。「這一半的漂白水讓他們帶回去，狄，你告訴他們如何將漂白水稀釋——」

一陣兵荒馬亂之中，醫生教了他們如何隔離已經出現症狀的人，如何處理可能被污染的物品，如何消毒環境和找出病源，幾個土著終於一人提著一桶漂白水回去了。

「狄，太感謝你了，眞沒想到竟然有外人會說土著的語言。」醫生雖然疲累，心情卻是一輕。盲目奮戰了半個多月，今天終於有了突破。

「醫生，我們的消毒水不夠用了。」勒芮絲有些愁惱地望著剩下的漂白水和酒精。

「狄，你可以帶人進城一趟，把所有漂白水、酒精和生石灰都帶回來嗎？」滿臉爲難的醫生只能再麻煩他。

狄玄武看了旁邊的喬歐一眼。

進城當然不是問題，他自己後來也又回去了一趟，不過他怎麼可能在喬歐知道的情況下離開醫療營？

「我們去吧！」喬歐主動說。

狄玄武對他挑一下眉，他連忙道：「不是爲了你們，是爲我們自己。如果瘟疫在你們這裡傳染開來，對我們也沒好處。」

這倒是。

「醫生，我們需要狄留下來幫我們翻譯，那些原住民過幾天可能會回來報告他們的結果。」勒芮絲提醒。

「是。」醫生點點頭。「喬歐，洛伊必須留在醫療營，現在我們兩邊的人都需要他。我將我需要的東西寫下來，你們帶人去找，快去快回。」

醫生匆匆走回他的診療棚，寫好單子先噴過酒精，放在隔離區中間。喬歐有點心驚驚，不太敢過去拿，狄玄武索性幫他拿回來。

「你會回來吧？不需要我過去找你吧？」狄玄武將單子交給他時涼涼地道。

「咳，當然不需要。醫生，一個星期後見。」喬歐接過單子，逃命似地離開。

13

「你們要去哪裡？」

喬歐點了貝托和幾個青壯的鎮民在小廣場集合，把醫生的藥單交給他們，交代他們要到哪些東西要去哪裡找，羅納突然無聲無息地出現。

「嘿，羅納！」喬歐被他嚇了一跳。「隔壁醫療營竟然接了得瘟疫的病人，眞是糟糕透頂！現在他們漂白水和酒精不夠，我讓貝托帶人進城去找。」

「你現在也幫那個姓狄做事了嗎？」羅納現在大部分時間都待在自己的屋子裡，膚色比以前淺了一號，英俊的臉孔多了一絲陰森。

「沒有，」喬歐連忙解釋：「我只是怕他們的髒東西傳到我們這裡來，我們不是跟著倒楣嗎？消毒水可以殺菌，我們自己也用得上，多準備一點總沒錯。」

「不准！」羅納冰冷地吐出話。「誰敢出去，我就殺了誰，你們有種就走出大門，看我是不是開玩笑。」

貝托等人一僵，立刻看向喬歐。

喬歐看看神情陰鷙的堂哥，連忙把他拉到一旁。

「羅納，這不是幫醫療營準備的，是幫我們自己。」喬歐陪笑地輕語。「叢林深處的土著得了瘟疫，溫格爾這傢伙不知死活，硬要收他們。你想想看，我們兩邊現在有來有往的，如果病菌傳回我們這邊怎麼辦？我們是在救自己啊！」

「那正好，從現在開始，大家都不准過去。」羅納面無表情。

自從狄來過的那一天起，羅納好像變了一個人，冷漠僵硬死寂，所有人味彷彿從他的身上消失。如果說以前羅納是個英俊的魔鬼，現在的他就變成一個陰森的厲鬼。他眼中只剩下暴戾之氣，再沒有人味。

喬歐從小到大沒有在羅納身旁感到不自在過，可是這些日子以來，別說其他人，連他都下意識在躲避羅納。

「羅納，現在也來不及了，我們的人早就去過好幾次了，那個死醫生故意瞞著我們，現在才跟我們說。總之，趁現在瘟疫還沒有傳開，我們多找點消毒水回來比較安全。你如果不想送給醫療營，我們不要送他們就是了，我們自己卻不能不囤點貨。」喬歐撒謊。

羅納空洞冰冷的眸光突然落在他身上。

「你不會也想背叛我吧，喬歐？」

「怎麼可能？你在想什麼？你是我堂哥，我們是一家人，我怎麼可能背叛我的家人？」喬歐全身的汗毛都豎起來。

「那就好。我知道每個人都在嘲笑我……」

「沒有人笑你，要是有人敢笑我哥，他媽的我第一個宰了他們！你還是我們的老大，大家就是跟以前一樣在過日子而已，一切都沒有改變。」喬歐忙道。

「昨天晚上我叫艾頓那老頭的女兒過來陪我，她竟然拒絕了。」他陰森森地道。

「女人嘛！每個月都有幾天不太對勁，你也不是不曉得。」

羅納又用那種陰暗暴戾的眼神盯他許久，突然笑了起來。

他笑得跟他以前一樣，像英俊性感的海盜，所有看到這個笑容的人反而悚進心窩裡。

「喬歐，別說我沒有警告你。」羅納輕聲道：「有一天我會殺了那個姓狄的，到時候你若不是站在我這邊，就是站在他那邊。」

「我知道，我怎麼可能站在他那邊？我永遠是你的堂弟，你放心吧！」喬歐趕快道。「好了好了，這種跑腿的小事用不著勞駕到你，讓我來傷腦筋就好。你要不要回去喝瓶酒睡個覺？我叫艾頓老頭的女兒進去陪你。」

羅納只是陰森地看他們每個人一眼，然後無聲無息地走開。

喬歐的背心淌出一層冷汗。

一直以來，羅納順心和不順心的情緒落差很大，他總認爲那是因爲羅納本來就是個熱情的男人，熱情的男人情緒當然激烈。

這次在狄身上，羅納遭受了前所未有的挫折，整個人也跌入一種詭異的谷底走不出來。每個人跟羅納說的話，他永遠往最壞的方向看去，突然間全世界的人都無法和羅納溝通了，連他這個唯一的堂弟也沒有辦法。

喬歐終於有些遲來地領悟：或許他堂哥的情緒，不單純是熱不熱情的問題。

或許他堂哥的精神，其實並不是那麼穩定……

勒芮絲燒掉最後一桶醫療廢棄物，提著空桶回到臨時營地。醫生正在寫病歷，看見她回來，對她微微一笑，繼續埋回桌案前。

經過了六個星期，疫情終於控制住了。

後來土著終於調查出最可能的染病原因——醫生的直覺沒錯，他們曝露在他們完全沒有抗體的外來病菌之下。

最原始生病的其實是兩個人。有一天他們出獵的時候，在森林裡遇見一個飆風幫的獵人。他們躲在樹後看著，那個全身穿著奇怪皮衣的男人吃一罐「鐵食物」，那人吃了兩口，皺了皺眉，把那罐「鐵食物」隨手一放就走了。

兩名土著非常好奇，等他走遠之後，把他的鐵食物撿起來嘗了幾口。那裡面的肉塊噁心極了，跟豬食一樣，兩個人把鐵食物丟掉，嘻嘻笑笑地回去找一起出來狩獵的同伴。

他們不知道的是，飆風幫的男人沒有吃完，就是因爲那個罐頭變質了。

那兩個土著回去之後開始上吐下瀉，六天後重度虛脫，陷入昏迷，十天後死去，接著照顧他們的女人也開始出現症狀。

原住民部落沒有消毒防菌的概念，女人在照顧他們時，沾染到他們的排洩物和嘔吐物，生病期間使用的食器也是用同一缸水。整個部落共飲、共食、共住、共睡，於是病菌很快在部落裡蔓延開來。

根據他們的傳統習俗，死去的人必須在神帳裡停靈三天，在這蚊蠅滋生的盛夏，更是讓病媒的傳染雪上加霜。

由於族長非常排斥與外人接觸，那兩人回來之後不敢對其他人說，不過在他們剛生病的初期，有幾個朋友去他們的帳篷探病，他們私下曾經跟一、兩個人提過。

那些朋友有人回去之後開始生病，直到七個人死掉、族長決定向外求醫爲止。最終，族長從一個沒有染病的家屬口中問出了實情。

究竟那罐腐敗的罐頭食物裡有哪些病菌已經不可考，可以肯定的是，對未曾曝露在這種細菌下的土著而言，結果是災難性的。

歷史上曾經有南美洲的原住民因爲歐洲移民帶來的霍亂、鼠疫，甚至只是簡單的流行性感冒而大規模死亡。對外界來說很常見的細菌和病毒，對深居在叢林裡的他們而言卻是索命死神，他們的身體就是缺乏相對應的抗體。

找到原因之後，醫生鬆了口氣，因爲這些細菌對兩邊營區的人致命性沒有這麼強，不過爲了預防出現變種，防護措施依然不敢馬虎。

六個星期過去，病人一度增加到十七人，但他們終於陸續好轉，只有兩個身體最虛弱的人沒有撐過來，其他十五個人已經沒有生命危險了。

所有康復的病人陸續出院，回到他們自己的部落去，醫生教導他們如何消毒整個部落環境，甚至親自走了一趟去現場視察。

狄玄武對於醫生要獨自和土著回去非常的不樂意，但土著拒絕讓其他人跟來，在醫生的堅持下，他只好讓他們離開。

兩天後，醫生安全地回來了，族長甚至一路送他回來，順便探視他生病的族人。

「勒芮絲，齊阿魯圖恢復的狀況非常好，我想最晚下個星期我們就可以回家了。」醫生笑道。

臨時醫院裡只剩下兩個病人，其中一個是第一個被送來的男人齊阿魯圖。他是最早期感染的人之一，症狀最嚴重，最先死去的兩個病人就是他的好朋友，但是他撐過來了，如果情況許可，再過幾天這兩個病人都能回到自己的部落去。

「太好了，你絕對猜不到我有多想念我的床。」勒芮絲笑逐顏開。

「不只是床而已吧？」醫生難得打趣她。

勒芮絲臉紅，瞪叔叔一眼。

「醫生，如果你現在不需要我，我想去溪邊沖個澡好嗎？」她覺得全身黏黏的，盛暑的叢林眞是一點風都沒有。

「去吧！這裡有我。」醫生微笑點頭。

她回睡篷拿一件乾淨的T恤和清潔用品，提起洗澡用的空水桶，隔離區外一道熟悉的身影立在那裡。

狄玄武盤著手臂，鼓起的肌肉線條讓她流口水。

他眞是好看極了。簡單的牛仔褲包裹住他結實的長腿，白色襯衫的釦子鬆開兩顆，沒被衣服蓋住的部分露出古銅色的強壯肌肉。

他的姿態非常輕鬆，他身上蓄發的力量卻讓人明白，他從零到暴衝只需要一秒鐘。

他們已經分開六個星期了，他的眼神專注地盯在她臉上，然後游移到她豐滿的酥胸與修長的美腿，在那雙腿中間稍微流連了一下。

這男人竟然在她叔叔面前用眼神對她做愛！勒芮絲被他看得全身發熱。

「想上哪兒去嗎？」他懶洋洋地問。

「洗澡，想當護花使者嗎？」她挑了下眉。

「捨我其誰？」

「你只是想偷看。」她揭穿他的用心。

「偷看？那是宵小的行為！」他很英勇地否認了。他當然是光明正大地看。

醫生忍俊不禁，揮揮手叫兩個年輕人快離開。

他們平行地往水源處走去，中間隔著兩公尺的距離。雖然土著的病菌對他們殺傷力不會太大，醫生依然要求每個人要做好隔離，直到所有疫情結束為止。

距離臨時醫院約兩百公尺處有一條小溪，從營區看不見，但隱約可以聽見水流聲，她平時都來這裡取水。

到了溪邊，她食指一轉要他背過身去。

「妳是認真的？」他質問。

「嗯哼。」

「妳知道妳身上的每一寸我都吻遍了吧？」

她食指還是繞一圈。

狄玄武發出一聲不滿的咕噥，轉過去。

勒芮絲走進淺淺的溪邊，開始脫掉身上的衣服。

她只是想到她從來沒有大白天在他面前脫過衣服，他們每次做愛都是在晚上和晨光中，如果她身上有自己沒發現的贅肉怎麼辦？在這種大白天根本無所遁形。

「你們什麼時候要搬回來？」狄玄武背對著她坐在一顆大石碩上，摘根腳邊的草放在口中嚼著。

「醫生說最多再一個星期就可以回去了。」

她拿起洗髮精洗頭髮，沖乾淨泡沫之後用肥皂洗淨臉和身體，潑水的聲音在他身後不斷響起。

「回來之後需要隔離嗎？」

「可能還是要隔離一陣子，不過醫生認爲他們感染的細菌對我們並不危險，或許觀察幾天就夠了。」

全身的黏膩汗味都洗掉了，她舒服地長嘆一聲，躺進淺水裡讓清涼的溪水流過她的裸軀。

不知不覺間已是燠熱的八月了，今年好像一晃眼就過去大半，想想今年發生好多事啊！

「對了，醫療營的屋頂都蓋好了嗎？」她坐起來，冷不防一道黑影壓下來。「你——」

狄玄武將她光裸的嬌軀抓進懷裡，重重吻住她。

她在他狂風暴雨般的吻中勉強找到空檔說話：「可能……傳染……」

「我沒有那麼容易生病。」他沙啞地道，終於鬆開她的唇，開始解開自己的鈕子。

勒芮絲慾火高張！

管他的！

她要他！已經六個星期了！

她想念每天晚上被他充滿後睡著，凌晨在他的愛撫中醒來。

她想念他的味道，他的吻，他的手指滑入她，她被他塡滿，他在她腿間猛烈的撞擊。

她每天晚上慾火中燒地入睡，有時甚至必須咬住嘴唇，才能不呻吟出聲。

狄玄武的襯衫和牛仔褲被他粗魯地往後一丟，甚至不在乎它們是不是掉進水裡。他重新攫住她的櫻唇，大手近乎粗魯地抓住她一邊的乳房揉捏。

她輕吟一聲，微痛的刺激感更加激揚她體內的慾望。

六個星期眞的太久了，他們都不需要太多前戲。狄玄武一把捧起她光裸的臀，放到他剛才做的那塊大石上，分開她的腿，安置好自己，重重衝入她的體內。

他只撞擊了幾下，兩人在幾分鐘內衝上高峰。

久別的第一次做愛，強度超乎他們的想像。勒芮絲只能靠在他的肩頭喘息，他急速的心跳在她耳邊如戰鼓一般。

片刻後，他低下頭，開始溫存地吻她。

第二次的步調較爲輕緩。他抓過自己的牛仔褲鋪在她的臀下，以免她嬌嫩的皮膚磨傷。

勒芮絲再無法在乎他是不是在光天化日下看遍她的身體。從他讚賞膜拜她每一寸肌膚的眼光，她只覺得自己美麗無比。

他吻過她的肌膚，在她豐潤的胸前輾轉流連，她的蓓蕾被他的輕咬刺激得堅挺起來，他憐惜地吸吮舔吻一下，然後將她翻過去。

勒芮絲趴伏在大石上，讓他從後面進入自己。

她的身體還因爲剛才的高潮而腫脹，他試了幾下，她輕嚶一聲，只進去一半。他捧高她的臀，下半身翹在半空中，只剩下手臂撐在大石上，然後毫不容情地推入。

「啊……」勒芮絲嬌吟一聲，然後咬住下唇，適應那強烈的鼓脹感。

他很大。通常他都很有耐性，但六個星期或許眞的太長了，一入到底之後，狄玄武動作有些粗野。

「啊……輕、輕一點……」勒芮絲趴在大石上，俏臀被他強壯的手臂捧高，只能無助地任他在背後暢懷馳騁。

他的力量大得每一次入侵都像要頂進她的心裡。她有些受不住，他從未如此狂野過。她嬌喘連連，前臂被他頂得滑動，他似乎以爲她要躲開，大掌更加強力扣住她的臀，在她後頭肆意地撞擊逞歡。

這男人眞是野獸……

勒芮絲無法計算自己高潮多少次，只知道最後她撐不住自己的上半身了，只能軟軟地趴回石頭上，任他在後頭捧高她的臀肆意逞歡。

最後的結束，他將她翻過來，抱起她抵在旁邊的一棵樹上用力撞擊，在她最後一次興奮痙攣中滿滿地射入她體內。

過後。

兩人全身鬆軟地癱在溪邊，勒芮絲躺了好久才勉強聚集一絲力氣坐起。

她想回溪裡清洗自己的身體，偏頭看見依然躺著的他。想到剛才被這野獸出柙的男人擺弄得這麼慘，她半是調皮半是報復地俯身過去，含弄他軟掉的部分。

沒想到這男人一手按住她的後腦，在她口中抽了兩下，又有變硬的趨勢，她嚇得趕快放開他。

「男人沒有回彈這麼快的！」她咕咕噥噥地坐進溪水裡，清洗腿間的黏膩。

「那是妳沒遇見對的男人。」他懶洋洋地往她身後一坐，將她夾在雙腿之間，長指往前伸幫她清洗。

她咬住下唇，被他挑逗得差點呻吟出聲。

這根本不是幫忙！她堅定地把他的手抓開，自己趕快洗一洗，上岸穿回所有衣物，免得讓某個男人又獸性大發。

「確定不要再來一次？」

他站在水中，雙手插腰，對自己的裸露完全無感，英俊性感得讓人想撲過去將他一口吃下去，或被他一口吃下去。

「不！」她堅定地道。

耗了這麼久，叔叔一定會知道他們做了什麼，她想到就雙頰發紅。

狄玄武聳聳肩，走到岸上撿起自己的襯衫和牛仔褲穿上。

「食堂的屋頂已經夠好了，其他連接各棟的走道也都完工，醫生的診間離其他棟比較遠，只能蓋一條走廊跟食堂連接，不過起碼有片屋頂，比以前要冒雨出來吃飯好了。」他把皮帶拉緊，回答她之前被中斷的問題。

「梅姬和艾拉都還好吧？」她在這裡的期間只擔心梅姬夜裡又做惡夢。

「我沒看到她們不好。」他聳聳肩。

對喔！問他這種女人的問題根本白問的，勒芮絲白他一眼。

梅姬偶爾會代替瑪塔送飯來，看她氣色還可以，不過艾拉年紀太小，大人怕她抵抗力不足便不准她過來，所以勒芮絲已經六個星期沒看到小艾拉了。

兩人漱洗完畢，她拿起自己的盥洗用具，和他一起慵懶地走回臨時營區。

過了好久好久之後，勒芮絲才發現，原來醫療營的瞭望哨看得見這片溪畔……

「玄武大哥，一切都是我的錯。」

他聽見薇兒的聲音，回過頭。他們在那條無止無盡的長廊上，兩側門內狺吼騷動，薇兒站在他身後幾步遠之外，明亮憂傷的雙眸望著他。

身爲師兄的保護慾在他胸中升起，狄玄武走向她，想安慰她只要有他在，一切都會沒事的。

薇兒站在原地沒有動，可是無論他怎麼走，他們中間永遠隔著相同的距離。

「楊克想要一個孩子。」

天機低柔的嗓音在虛空中響起，他火速回頭，身後同樣是無止盡的長廊。他站在長廊中央，背後卻沒有人，他回頭尋找薇兒，薇兒的頭慢慢抬起，忽地變成她母親天機的臉。

他以前爲什麼沒有發現，原來薇兒和年輕的天機生得一模一樣？

天機暗華隱隱的眼盯著他。

玄武大哥，一切都是我的錯。

我注定永世無子，楊克想要一個孩子。

你二十九歲那年有一場大劫。

玄武大哥，一切都是我的錯……

我注定永世無子，楊克想要一個孩子……

你二十九歲那年有一個大劫……

天機和薇兒的聲音交錯在長廊之間，越來越響，到最後他的鼓膜已經受不了，他捂住雙耳難以承受地蹲了下來。

場景一變，他在一間斗室裡。

他還不到十歲，斗室內十分陰暗，這裡是天機的地方。

他們幾個兄弟妹都十分敬畏天機，雖然她平時說話輕緩徐和，但身上總是有一股有說不出的威嚴，他們這幫小鬼對她的敬畏甚至多過對南先生的。平日如果不是天機召喚，他們根本不敢擅自踏入天機的居所。

然而他們也是小孩子。

跟所有的小孩一樣，他們對於法術、咒語這個神祕的世界充滿想像。

他走向祭壇，著迷地凝視著中央的一盞古燈。古銅色的油燈正發出幽幽火光，他凝視著那抹亮光，在火的中心看到一個神祕的光點舞動。

「那是聚魂燈。」

天機在他身後悠緩出聲。

他被抓個正著，奇異地卻沒有任何畏懼感。他著迷地望著那個舞動的光點，眼睛完全無法移開。明明是平凡的火光，卻充滿說不出的迷離吸引，看得越久，他的心越平靜，彷彿那盞燈可以安撫他所有的恐懼傷憂。

「聚魂燈是做什麼的？」他問。

「凝聚魂魄用的。」天機飄然移到他身旁，與他一起望著那盞古燈。「裡面有一隻脆弱的魂魄正在聚魂。」

「它在裡面多久了？」

「九年了。」

九年，跟他一樣大，他今年也九歲了。

「它還要在裡面待多久？」

「再一、兩年吧！它的魂質太弱，得看它自己的造化。」

「聚完魂之後呢？」他渾然忘了這是他第一次和天機說上這麼久的話。

「然後就可以降生了。」

「天機姑姑，妳是說它會變成一個小孩嗎？」他驚奇極了。

「嗯。」天機的神情淡雅。「它會變成你的小師妹，楊克想要的孩子。」

他回到長廊中，又是成年的他，兩排無盡的門後正在騷動。

「我需要你。」天機在他身後說。

他回過身。

這是三年前的事，他記起來了。

他從天機手中接過一盞古燈，天機雪白的指從袍袖間露出，指著長廊的某一扇門。

「這個魂魄不屬於我們的世界，它在這裡能待的時間已經滿了，我需要你將它送回原來的地方。」

「爲什麼是我？」天機叫他做的事他當然不會拒絕，他只是很不解。

「不是我選擇了你，是它選擇了你。」天機對他掌中的聚魂燈點了點頭，神色安詳。「你自小就和它有緣。」

他記得了，他從這個時候開始了這段旅程。

每隔一段時間，天機便會將他找來。有時是一盞燈，有時是一個木盒，有時是一個活生生的人。

這些魂魄都不屬於他們的世界，時間已屆，必須讓它們回歸本位。

他平時替南集團在世界各地出各種任務，然而，只要天機召喚他，他便成爲她獨一無二的時空信使。

他漸漸成爲師兄妹之中跟天機接觸最密切的人。

「對不起，一切都是我的錯。」薇兒說。

「楊克想要一個孩子，我注定永世無子。」天機說。

這些魂魄不屬於我們的世界。

你二十九歲那年有一場大劫，避無可避。

對不起，一切都是我的錯。

楊克想要一個孩子。

這些魂魄不屬於我們的世界。

你二十九歲那年有一場大劫……

狄玄武一身冷汗地驚醒，心臟在他胸膛內瘋狂震動。

昏暗的夜幕籠罩著整座小屋，他覺得胸口沈甸甸的，手一摸，艾拉小小的身體趴在他胸前睡著了。

「你做惡夢了？」勒芮絲輕柔的手撫去他額角的冷汗。

「吵醒妳了？」他慢慢吐出一口氣，讓體內的騷動平息下去。

「你在說夢話。」

「我說了什麼？」他的嗓音在夜裡分外低沈。

「我不知道，那是一種我聽不懂的語言。」勒芮絲依然輕撫著他的臉龐。「你夢到什麼？」

「……我夢到一些遺忘的事。」

「你不是都想起來了嗎？」

「我還沒想起我跑到這裡的原因。」他盯著黑暗的天花板。「我的大腦試著透過夢境告訴我。」

勒芮絲扳開他的手臂，鑽進他的懷裡。他懷裡現在躺了兩個人，她們兩人的重量讓他感到安寧。

兩人靜靜相擁，她喜歡這樣靜靜地躺在他身邊，什麼都不做，只是聽他的心跳聲。

「你想起什麼事？」她輕聲問。

狄玄武沈默一下。他不曉得那些混亂的夢境代表什麼，他只知道他的遭遇必然和天機有關，甚至和薇兒有關，但他無法把所有片段拼湊起來。

有些片段在他醒來的那刻就消失了，他只記得許多騷亂的感覺，和不斷重複的句子……

「勒芮絲，我來自一個和妳完全不同的世界。」他終於說道。這是他可以肯定的部分。

「我知道。」她點點頭。「你是從亞洲來的，聽說亞洲有很多傳統跟我們不一樣，我想起我小學時候有個日本同學，她的家人非常有禮貌，幾乎到了讓人覺得彆扭的程度，你和她就不太一樣。」

「我也不認爲我是日本人。」他低笑。雖然他並不眞正知道自己是從哪裡來的。從他有記憶開始，他就被師父收養。因爲師父的緣故，他會說中文；工作的需要，他們五個人都學了幾種主要國家的語言，他會說中、英、法、西語，和一點舒阿爾族語。

「跟我多說一點你的事。不是出任務的事，是你平常生活裡的事。」她輕聲央求。

於是他告訴她。

兩人在黑暗中絮絮低語，偶爾艾拉翻個身，他們會停下來，等她睡沈之後再繼續。

他的故事裡有很大一部分包含瑤光。她是他唯一知道的母親，他師父的妻子若妮對他也很好，但她和瑤光不同。

若妮是他敬愛的師母，瑤光卻是他可以偶爾發個牢騷、耍耍脾氣的母親。

他跟她說他們師兄妹小時候如何淘氣，將各自師父家裡的盆栽全部剔光頭，只爲了互比誰的師父比較疼他們、誰不會被揍——事實證明，他們全都被揍了。

他說他窮極無聊和他的師弟法蘭克比誰的體力好，他們約定從城市的東邊跑到西邊，跑到誰先受不了停下來爲止。結果他跑到一半就被師父召回去出任務，他師弟傻傻跑了兩、三趟，跑到快斷氣才發現他中途棄賽了。

他說有一次他回師父家吃飯，那晚若妮做了他最愛的馬鈴薯燉肉，而不是師父最喜歡的煎牛排。隔天他被他師父拎到道場慘操三天，直到他拖著麻痺的身體跑去跟他師母說，他最喜歡的其實是牛排，以後煎牛排就可以了。

他說了許多成長中的趣事，生命中重要的人，他曾經旅行的地方，甚至他會哪些武功——他獨獨沒有提到天機。

天機的記憶在他心中依然太隱晦、太迷離，他需要時間。

勒芮絲在黑暗中很辛苦地忍笑，想像他們這群師兄妹小時候搞得一干大人雞飛狗跳的樣子。

「你愛他們。」

「嗯。」

「所以，你會想盡辦法回到他們身邊。」她嘆息。

他沈默一下，「我不確定我還有沒有辦法回去。」

「但是你不會永遠留在這裡。」她的話語十分平靜。

狄玄武不曉得該說什麼。她不愧和醫生是叔姪。

「妳會怪我嗎？」他終於問。

「爲什麼會？」她微微驚訝地看著他。「你就是這樣的男人，這座叢林困不住你的。」

她越瞭解他，越接受這個事實。

她以前不敢提，是因爲她不知道他會不會約她一起走。

如果他約她一起走，她不曉得該如何回答。她放不下叔叔和這裡的老人家，她也放不下他，可是她又怕他根本不想約她一起走，那她一定會心碎。

既然不知道如何回答，乾脆不問。

「玄武，沒有叢林掩護，外面的世界很可能早就毀滅了。」她的眼眸微微濕潤。「你離開之後，很可能迷失在無邊無際的荒蕪大地，甚至可能連回來這裡的路都找不到。」

「我明白。」但他還是得出去看看。他不能一直躲著，不能不去發掘眞相，這不是他的本性。

「你什麼時候要走？」她小小聲地問。

「還早，現在不用擔心這個。」他深深地注視她。「勒芮絲，我答應妳，我不會讓妳留在一個受到威脅的環境裡，即使要走，我也會在確定妳安全無虞之後才會離開，明白嗎？」

她軟軟地枕在他的肩頭。

「玄武。」

「嗯？」

「我……」

一個字就停住了，她沒有說完。

他知不知道她沒有說完的話是什麼似乎不重要，也似乎很重要，也似乎她有沒有說完本身就不重要。

他們頭靠著頭相擁，一起靜靜地看著屋頂。

最後，他小心地把艾拉抱到旁邊放著，翻到她身上深深吻住她。

他們換到床旁邊的地板，以免吵醒床上的小孩。

那一夜，他用最纏綿、最溫柔的方式和她做愛。

14

「羅納，我告訴你，這眞的太過分了，你一定要站出來才行！」荷西激憤地捶一下桌子。

「簡直造反了！」費南多青筋爆起，手臂上粗厚的二頭肌像座山一樣。「那些傢伙現在拿那個姓狄的話當令箭，昨天帕布羅的老婆沒把我衣服上的蕃茄醬洗掉，我丟在她臉上要她拿回去重洗，你知道帕布羅怎麼說嗎？他說他老婆預約了醫生要回診，等他們回來再說。

「他媽的我一把揪住他的衣領，要他和他老婆沒把我衣服弄乾淨之前哪裡也別去，他竟然說：『狄先生已經說了，不能有任何人阻止我們看醫生。』這些傢伙到底還有沒有把我們放在眼裡？」

荷西再捶桌子一拳。「昨天晚上我叫安娜過來，你知道她怎麼說嗎？她說她不想，要是我硬上她，她要去醫生那裡驗傷。她也不想想憑她那副長相，如果不是有一對大奶誰會對她感興趣？我肯上她還是看得起她！」

「羅納，你眞的不能再置之不理了，兄弟都在等你站起來！那個姓狄的殺了我們的人，搶了我們的牲畜，把我們的顏面踩在腳底，如果我們不反擊，總有一天我們辛辛苦苦建立的家會被他搶去！」費南多道。

羅納一拳揍翻費南多，英俊的臉上掛著恐怖的笑。「你們以爲我這陣子眞的都在裝死嗎？」

費南多一聽，非但對自己被揍不以爲意，反而大喜地跳起來。

「羅納，我就知道你一定有辦法。無論你想怎麼做，算我們一份！」

「不只我們，我們雖然被他幹掉八個人，還有十七個，他再厲害，一個人也打不過十七個。」荷西立刻說。

費南多想了一想，覺得還是應該要提醒羅納一下。

「羅納，喬歐那裡……」他知道羅納和堂弟的感情很好，措詞非常小心翼翼，「我知道他是你堂弟，可是他和你一點都不能比，姓狄的怎麼說他就怎麼做，我看了就有氣。你知道是誰幫醫療營進城找補給的吧？」

羅納臉色一陰。

「如果我們要行動……我們是不是要注意一下喬歐？」費南多小心地道。

「閉嘴！喬歐是我的兄弟，他不敢背叛我！」羅納怒吼，神色陰沈如死神。

「咳，我知道，我只是要說……」

「他只是要說，喬歐不能當領導我們的人，只有你可以！」荷西搶著說，偷偷頂費南多一下，費南多乖乖收聲。

羅納深呼吸一下，勉強按捺體內的怒氣。

從那個姓狄的來過他的地盤開始，他的恨意就不斷地累積、膨脹。姓狄的竟敢在所有人面前將他踩在腳底，說他是最底層的廢物！他不會容許任何人如此羞辱他！

他需要的是時間，所以他一直不動聲色地觀察。每個人都以為他整天關在自己的屋子裡，其實他離營的時間比他們知道的多很多。

他想找出一個將狄一勞永逸解決的方法，他找到了。

勝利是屬於有耐性的人的。

貝托那些人以爲自己有了新靠山，那幫混蛋不久就會開始後悔。羅納從不原諒任何背叛他的人。

「我有個計畫，不過需要有人幫忙才行，我們自己人裡面有多少人是信得過的？」羅納說。

荷西和費南多互望一眼，再看回他臉上。「每個人都期待你重新站起來，大家都在等你！」

羅納點點頭。「喬歐那裡，我會自己跟他說，你們不用多嘴。」頓了頓，他加上一句：「如果他敢背叛我，我會親手殺了他！」

費南多終於放心了。

「我們主要的目標是狄。狄不死，這些鎮民不會再怕我們，醫療營的人也不會屈服。他死了，問題就解決了。」羅納陰狠地道。

「你想怎麼做？我們可以找人把他誘出來，在叢林裡圍攻他。」費南多整個興奮起來。

「我們十七個人對他一個，我就不信他一個人打得贏我們全部。」荷西也道。

「怎麼對付他由我來決定，我已經佈置好了。」羅納陰沈地道。

「是，是，當然。」

「都聽你的。」兩個人連連點頭。

羅納現在的神情和以前有點不一樣。以前的他也很瘋狂，但那瘋狂是在一個界限之內，現在的他好像連那一絲界限都消失了，兩個人心頭有一絲隱約的不安。

叩叩。有人敲門。

「什麼事？」羅納冷冷地道。

「咳，羅納，我是提默，有人說費南多在這裡。」門外的少年小心翼翼地說：「我正要去醫生那裡，費南多需要我幫他拿止痛藥嗎？」

「羅納，這小子是姓狄的眼線，我們在他面前說話要小心。」費南多壓低聲音道。

羅納恨極而笑。「放心，他的好日子過不了多久，等我處理完他的主子，下一個就輪到他了。」

「他媽的沒看見我們在談事情嗎？滾！」費南多揚聲對門口吼。

「噢……好吧！」少年訕訕走了。

「羅納，說眞的，你要我們做什麼？」荷西湊過來。

羅納眼神一冰，開始告訴他們他的計畫……

「你看見了嗎？在那邊。」

荷西架著望遠鏡，站在高地的邊緣，往右前方一指，費南多一把將望遠鏡搶過來。

三十年前大爆炸引起的地震讓叢林裂開一條大縫，隨著時間過去，破開的地表漸漸長滿綠色植物。不過據說當時溫度太高，燒死了許多土壤中的微生物，所以植被一直長得不怎麼茂盛，最高就是矮樹叢而已，所有人管這塊大草皮叫「裂地草原」。

在一片濃密的雨林中，裂地草原的藍天白雲和空曠綠地倒也別有一番景致。

他們兩人當然不是來這裡看風景的。

「在那裡，看到沒有？」荷西指了指右前方。

「看到了。」費南多調整一下焦距。

「那東西還在吧？」

「還在。」費南多將望遠鏡遞還給他。

「太好了，我們回去跟羅納說。」荷西道。

兩人一轉頭，發現一個高大的男人無聲地站在他們身後。

荷西和費南多同時一僵。

狄玄武肩上揹著佩卓的弓，腰間插了一柄獵刀，堅硬的臂肌因盤胸而鼓起。

「咳，嗨，狄先生。」費南多輕咳一下，不自在地說。荷西只是瞪著他不說話。

他們兩個偏向佩卓那一型：露出來的皮膚都是刺青，一臉橫肉，費南多一顆大光頭，荷西一頭油膩膩的頭髮，兩人都是一看就地痞流氓的樣子。

「你們在看什麼？」狄玄武悠然問。

兩個混混互望一眼。

「這裡雖然是中界點附近，我們可沒有越界。」費南多說。

狄玄武盯了他們許久，盯得兩個人汗流浹背，開始猜想他們是不是該放手一搏，狄玄武突然一笑。

「放鬆一點，我只是和兩個友善的鄰居聊聊天而已。」他還是那副悠閒的口吻，「你們在看什麼？」

荷西回想了一下他們剛才的對話，應該沒有透露出什麼不對的地方。

「卡拉里斯獸。」荷西終於說道，「羅納說他在裂地草原看見一隻卡拉里斯獸，要我們出來確定一下牠的方位。」

狄玄武挑了下眉，看向費南多。

「我們的人比你們多，你把我們的牲口要走一半，我們當然要出來打大隻一點的獵物填肚子。」費南多挑釁道。

狄玄武走到邊緣來，跟他們一樣往外眺望。裂地草原上確實有一隻母獸身旁帶著剛出生的小獸，離他們大概七、八百公尺遠。

「狩獵的基本原則是不獵還在哺育幼獸的母獸。」他悠然說。

「那就算了。」費南多聳聳肩，努力想維持自己很酷的形象，可惜不太成功。

「走吧，我們回去跟羅納說。」荷西道。

兩人從他身旁走開，很小心地和他保持一定的距離。

咻——

兩個人背後響起發箭的聲音，他們直覺就是撲地趴倒，心中暗叫一聲：完了，這混蛋背後偷襲！

啪！

一隻異蛛掉在他們正前方的地上。

「啊——」向來怕死了蜘蛛的荷西尖叫一聲，跳到費南多背上去。

「你給我下來！」費南多狼狽地將他推開。

荷西繼續尖叫，衝到好幾公尺遠的地方才停住，死瞪著那隻漸漸蜷曲成一團的異蛛。

「抱歉。」狄玄武的笑容完全看不出有一點歉意。「我害你們沒了獵物，我覺得應該補償你們。聽說異蛛的肉吃起來和蝦肉很像，非常美味。」

這是眞的，異蛛的殼去掉之後，腹肉雪白Q彈，吃起來很類似蝦蟹類的口感。只是牠長得太可怖了，加上逃跑的速度又快，肉的份量也沒多少，大部分的人不會吃力不討好地去獵殺牠。

費南多瞪著那隻死透了的異蛛。如果剛才狄玄武不是射向蜘蛛，而是射向他們……他打個寒顫。看來他們兩個都是不喜歡蜘蛛的人。狄玄武聳了聳肩，抽出長刀將異蛛的腳全部砍掉，再用樹藤將蛛身纏了一圈，像拎豬肉一樣地拎給他們。

荷西驚恐無比地瞪著那個8字型的詭異蛛身。如此怪異的「禮物」，實在不是能讓人笑著收下來的。

費南多勉強接過那一大塊蛛身，連謝都不謝一聲，拉著驚恐無比的荷西一起走開。

狄玄武的笑容斂去，靜靜看著他們的背影。

等他們離開之後，他走回剛才他們站的地方，向前方眺望。

一場夏季風暴讓醫療營又忙了起來。

原本醫生的診間與其他棟距離稍遠，他們只蓋了一條和食堂相通的走廊而已。在暴雨期間，醫生和勒芮絲要回食堂吃飯時被風雨吹得一身濕，最後柯塔和狄玄武商量了一下，決定還是得加寬這條走廊。

風雨過去後，柯塔將木工桌搬到空地上，把之前用剩的木板搬出來，開始量尺寸鋸木板。

勒芮絲從剛整理好的診間走出來，經過柯塔身邊和他打了聲招呼，正在樹下盪秋千的艾拉一看見她，立刻開心地尖聲大叫。

「勒芮絲，看我，看我，看我！」

那秋千是狄玄武閒暇時幫她搭的，就在瞭望哨的下方。

「小心一點，不要盪太高哦。」勒芮絲看她越盪越高，不由得擔心。

「看，我可以飛這麼高！」艾拉使勁往前擺，再往後搖，一雙小腿賣力地伸直、彎曲。

沒有什麼比一個快樂的小朋友更可愛了，幾個大人不禁走出屋子，對她開心的笑顏微笑。

梅姬抱了一疊衣服從勒芮絲身邊走過去，勒芮絲將她攔下來。

「妳知道狄在哪裡嗎？」

「幾個小時前看他往菜園那邊去了，現在不曉得還在不在那裡。」梅姬說完，繼續往歐巴太太的屋子走去。

「他說他出去轉轉，中午會回來吃飯，下午我們兩個說好了要開始拓寬走廊。」柯塔從手邊的工作中抬頭。

勒芮絲約莫知道狄玄武大概去了哪裡。

他最近花在探索南邊叢林的時間越來越多。南邊通往內陸，北邊通往海邊的重災區，如果外面還有任何人類存活，南邊內陸是最有可能的。

「勒芮絲，妳看，我會站起來！」艾拉興沖沖地站在秋千板上。

「不行——」勒芮絲心中警鈴大作。

艾拉突然腳一滑，秋千正好回盪，她整個人順著回盪的秋千往後飛了出去。

「艾拉——」勒芮絲尖叫。

一抹矯捷的身影從林中躍出，在半空中撈住艾拉輕輕一轉，落地時她安安穩穩地坐在他的臂彎裡。

狄玄武對臂彎裡的小鬼皺眉。

「狄！」艾拉開心地抱緊他的脖子，「你看，我剛才差點飛起來！」

她竟然沒發現自己從死到生走了一遭。

「艾拉！」勒芮絲臉色發白地衝過來。

艾拉看見她的表情，笑容慢慢消失。

「喔哦。」

「妳活該。」她的救命恩人幸災樂禍。

「以後不准妳站在秋千上聽見沒有？不然我叫狄把妳的秋千拆掉，永遠不許妳再盪秋千！」勒芮絲驚魂甫定，連珠炮地斥責。

「發生了什麼事？」梅姬聽到動靜，匆匆從屋子裡奔出來。

她聽到勒芮絲尖叫的時候艾拉已經掛在狄玄武的臂彎裡，沒看到最驚險的那一幕。

「艾拉剛剛差點摔斷她的脖子！」勒芮絲沒好氣地道。

「艾拉！」梅姬驚喘一聲。

「狄接住我了……」艾拉小嘴巴一抿。

「妳以為他會永遠站在那裡等著接住妳嗎？」勒芮絲脫口而出。

狄玄武微微看她一眼。

勒芮絲咬了咬下唇，對自己的話有點懊惱，不過沒有看他。

「哎呀，艾拉，以後千萬不要再盪這麼高，摔下來不得了呀！」歐巴太太顫巍巍地拄著拐杖過來。

勒內絲深呼吸一下，強迫自己平靜下來。

「大人剛才說的話妳聽見沒有？」梅姬對女兒蹙起秀眉。

「嗯。」艾拉鬱鬱地偷瞄狄玄武。

「嘿！別看我，我才不要惹她們，我還想活下去呢！」無情的救命恩人把她交回她娘懷裡，走到柯塔身旁。「柯塔，你介意我們明天再動工嗎？今天下午有些東西我想進森林裡看一下。」

「沒問題，我今天先把木頭鋸好，明天我們可以直接上工。」柯塔當然答應了。

他點點頭，回到勒芮絲身旁，細細看著她依然蒼白的臉。

「妳還好嗎？」

「沒事，剛才被艾拉嚇到而已。」她勉強笑一下。一想到他不會永遠守護在他們身後，她不禁泫然欲泣，不敢看他。

「我到森林裡看看，傍晚就回來。」他沒有多說什麼，只是語氣裡多了絲安撫。

「嗯。」她點了點頭。

狄玄武挑起她的下巴輕吻她一下。

「狄，午餐做好了，吃完再去吧！不差這半個小時。」瑪塔拿著鍋鏟從廚房走出來。

「好。」

他先回屋裡將弓放好。

吃完午餐，他到儲藏室拿了一捲繩索出來，也不知要做什麼。

「我也要去。」小艾拉立刻黏過來。

「妳的午覺時間到了。」狄玄武兇巴巴地說。

「要去！」小傢伙也橫眉豎目。

基本上他的兇對她是完全沒有威嚇力的。

狄玄武想了想，今天要去的地方雖然之前沒去過，不過最近森林裡還算平靜，應該不會有什麼危險性。

「妳要是走累了，我不揹妳。」他威脅道。

「要揹！」

艾拉跑回屋子裡換上她的裝備——梅姬替她做了一件小背心，上頭像勒芮絲和狄玄武的工作背心一樣，有許多釦環和小口袋，她放些她四處撿來的小玩意兒，鐵釘螺絲釘之類的。

她全副武裝完畢，跑出來牽住狄玄武粗糙的大手。

狄玄武堅決貫徹自己絕對不揹她的信念，一大一小走出兩步，艾拉抱住他的大腿。

才走到營地邊緣，小傢伙已經在他寬闊的背上了。

❦

狄玄武帶著那個蹦蹦跳跳的小傢伙來到臨時醫院的附近。

這塊空地已經消毒完畢，不過他怕艾拉的抵抗力沒大人好，還是避開了當初紮營的區塊。

艾拉一路上忙得很，一下子摘花，一下子檢查葉子上的小蟲，跑累了就爬回他背上去。

他背著小鬼攀上一株異松，站在高處觀察五公里外的一處山頭。

那裡是南方叢林的制高點，可以俯視整片裂地草原，費南多和荷西前幾天看的就是那個方向。

狄玄武早就在觀察那個地方。基本上，那裡算是南邊叢林與其他部分的分水嶺，不算太高，最高點大約只有海平面上一百公尺；由於底下是裂地草原，比一般地面低，從坡底到坡頂的段差變成一百五十公尺。

這個陡坡可能是當初地面被劈開時，土往旁邊推高的。若欲觀察南邊的叢林，甚至遠眺外頭的荒蕪大地，那處坡頂不失為一個絕佳的地理位置。

這兩天不知道為什麼，只要太陽的角度對了，坡頂制高點會有一個銀光一閃。他觀察了幾天都看不出來那個銀光是什麼，今天乾脆過去看看。

裂地草原可以算是叢林裡安全的地區，由於太空曠，大多數獵物或掠食者都以叢林為藏身之處，會出現在裂地草原的只有禿鷹那一類的飛禽，狄玄武對那些飛禽倒不忌憚。

「我不知道我們會花多少時間，妳現在反悔，要回去睡午覺還來得及。」他對趴在他肩膀上的小鬼說。

小鬼搖頭。

「好吧！預備備？」他說。

艾拉用力一點頭，小手臂圈緊他的脖子。

「走！」他縱身一躍。

飛——

艾拉漂亮的小臉蛋發光。

她最喜歡趴在狄身上跳高高。他們像鳥一樣在一株又一株的高樹之間跳躍，風從他們的耳畔呼嘯而過。和狄在一起她一點都不害怕，反而覺得好好玩，空曠的草原上都是她清脆的笑聲。

他們只花了半個小時就來到裂地草原的坡底。

狄玄武抬頭看著一百五十公尺高的頂端。

這座斜坡非常陡峭，由於整片裂地長不出高樹，坡面失了水土保持變得十分鬆軟，連日的暴雨更讓好些地方出現土石滑落的痕跡。

他捻起一把滑落的沙土感覺一下濕度。

暴雨已經停了幾天，水氣在大太陽下蒸發許多。他從正下方的角度看上去，山頂有一大片不是泥土，而是岩層。整個坡壁斜度超過六十度，頂端那段岩層根本就是垂直的，在接近頂峰的三分之一處橫長出一株樹，看起來稀黃瘦弱，不過根倒是咬進岩層裡，應該可以做爲他最後那一段的借力依據。

狄玄武藝高人膽大，以前他從兩百公尺高空跳下來降落傘失靈都有過，這種斜度的山坡對他是小菜一碟。

「我們要上去囉！」他跟肩頭上的小鬼說。

「嗯。」艾拉抱著他的脖子堅定地點頭。

頂端的銀光又閃了一下。那到底是什麼東西？他好奇心起。

「抱緊了？」

「走！」她像個小將軍一樣下令進攻。

走！

狄玄武在她的指揮下衝了上去。

泥土比他預期的濕軟，他的腳一踩就陷下去，然後是一片土往下滑，幾乎毫無著力之處。如果換成其他人，早就跌個狗吃屎了。

他氣凝丹田，運勁足下，大喝一聲，一個彈起兩人平平竄上一大段。他再運勁，再一個起落，又上了一大段。

他深知爬陡坡靠的是一鼓作氣，如果中途停下就滑下去了，於是一口氣運足，不斷往上攀。

那棵營養不良的樹轉瞬就在眼前，他相準了目標，往它稀稀落落的枝幹躍升而去。

艾拉緊緊圈住他的脖子，他的左手往後按住她的小屁股，右手往樹的方向一伸——

砰！

由於太久沒有聽到這種聲音，第一時間他以爲自己聽錯了。

砰！砰！

又是兩聲，他再無疑義。

槍聲！

縱橫槍林彈雨多年的本能全面激發，他沈住氣，足尖一點往那棵樹彈去，千鈞一髮之際避開當頭而來的子彈。

第三發離他的左太陽穴只有不到一公分，他背後的小艾拉倒抽一口氣，臉立刻埋進他後頭。

他們在距頂端三分之一處，不上不下，無論是往上竄或是往下滑都會讓他們曝露在危險中，他唯一的機會只有用那棵樹當掩護。

那棵樹不足以支撐他們太久的時間，但他沒有選擇。

在他的手能抓到樹枝之前——

砰！砰！砰！

又是三顆子彈。

他被逼回左邊，腳踩進一團軟土裡，整個人立刻往下滑。

他終究是太大意了，這次算他栽了一回。

他不急不躁，一手按住背後珍貴的小身體。最差的情況是他們摔回坡下，他用自己的身體護住她，一百公尺高的衝擊，他撐得住。

但是，他撐不住接下來這個。

轟——

頭頂突然一陣巨大的爆炸聲。

狄玄武仰頭，只來得及看見整片山朝他的頭頂塌陷下來。

轟！

所有人被這聲巨響嚇了一跳，全衝到屋外。

「你們聽到了嗎？」勒芮絲驚慌地打量左右的人。

「是不是打雷了？又要暴風雨了嗎？」八十二歲的庫多老爺爺有重聽。

「那聽起來……很像爆炸聲？」柯塔非常疑惑。

可是，誰會有火藥？

「從那個方向傳來的！離我們好像有一點距離。」魯尼指了指東南方。

那裡是臨時醫院的方向。勒芮絲心頭一緊，狄玄武和艾拉剛才是往那個方向過去。

「狄在森林裡，他一定也聽到了。」瑪塔立刻說。

空氣裡響起一種悶頓的隆隆聲，與其說是聲音，不如說是一種低頻率的震盪感，過了幾分鐘才平息下來。

「那是什麼？」所有人面面相覷。

「狄會不會先帶艾拉回來？他們沒事吧？」梅姬擔心地按住胸口。

「柯塔，我們去看看。」勒芮絲迅速取過一柄長刀，插進自己的軍用腰帶裡。「醫生，你們待在這裡不要亂走，如果狄回來了，跟他說我們馬上回來，叫他不要再離開。」

「好，你們萬事小心。」醫生凝重地道。

這個世界上有太多人想殺他！特務，職業殺手，犯罪集團，恐怖分子……他們都沒能成功。狄玄武沒有想過有一天他會死在一群地痞流氓手中。

他終究是太托大了。

排山倒海的土石往他壓來，遮去了全部陽光，他彷彿在這一片灰黃色的塵泥中看見自己的終點。

你在二十九歲那年有一場大劫，避無可避。天機告訴他。

他一直以爲所謂的「大劫」就是他掉到另一個平行世界來，他錯了。

他的大劫是眼前的這一幕。

他看過這一幕。

天機當年跟他說完，按著他的頭頂，貫注法力讓他看到這一幕，可惜這個記憶來得太遲了。

天機清冷的語音繼續在他腦中響起——

「這劫雖有死卦，卻非死證，你只能硬接了，或許還有一線生機。」

他還有一線生機。

在土石流即將埋住他的那一刻，他雙膝微彎，奮力一躍——

這一躍幾乎是他畢生功力之所成。他的膝蓋以下已經被軟泥絆住，無可借力之處，他只能反踩在軟泥的拉力下，將作用力變成反作用力，奮力掙出。

他最多只能將自己拔高十幾公分而已，這十幾公分便造就了不同。

他的肩膀從土石流中竄出，他反手揪住背上的小孩，使勁一擲，艾拉飛向那株橫生的樹。

驚天動地的聲響終於停止，除了腦袋和左邊的肩膀，他整個人被埋在土石流裡。

「我需要你幫我一個忙。」天機交給他一只聚魂燈。「這燈裡有一只魂魄，不屬於我們的世界，我需要你把它送回它應該去的地方。」

他將聚魂燈接過來，微感不解。

「爲什麼是我？」這些跟術法有關的事，天機從不假任何人之手。

「因爲你跟它們有緣。」天機微微一笑。

不是「它」，而是「它們」，表示還有更多。

「爲什麼？」他依然好奇。

天機一反疏冷的天性，對他的好奇有問必答。

「我永世注定無子，楊克想要一個孩子。」她淺嘆一聲，負手走到窗前，望著七十層高以下的世界。

她的眼睛其實看不見窗外的景色，但她憑窗而立的情景卻自然無比。或許在她見陰不見陽的眼中，她看見了一個與他們其他人都不同的世界。

「爲了讓楊克得到他想要的孩子，我做了一件事——」天機輕嘆一聲。「一件逆天理的事。」

他看了看手中的聚魂燈，若有所悟。

「是我小時候看見的那盞古燈嗎？」

「嗯。」天機點頭低嘆，「我從亂世中攫來一縷魂魄，原以爲它藏在千萬條亂魂之中不會被察覺……我錯了，天理自有其依據，我打開空間之縫攫取它的那一刻，有一些魂魄也跟著飛了過來，它們並不屬於我們的世界，如今卻在我們的世界投生。這是我循私而犯下的錯事，我必須撥亂反正，否則，人間秩序將因此大亂，萬劫難復。」

「這燈裡就是一縷需要送回去的魂魄？」他看著手中的燈。

一切都是我的錯。薇兒說。

因爲她來，世間大亂，她認爲是她的錯。

不，薇兒，這不是妳的錯，是人總是貪求太多。

「這事不能隨便找人，需得與聚魂燈有緣之人才行。從你站在薇兒燈前的那一刻，我就知道，你是命中注定之人。你願意幫忙嗎？」

當然願意。

她是天機，他的師姑，他義不容辭。

一切都有了解釋。

爲什麼他見過那麼多奇怪的世界，每個世界的時間背景不同，卻似乎同時存在，因爲他眞的去過那些地方。

他是天機的信使，爲她送那些亂掉的魂魄回到它們原本的世界。

每一扇門後面，都是一個獨立的時空。

一切也忽然明朗起來——天機爲什麼選擇他，他爲什麼和聚魂燈有緣，爲什麼掉到這個世界裡。

因爲他也是一抹不屬於那個世界的魂魄。

這裡才是他的家，他必須回到他的世界來。

在他腦中源源湧現的記憶猶如經過了永恆的時間，實際上才短短數秒而已。

狄——狄——

他粗喘一聲，張開刺痛的雙眼。

狄——

有人在叫他。

「狄——」

艾拉的哭叫終於穿透重重迷霧，喚回了他的神智。

「狄！狄！」艾拉緊緊抱著撐住她的樹幹，對著他伸手哭喊。

「別……別動……」他喘息。

鬆軟的土石流有如千萬隻手將他拉住，讓他動彈不得。他只要一動，身下的軟土就威脅著再坍塌一次。

這裡地盤不穩，如果再坍一次，連艾拉棲身的樹都會滑落下去，他們會一起死。

他愛這個小傢伙，他不能讓她跟他一起死。

他深吸一口氣，彷彿連胸口擴張都會震動到土泥。

頂上已經沒有聲音了。無論是誰製造這場爆炸，他們都算好時機，一得手就離開。聰明。因為他若脫身，第一件事就是將他們撕成碎片。

他看一下左右的情況，在腦子裡演練各種對策，然而每一種的結果都是他被崩塌的土淹沒，艾拉跟他一起死。

他脫不了身。

他抬頭看一下山頂，一塊巨石已曝露出來，搖搖欲墜。它的地基被炸掉了，不需要任何外力，只要大一點的風一吹，它就會滾下來，帶著他和千萬斤泥土一起下地獄。

他可以什麼都不做。

巨石還是會滾下來，他還是會死，可是巨石滑落的路徑避開了艾拉的樹，只要他不誘發第二次土石流，她會沒事。

營地裡遲早有人會出來找他們，他們會找到艾拉，她會活下去。

他如果做任何動作，牽引了土石流，她就連等待的機會都沒有。

「狄！狄！」艾拉哭喚著，一直伸長手想拉他露出來的那隻手。

他們之間隔了一段距離，她再拉長三倍也搆不到他。

「別……別動，臭小鬼……」他一半的脖子埋在土裡，連講話都很困難。

她一個人留在這裡可以嗎？如果那種長得像始祖鳥的禿鷹來了怎麼辦？如果異蛛出現怎麼辦？她的位子太曝露了，像現成的獵物一樣，等待那些大型狩獵者來叼走。

他想像艾拉被生吞活剝的樣子，向來不容易恐懼的他竟然害怕了。

他好累。

他努力把自己釘在土中，像一個錨，因爲他的堅持土石才能暫時固定住，可是一個人對抗一座山實在太累了。

「狄……」艾拉摸摸自己的背心，突然想到什麼，打開左上角的口袋，抽出一小捲白色的線。

這是超高分子聚乙烯纖維，用來做爲弓箭的弦。他之前換弦的時候，剪了一段給她玩，他幫她在纖維線的兩端綁了勾勾，讓她可以像流星錘一樣甩出去，再勾東西回來。

高分子聚乙烯的強度極高，她手中的這一段大概可以承受四十五公斤的重量。

他的體重超過四十五公斤，可是四十五公斤足夠讓他借力掙離這片泥淖。

他在腦子裡盤算一下可能的方法。

無論如何，他只有一次機會。他施力的那一刻，整片山就會崩坍，艾拉的樹會跟著被淹沒。

他只有不到五秒鐘的時間抓住她，然後他必須衝得比落土更快，一鼓作氣！

艾拉蜷縮在樹幹上，咬著下唇，淚漣漣地盯著他看。

「嘎——」一隻始祖鳥已經在他們的頭上盤旋。

幾隻禿鷹開始飛過來，據說禿鷹可以感應到幾公里外即將出現屍體的訊息。

不，你們這些混蛋，你們別想吃她！

他可以的，他做得到，他必須。

「艾拉，把繩索在樹上繞一圈勾住，要勾牢！另一端拋給我。」

艾拉點點頭，先把眼眶擦乾，然後依照他的話把繩子在樹幹套牢。她堅毅的小臉蛋滿滿都是固執，好像在跟大自然嗆聲：我不會讓你們殺死狄！

他眞愛這小鬼！

綁好之後，她力氣小，使勁拋了兩次才拋到他抓得到的地方。

沒想到最後竟然是這小丫頭救了他。

「好，妳待在那裡別動，不管發生了什麼事都別怕，我會過去接妳，明白嗎？」

艾拉點點頭，眼中充滿對他的信任。

「預備備。」他對她微笑。

她堅忍不拔地點點頭。

「衝！」他抓住鐵勾奮力一扯，勾子咬進他的掌心，而他毫無所覺。

腳下的軟泥一鬆，他上方的軟土被帶動，嘩喇喇開始滑落，他橫刺而出，抓住那個柔軟的小身體護在懷裡，撲天蓋地的土石流朝他們壓來——

15

羅納大踏步回到營區，用力踢翻一個正在曬肉乾的架子。費南多、荷西和十幾個飆風幫眾跟在他身後。

他神采飛揚，英俊的臉上滿是傲慢之色。他又回到了以前那個執掌大權的身分，再不復前些時日的陰沈頹廢。

「所有人通通到外面集合！」

營區受到驚動，所有鎮民趕忙從各個角落出來，每個人都一臉疑惑地往廣場聚攏。

正在修理自家屋頂的喬歐聽見聲響，丟下工具，莫名其妙地跟其他人一起走到廣場來。

貝托挽著大腹便便的萊娜站在最前排，羅納的架勢讓他心頭開始出現警戒。

「羅納，發生了什麼事？」喬歐驚訝地道。

羅納只是看堂弟一眼，對自己的身後一點頭。

那裡是喬歐的老位子。

喬歐回頭看看其他鎮民，躊躇片刻，慢慢走回堂哥的身邊。

「羅納，我們剛才聽見很大的聲響，好像是爆炸或山崩的聲音，你聽見了嗎？」貝托神色緊繃。

羅納對費南多一點頭，費南多上前，將一個布包交到羅納手中，羅納接過那個長布包，往地上一扔。

「狄死了！這是他從路卡那裡搶走的武器，我們把它要了回來。」

所有人臉色一變。

喬歐上前把布包打開，一柄泥漬斑斑的長刀露了出來。他把刀柄的部分用衣袖擦乾淨，一個L字樣立刻露出來。

確實是被狄拿走的刀。

每個鎮民的表情像見鬼一樣。

羅納覺得快意無比。這群蠢蛋以爲他被打敗了，從此一蹶不振是吧？他在沈潛中嘗盡冷暖，也看到了許多自己以前沒注意到的事。

他以前眞是太仁慈了！

他曾以爲他已經讓這些蠢蛋夠怕他，直到看見狄的手段，他才明白自己有多小兒科。如果姓狄的豬玀對他有任何貢獻，那就是讓他更加深信恐懼的重要性！

從現在開始，無止盡的恐懼將是他統治這群蠢蛋的唯一手段！

「我用最後一顆手榴彈炸掉山頭，他已經被活埋在底下！」他走過去，把刀從喬歐手中搶過來，在手中翻轉。「姓狄的不過是個賊，殺了路卡搶了他的刀，又殺了佩卓搶了他的弓箭。你們知道規矩，偷竊的人只有死路一條，比起佩卓的死法，我讓他死得算是仁慈了。」

每個人的臉色發白。大人不由得抓緊小孩的手，女人偎進男人懷裡，老人顫巍巍地在口中低唸禱文。

他們的反應讓羅納痛快異常。

原來恐懼的滋味如此美好！他嘗再多都不夠。

「你們以為我會像個小婊子，跟你們一樣捧著他的老二膜拜？你們錯了！我才是強者！我才是最後的勝利者！」羅納仰頭大笑。「從現在開始，你們的世界再度依照我的時間運轉！」

「你不能……」貝托臉色一變。

羅納一點頭，兩名飆風幫徒將貝托拖出來，對著他一陣拳打腳踢。

「不！不——」萊娜衝到丈夫身前，想用自己大腹便便的身體擋住他。

「嘿，嘿，嘿！」喬歐連忙擋在貝托夫婦和飆風幫之間。「羅納，她懷孕了，未出生的小孩就夭折多晦氣啊！」

在鎮民面前毆打一個孕婦只會激起他們同仇敵愾的心理，他不認為這是個好主意。

「喬歐，你還是我的兄弟嗎？」羅納冷冷地盯著他。

「你在說什麼？我當然是你兄弟！我早就說了，我永遠都是你的家人。」喬歐趕快說。

「很好。」喬歐冷冷看他一眼，然後對所有的人說：「我們今天晚上取下醫療營！」

什麼？

不……

人群裡開始響起細細的低議。

「所有二十五歲以上的男人都要組織起來，向醫療營進發。如果有人不從，」羅納走過去，一腳補在貝托鼻青臉腫的下巴上。「這個人就是你們的榜樣！荷西？」

「在！」荷西中氣十足地應道，往前一站。

「把所有老人、女人和小孩關進食堂裡，如果有任何一個人不聽話，把他們的家人拖出來，倒吊在牆頭。」

「是！」荷西振臂一揮，七、八個飆風幫徒跟他一起行動。

現場開始響起各種哭叫聲，稍有反抗的人就被飆風幫徒痛揍一頓。

「貝托！貝托！」萊娜尖叫著被拖離半昏迷的丈夫身旁。

廣場上的人頃刻間少了一半。

喬歐將羅納亮得異常的雙眼看在眼裡。他總覺得有什麼可怕的事要發生了，這件事絕對不會導向一個好的結局，強烈的不安感在他體內蠶食。

羅納對站在他面前的男性鎮民們冷笑，每個人一對上他的眼紛紛轉開或低頭，累積了八年的畏怯感光速流回心中。

「不用擔心，你們不是想要醫生嗎？我把他帶回我們這裡，以後你們就天天可以看見他了，我是爲了你們好。」羅納柔聲地道。

沒有人回應。

「喬歐！喬歐！」

一個清瘦的少年匆匆從大門外跑進來。

喬歐和其他人飛快回過身。

「裂地草原響起好大一聲爆炸聲，你有沒有聽到……」提默的腳步猛然停下來，對眼前的陣仗一呆。

羅納盤起雙臂，森冷地盯著他。

提默看著每個虎視眈眈的飆風幫，再看看後頭一臉慘白的青壯鎮民們，和食堂裡傳出來的低泣聲，腳步猛地一轉。

費南多手一伸就將他揪回來，摜在地上。

「嘿！我又沒有做什麼！」提默又驚又怕地舉手擋在頭臉前。

「羅納……」喬歐上前一步想說話。

「你是我的兄弟，這話是你說的，你還記得吧？」羅納冷冷地看著他道。

「我當然記得！」

「好，這小子是姓狄的走狗，我要你打斷他的兩條腿。」羅納面帶微笑。

喬歐僵在那裡，先看看堂哥，再看看地上的男孩。

「喬、喬歐……」提默臉色慘白。

以前喬歐大都跟飆風幫混在一起，和鎮民的關聯不多。這些日子以來，羅納縮在家裡，他只能站出來主持大局，與鎮民們相處的機會變多之後，他發現這些他們口口聲聲叫「混蛋」的鎮民，其實沒有差到哪裡去。

提默這小子尤其好笑，常常會講些有的沒的、天馬行空的話，竟然莫名其妙跟他很搭，有好幾次提默甚至表達過對他拳法的仰慕。其實，在狄沒有來之前，他真的算是數一數二能打的，看這小子這麼識貨，他心裡也暗爽過。

他不想打斷提默的腿，提默根本沒做錯什麼！

「聽著，羅納，這小子年紀輕輕也做不了什麼大事……」他做最後一次嘗試。

「你不願意？可以，我不勉強你。」羅納的臉上依然掛著那個英俊友善的笑容，如此才更令他空洞的眼神顯得毛骨悚然。「既然你選擇和那群蠢蛋站在同一邊，從現在開始，你再也不是我飆風幫的一員。你自己決定吧！」

喬歐的臉色慘白。

現在和羅納講道理是行不通的，羅納不可能聽得進去，可是，他該怎麼做呢？真把提默的腳打斷嗎？

提默的事小，問題比較大的是羅納要進攻醫療營，難道他眞的要眼睜睜看羅納殺死那些老弱婦孺？

或許這樣想很傻，可是喬歐心中一直有一套自己的道德標準。

以前和羅納一起替那個老大工作的時候，他是打斷過不少人的腿，也砸過不少間店面，那是因爲那些人不付錢。

對他來說，欠錢不還，保護費不繳，都是原因；只要有原因，他就做得心安理得。或許這個道德標準在其他人心中狗屁不通，他自己卻深深相信。

在他的眼中，他從來不曾對任何人毫無原因地動手。

如果他們眞的去攻打醫療營，喬歐無論如何都說服不了自己。

那些老不死的並沒有做錯什麼，說眞的，他們甚至不用花時間進攻，再過幾年那些老傢伙自己就死光了。還有醫生和勒芮絲，他們非但沒有做錯什麼，還幫助了很多他們這裡的人。

勒芮絲和醫生一旦被帶回來，下場完全可知。爲了屈服醫生的意志，羅納一定會讓飆風幫強暴勒芮絲，並且逼醫生在一旁觀看。

喬歐一直還算欣賞醫生和勒芮絲，無論他們對他的想法如何。

難道他眞的要眼睜睜看著勒芮絲被強暴？

如果說過去八年他有什麼後悔的事，就是他沒有阻止羅納殺了羅傑。

對，羅傑不是他殺的，可是羅傑是他的朋友，勒芮絲說得沒錯，他知道羅納要殺羅傑卻退在一旁沒有阻止，某方面等於他親手殺了羅傑。

羅傑已經死了，狄也死了，接著還要死多少人？

喬歐不知道該怎麼辦。

他向來就是用肌肉多過用腦子的人。以前他們要是陷入困境，都是羅納在動腦子，他萬萬沒想到有一天是羅納讓他陷入困境。

他若是公然反抗，羅納一定會殺了他。

羅納已經瘋了，對權力的執著已經讓他完全瘋狂！堂兄弟的血源關係在他心中比不上他的權力慾，喬歐從來沒有看過羅納如此決絕的眼神。

如果自己死在這裡，整個醫療營就眞的毀了。醫生和勒芮絲，偶爾心情好會給他一塊烤甜糕的瑪塔，溫文儒雅的德克教授……每個人都沒救了。

他得活下去才行！

可是他該怎麼做？

「你們放開提默！」地上的貝托竟然勉強撐起來，想衝過去救少年。「你們這群禽獸……壞蛋……」

鎮民男人彷彿都醒過來，突然有人喊了一聲：「你們不可以再傷害其他人！」

羅納的眼睛危險地瞇起，所有飆風幫持著武器衝過來，對著人群就是一頓亂打。手無寸鐵的鎮民雖然有二十幾個人，根本不是這群彪形大漢的對手。

喬歐努力轉動不怎麼聰明的腦袋。

「嘿，聽我說！」他快步走到羅納面前，壓低嗓音道：「我知道你現在對他們很不爽，可是我們以後日子還要過下去，這麼大的營區，巡邏、補給、清潔打掃都需要有人，你如果把年輕力壯的人打死了，我們不就和醫療營一樣只剩下一堆老弱婦孺？你難道想變成像他們那樣？」

羅納森然望了他一眼，不過有些被說動了。

「我們把這些人關到倉庫裡，他們家人在我們手中，我們可以等回來再慢慢對付他們。」喬歐趁機說：「你不是想去醫療營嗎？走，我們去醫療營，要收拾這群蠢蛋有的是時間！」

其實他還是想不出該怎麼辦，唯今之計只能走一步算一步，先拖一點時間再說。到了醫療營，說不定醫生他們自己就想到辦法了。

「……好吧！這次聽你的。」羅納冷冷地道。

喬歐大喜，連忙喝住正在揍人的飆風幫：「嘿！把這些人關進倉庫裡，我們晚上回來再說。」

飆風幫的人回頭看向羅納，羅納點點頭，他們不情不願地收手，喬歐趕快領著那些人把所有青壯鎮民押進後面的倉庫裡。

他忘了後面還有一個提默。

提默畏懼地縮在地上。羅納慢慢走到他面前，對他露出好看的微笑。

「羅、羅納，我、我沒有做錯什麼，我一直照你們的吩咐……」提默結結巴巴。

羅納對幾個飆風幫點了下頭。

所有成員撲向地上的少年，盡情痛毆！

❦

兩個小時後，勒芮絲和柯塔回到醫療營，醫生、梅姬和瑪塔一干人已經等在門外。

「裂地草原那邊有一個山頭崩塌，我和柯塔看到有幾個飆風幫在那裡繞來繞去，不知道在找什麼。後來有幾個土著走過來，飆風幫的人不想惹他們，自己離開了。」勒芮絲神色緊繃。「狄和艾拉回來了嗎？」

拜託說他回來了、拜託說他回來了、拜託說他回來了……

「沒有。」醫生搖頭。

勒芮絲眼睛閉了一閉。

「我們找遍了每個狄可能去的地方，他和艾拉都不在那裡。」柯塔的神色十分慎重。

「艾拉和他在一起不會有事吧？」梅姬緊抓著胸口，再藏不住憂慮。

「艾拉和他在一起是最安全的，妳別擔心。」瑪塔安慰她。「狄一定有聽到崩塌聲，他當然不會帶著艾拉去那麼危險的地點。他一定會先把她帶回來，再自己過去查看，他們現在說不定已經在回來的路上了。」

「醫生！醫生！」魯尼大呼小叫地從叢林裡衝出來。

「魯尼，發生了什麼事？」勒芮絲連忙迎上去。

「醫生叫我們到飆風幫去問問有沒有人被坍方壓傷。」魯尼臉色發白。「醫生，你快來！我們不敢隨便動他！」

「動誰？」勒芮絲連忙問。

醫生話不多說，立刻拿了醫療箱跟著魯尼衝進森林裡，勒芮絲和柯塔緊緊跟了上去。

大約一百多公尺以外，安東尼奧跪在一具癱軟的身體旁，醫生還沒跑近就看見那具身體的四肢彎成不正常的角度，心頭一緊。

「提默！噢，我的天，提默！」勒芮絲認出他的T恤，頓時哭了出來。

所有人撲在提默旁邊。

他根本只是一團模糊的血肉，五官不成樣子，露出來的皮膚沒有一處完好。他左邊的太陽穴凹了一個洞，勒芮絲雙手顫抖地在他的臉旁移動，卻根本不知道自己可以碰哪裡。

醫生小心輕觸那個太陽穴的凹洞，「柯塔，你和安東尼奧回去拿擔架，把我診間那個頸椎固定器一起拿來。」

柯塔應了一聲，和安東尼奧連忙跑回去。

「提默……提默……」勒芮絲淚流滿面。他的腦傷……他還能活下去嗎？

那張勉強只能稱之爲一個血洞的嘴蠕動一下。

「噓，噓，」醫生安撫他。「擔架馬上就來了，沒事的，我們會照顧你，你一定會沒事的。」

勒芮絲看著他被打斷的兩條小腿，右腳踝整個轉了一個方向，兩隻手臂從肩膀的地方脫臼，手肘骨折。他的眼睛只是兩泡腫起來的血肉，鼻梁斷裂……他竟然還有意識，這是多麼強烈的痛楚啊！

「快……逃……他們……來了……狄……死了……」提默含糊地說。

勒芮絲的腦門轟然一響。

提默被血水嗆住，醫生忙伸指進他口中摳出血水，輕輕按住他的舌頭，保持他的呼吸道暢通。

他說什麼？勒芮絲頭暈目眩。

狄死了？

不可能！狄怎麼會死？他那麼強，彷彿世間沒有任何一件事難得倒他。無論發生多危險的事，他總是頂天立地站在最前面，他怎麼可能會死？

她一定聽錯了，提默不是這樣說的。

「……狄……死……」提默還想說什麼，卻只能發出含糊的音節。「他們……殺的……快……逃……」

「噓，沒事，我不會讓任何人傷害你。」醫生柔聲安撫他。

「叔叔，他說……」勒芮絲萬分艱難地開口：「他說狄死了……」

「他受傷太重，不知道自己在說什麼。」醫生回頭安撫她，現在一口氣要安撫兩個人。

「但是，如果狄沒事，他應該早就回來了……」她的聲音乾澀，聽在她自己耳中非常遙遠，彷彿是另一個女人在說話。「提默是我們的信使，羅納的人如果不是有恃無恐，怎麼敢將他打成這樣……」

「勒芮絲！」醫生輕喝。「我們不知道在我們看不到的地方發生了什麼事，但眼前卻有一個十分明朗的問題：提默需要我們。他需要即刻的醫療援救，我們沒有時間去猜想那些不知道的事！」

勒芮絲閉了閉眼。對，提默。現在最重要的是提默。狄那麼強悍，她必須相信他有能力照顧自己。天啊，還有艾拉……不，別再想下去！她在心裡狠狠搖自己一下。

她必須專注在提默身上！

「擔架來了！」柯塔和安東尼奧抬著需要的醫療用品回來。

她強迫自己冷靜，開始幫醫生的忙。

醫生先將提默幾個嚴重的傷勢固定好，和勒芮絲一起把提默移動到擔架上，其他幾個人小心翼翼地將提默抬回營地去。

提默的手術進行了六個多小時。

他太陽穴的凹洞雖然恐怖，幸好最深處只凹陷一公分左右，壓迫到的腦組織不多，在所有最差的情況裡，這已經算最好的了。

醫生一一將他四肢的斷骨固定。他其中一根斷掉的肋骨插進肺葉裡，醫生必須切掉他右邊的一小塊肺葉。

神奇的是，他的胸腔和腹腔完全沒有內出血，似乎是他把自己蜷成一團，正好保護了他重要的臟器，這大大提高了他的生存機率。

狄玄武和艾拉一直沒有回來。

到了晚上八點，梅姬已經差點被焦慮逼瘋，可是勒芮絲太累了，甚至找不出安慰她的力氣。

她剛從手術室出來，醫生一個人在做最後的縫合。她把沾滿提默鮮血的圍裙解下來，往旁邊一放，疲累地癱坐在牆角。

「來，吃點燉肉。」瑪塔遞了一碗熱騰騰的肉湯到她面前。

勒芮絲搖搖頭。她剛看完一堆血淋淋的內臟，她真的沒有吃燉肉的胃口。

「那吃點迷迭香餅乾和牛奶。」瑪塔很堅持，「你們在裡面待太久了，不補充體力妳會撐不下去的。」

勒芮絲勉強拿起餅乾咬了一口，把牛奶放在旁邊的地上。瑪塔的迷迭香餅乾是一絕，提默和艾拉最喜歡。每次餅乾一出爐，提默的狗鼻子就算在天邊都聞得到，兩個大小孩和小小孩搶成一團。

現在一個大小孩躺在手術檯上，一個小小孩行蹤不明，兩人都生死未卜。

她只覺得口中的餅乾味同嚼臘，甚至不確定吞不吞得下去。

「狄和艾拉……？」她低聲問。

瑪塔只是無奈地搖搖頭。

她後腦往牆壁一靠，閉上眼睛。

「柯塔聽到提默說，狄死了，是真的嗎？」瑪塔壓低嗓音，不敢給其他人聽見。

梅姬人在房間裡，整個人縮成一團，拚命搖晃身體，其他人只能圍在她身旁安慰她。勒芮絲聽著那些安慰的低語從頭上的窗戶飄出來，卻找不到力氣走進去。

「他不會死的……」她近乎懇求地看著瑪塔。「他不會死的，對吧？」

瑪塔的喉嚨縮緊。

「哎，那小子的命太韌了，噬人獸都吃不了他，他怎麼會死？」瑪塔故作開朗地攬住她的肩膀。

勒芮絲慢慢地點頭。

診間的門打開，醫生疲憊地走了出來，勒芮絲振作一點力氣迎了過去。

「把裡面桶子裡的繃帶和棉花拿去燒一燒，手術器具用熱水煮過消毒。」醫生沙啞地道。

「是。」勒芮絲轉身進去收拾。

「醫生，提默沒事吧？」瑪塔感覺胸口好像被一塊沈甸甸的大石壓住。

「他很年輕，身體很健康，這是好事。」醫生嘆息。

所有醫療上能做的事，他已經做了，接下來只能看提默自己的造化。

「醫生……」梅姬從窗戶看見他，全身顫抖地走到門口。「提默……他有沒有說狄和艾拉在哪裡？」

醫生搖搖頭。

梅姬雙手捂住臉，發出一聲心碎的悲泣，倒在歐巴老太太懷中。

叢林深處突然響起隆隆的引擎聲，醫生飛快轉身，面對著引擎聲的來處，勒芮絲馬上從病房衝出來。

「有車燈！」瞭望哨的人大叫。「好多車燈，好像是機車，亮閃閃的十幾部朝我們這裡過來了！」

「柯塔，火把！」勒芮絲大叫。

「所有人回到屋子裡去！」醫生沈聲大喝。

所有行動不便的人和老人立刻回到自己的屋子裡，把門窗鎖緊；年輕有行動力的人拿著找得到的各種武器，集中在空地上。

狄玄武還是沒有出現。

勒芮絲把心裡最深層的恐懼壓下去。她現在沒有辦法想這個！她沒有辦法……

重機車震耳欲聾的引擎聲朝他們而來，在周圍的樹林裡來回奔竄，刺目的車燈在樹影間隙閃動，每個人不由得舉手擋住刺眼的光線。

「嗚呼——」

「啊哈——」

「噠啦啦啦啦——」

高昂的戰吼交織在影影綽綽的車頭光中，醫療營每個人的臉被掩映得忽明忽暗。

勒芮絲在所有人臉上看見極力壓抑的恐懼，以及憤怒。

就是今夜了！

每個人腦中都浮起相同的思緒。

羅納的瘋狂終於到達極限，所有和平的假面具揭開，今夜就是終極一戰！

這群蠢蛋爲了今晚，不惜祭出多時未騎的重機。這些重機在叢林裡本來就是不切實際的交通工具，他們眞是不惜一切做足了聲勢。

這也表示，狄玄武眞的不會出現了。

每個人的臉上同時露出一絲悲愴。

狄死了，羅納才敢這麼明目張膽地殺過來。

是下午的那聲爆炸嗎？

勒芮絲閉上眼睛，體內的憤怒再也壓抑不住。

他們殺了羅傑還不夠，又殺了狄，如今更可能殺了他們所有的人！

她突然好後悔爲什麼不讓狄殺了他們。如果羅納和飆風幫都死了，就不會有今晚的事，狄和艾拉也會活著。

是她的錯！都是她太心軟！

無論今晚結局如何，她發誓她會讓羅納陪葬！即使她自己失去生命也在所不惜。

他作惡太久了，八年來，兩邊營區的人都生活在他的夢魘之下。

像他那樣的人，不能再活下去！他活著，就表示有更多人受苦。

如果有人的靈魂要爲殺他而下地獄，就讓她來吧！

震天價響的燈光秀持續了十幾分鐘，最後，五台機車脫離行列，停在營區與森林的交界處，五條大漢下了機車，慢慢朝空地走了過來。

羅納穿著他的黑色皮背心和皮褲，黑亮的長髮用一根皮繩綁在腦後，森林裡的每部機車大燈都對準他，他像個光芒萬丈的性感神祇，高大、英俊、黝黑、強壯。

勒芮絲覺得想吐。

「嗨，醫生。」羅納站在他們面前，其他四人——包含喬歐——在他身後呈扇形散開。他舉起一隻手，所有狂催的引擎戛然而止，只剩下炯炯的車頭燈照亮了這片小小的空地。

「羅納，你要做什麼？」醫生沈聲問。

「別這樣，醫生，我只是善意來邀請你加入我們的行列，成爲我營區的一分子而已。」羅納張開雙臂。「我們每個人都很感謝你這些年來的付出，你來了之後，我保證一定會善待你，讓你享受最崇高的待遇。」

「不用了，我待在這裡很好，謝謝。」醫生依然沈住氣。

「我甚至可以讓勒芮絲跟你一起過來。」羅納非常寬宏大量地對勒芮絲燦笑。「她有一副壞脾氣，可是我明白她是你的姪女，你最愛的人是她。不只勒芮絲，瑪塔和梅姬都可以一起過來，女人永遠不嫌多，對吧？」他對身後的同伴喊。

所有人，包含隱在森林裡的騎士，都一起發出狼嘯，喬歐在他身後很勉強地擠出笑容。

「敬謝不敏，你可以回去了。」醫生冷冷地道。

「噢，醫生，你眞是傷了我的心。」羅納按住自己的胸口。

然後一拳揍倒溫格爾醫生。

「你做什麼？你瘋了嗎？」勒芮絲衝過來撲在叔叔身上。

醫生甩了下頭，把被打飛的眼鏡摸在手上，勉強從地上爬起來。

羅納一把將她揮開，她摔在泥土地上，柯塔等人立刻過來將她拉起。羅納將醫生從衣襟拎起來，揪到眼前。

「羅納，你瘋了嗎？」柯塔怒喝。

「嘿！嘿！」喬歐趕忙上前一步，「羅納，別這樣，有話好好說，他的老骨頭禁不起你幾拳。」

羅納一把將堂弟推開，臉湊到醫生面前，所有善意和僞裝通通消失。

「你以爲你贏了嗎？」他陰狠地低斷，「你以爲養了那隻姓狄的狗我就動不了你們？你錯了，你的狗已經死了，埋在成噸的土底下，就算上帝來都救不了他！」

「不……」瑪塔在後頭低喘。

「你殺了他！」勒芮絲只是瞪著他。

「妳的愛人是個笨蛋，被我兩個手下拿著鏡子照兩下就上當了，關我什麼事？」羅納渾不在意地聳肩。「勒芮絲，別傻了，妳還年輕貌美，我不介意妳跟那個骯髒的亞洲人睡過。妳到我身邊來，當我的情婦，不會再有更好的選擇了。妳應該慶幸妳的美貌讓我對妳還有興趣。」

「羅納……」喬歐開口想說什麼。

「噢，我忘了，喬歐，你也喜歡她是吧？我答應你，我睡她個幾次應該就沒興趣了，到時候你可以接手，我不會介意的。」

「我寧願死！」勒芮絲吐他一口口水。

羅納眼睛一瞇，把醫生推開就要將她揪過來。

「你想動勒芮絲，除非我死！」溫格爾突然從後面緊緊抱住他。

「醫生，你的願望非常容易實現，你最好當心自己許的願。」羅納大笑一聲，輕輕鬆鬆就將漲紅臉的醫生打倒在地。

後面一間木屋的門輕輕打開，梅姬幽幽地走出來。

她直直看著羅納，飄行般滑過整片空地。

她的臉上沒有淚水，沒有驚懼。那個膽小如鼠的梅姬不見了，此刻站在他們眼前的女人散發著一股近乎聖潔的平靜光彩。

羅納眯起眼睛看著她。

「你說狄死了——」梅姬不畏不怯，走到他面前，輕輕地低語：「艾拉呢？她和狄在一起，她在哪裡？」

羅納被她過度平靜的神情震懾，竟然沒有立刻回答。

他的眼角餘光看到身後幾個同伴，心頭的氣勢又起，冷哼一聲，鄙視地看著這個被他玩過的女人。

「妳既然知道他們兩個在一起，他都死了，妳想那個小雜種會在哪裡？」

梅姬平靜地點點頭。

白光一閃！梅姬手中握的尖刀突然飛向羅納胸口，羅納直覺抬起手臂擋格。

一陣激烈的痛楚劃開他的手臂。

幸虧他正值顛峰時期，反應神速，如果再慢半個秒鐘，那柄刀已經插入他的胸膛。

「妳找死！」他用力將眼前的女人摜在地上，梅姬一聲不響地坐在泥地裡。

「梅姬！」

距離最近的瑪塔撲過去拉她。

羅納獰笑一聲，鮮血長流的手臂直接揪住梅姬的脖子，將她整個人舉起來。勒芮絲和柯塔也不甘示弱地撲過來，他身後除了喬歐以外的三個彪形大漢上前一步，輕輕鬆鬆就把瑪塔、勒芮絲和柯塔三人格開。

「妳這個婊子，妳竟然想殺我？」他猙獰地揪近梅姬，掐在她脖子上的手施力。

梅姬兩手扣住他的手臂，臉龐依然是死寂般的平靜。

「你殺了我的孩子。在我經歷過種種屈辱之後，唯一支持我活下去的只有艾拉，如今你連她都殺了……我對你再也沒有任何畏懼，你再也無法傷害我了，殺了我吧！」

羅納獰笑。「殺了妳？妳錯了！我非但不會殺妳，還會讓妳活得好好的。我會讓我底下的十幾個兄弟輪流玩妳，玩爛妳！妳以為妳再也無法被傷害了？我會證明妳錯得有多厲害！」

梅姬的臉色雪白。

「放開她！羅納，你聽到沒有？放開她！」醫生鐵青著臉衝過來扳羅納強壯的手臂，擋開勒芮絲的手下回身一拳揍在他臉上，醫生整個人飛出去，眼鏡從他斷掉的鼻梁摔落，鼻血噴了出來。

「住手！」勒芮絲跳到醫生的身前擋住，不准他們再進犯。

「事實上，我現在就可以示範給妳看。」羅納一把撕開梅姬的上衣，梅姬抽了口氣，雙手合攏遮住雪白的胸口。「菲尼，上她！」

揍倒醫生的飆風幫獰笑一聲，脫掉上衣，大步朝梅姬走來，梅姬的臉色白得彷彿隨時都會暈過去。

「我會殺了你，羅納！我發誓，我一定會殺了你！」勒芮絲淒厲大喊，衝了過去，揪住瑪塔的飆風幫一個人便制住她們兩個，她只能在那個惡人的宰制下不斷掙扎。

「殺啊——」

木屋的門突然打開，一群顫巍巍的老人憤怒地衝出來。他們忍不下去了，要死大家一起死！

幾個飆風幫哈哈大笑，猶如看猴戲一般。

「嘿！羅納，聽著，你只是想嚇嚇他們而已，他們已經夠怕了。」喬歐連忙擋在羅納面前。

他努力想挽救今晚的情勢，讓它往每個人都可以活著離開的方向發展，卻完全不知道該怎麼做。

羅納向菲尼一點頭，菲尼缽大的拳頭立刻將喬歐揍倒。

喬歐震驚地看著堂哥。如果真要打，菲尼不見得是他的對手，但喬歐太訝異了，羅納竟然真的叫人對他動手！

「你——」喬歐呆望著堂哥，一時竟然忘了反擊。

「上她！」羅納指著梅姬對菲尼下令。

菲尼露出一口黃牙，傾身去揪梅姬的雙臂。

所有醫療營的老人衝過來，拳頭飛舞，幾個老人家被揍了一拳便倒在地上，哼哼唧唧爬不起來。

羅納看著眼前的一團混戰，幾乎為這美妙的音樂傾倒。

太棒了！這樣的夜晚，他再過一百年也不厭倦。

梅姬心一橫，決定自盡。艾拉死了，她也沒有再活下去的必要。

可是在她死之前，她要在他們身上盡可能地製造傷害。她所有的恨都化爲尖利的爪子，拚命抓向菲尼和其他飆風幫，即使她不斷被搧倒在地上都不放棄。勒芮絲狼狽地撲在她身上，想替她遮擋飆風幫飛過來的拳頭。

忽地——

一樣東西從樹林裡飛出來，打在菲尼的大光頭上。

菲尼一楞，抬手一摸。被打到的地方涼涼的，他低頭還未看清是什麼，另一個一模一樣的東西飛出來，這次打在羅納的臉上。

羅納摸著臉頰上的濕黏，火速轉身。

一堆細小的黑影突然從樹林裡灑出來，體積不大，喬歐、菲尼、羅納和另外兩個飆風幫都中獎。暗器打在身上不怎麼痛，可是聞起來有一股腥味。他們低頭一看，每個人的臉色霎時發青。

「耳、耳耳耳、耳朵——」一名飆風幫指著地上的人耳大叫。

又是一把東西從叢林深處噴出來，每個人趕快舉臂擋住。

醫生、勒芮絲和其他醫療營的人趕快連滾帶爬起來，柯塔把已經崩潰的梅姬拉回人牆後面。

羅納低頭看第二波灑出來的東西。

「手指！手指！」一個飆風幫大叫。

無數根人的手指和耳朵混在一起，在泥土地上灑成奇詭的圖案。

又一波東西射出來！

這次黑影比較大，所有人連躲帶閃，被擊中的地方熱辣辣的痛。

手臂。

七、八根斷掉的手臂，每隻手臂佈滿刺青，肌肉糾結，讓人不會錯認它們可能是從誰的身上卸下來的。

所有射出來的斷肢切口平整，簡直像機器削下來的一樣，鮮血猶自從斷臂汩汩沁出。每個人感覺到臉上噴濺的液體，是血。

這些斷肢才剛削下來不久，血依然帶著溫度。

所有人突然發現，不知何時開始，現場安靜得出奇。

剛才熱鬧騰騰的叢林，突然靜得像死神降臨一般。機車的大燈依然從樹林裡照射出來，可是已經沒有任何聲響了。

「費里尼！羅西！高德納！」羅納大喊。

除了唧唧蟲鳴，叢林裡沒有一絲回應，藏在叢林中的飆風幫有如人間蒸發。

勒芮絲的呼吸哽在胸口，緊盯著黑暗處，心中升起一股近乎痛楚的希望。

難道……

「是誰？出來！給我出來！」羅納的尖叫透出一絲瘋狂。

一片十公分見方的黑影突然飛了出來，「啪」地貼在羅納臉上。

羅納忙不迭把那片東西從臉上抓下來，用力往地上一摜——

一張皮。

人皮。

人皮上紋著一個蜿蜒的龍纏著骷髏頭的刺青。

飆風幫的刺青。

羅納擦掉臉上的黏液，突然，啪！另一張人皮飛了過來。

然後是第二張，第三張，第四張……

一片片人皮不斷飛向羅納、喬歐和另外三個人，他們連忙四下閃避。

外人看飆風幫的刺青以為都一模一樣，其實每個人的刺青多少有點不同。有人的骷髏頭缺右邊第一顆牙齒，有人缺第二顆，有人骷髏頭左邊有眼珠，有人是右邊，依此類推。

所有飆風幫成員的刺青都不同，這些刺青就是他們的身分。

羅納一眼就認出來每片刺青的主人是誰。

費里尼，羅西，高德納，考賀，傑洛……

十片刺青，十個躲在叢林裡的飆風幫。

最後兩片飛出來：布拉西爾和布維諾。他們是留守在營區看管那些被軟禁的鎮民的。

飆風幫最後的十七個人——五個人加十二具殘屍——通通到齊了。

而他們竟然沒有聽到任何動靜。

一個暗黑色的形影從一片濃黑中剝離出來。

那個黑色的形影微微向右歪，一拐一拐地走進明亮裡，先是腳，再是小腿，大腿，下半身，上半身，整個人……

狄玄武。

勒芮絲突然又能呼吸了。彷彿從下午開始她一直屏著氣，直到這一刻，空氣重新流回她的肺葉裡。

他還活著……

狄玄武還活著。

她的腳發軟。

她身後的醫療營響起一陣喜極而泣的低喊。

狄玄武像是從泥地裡鑽出來的，他跛行的右腿有一整片暗色的印漬，右手的藍波刀依然滴著鮮血。他全身覆在一層土灰色底下，只有一雙閃耀著獸性光芒的眼炯炯有神。

那雙眼，對在羅納臉上。

「過去有許多人想殺我，他們都失敗了。」他的嗓音沙啞，「你是最接近成功的一個，我必須說，你贏得我的敬意。」

羅納的眼神像看到鬼。

不可能！

這男人不可能還活著！

他的人親眼看到他和那個小雜種被土石流淹沒，他們還去現場確認過，最後只挖到一柄刀而已！

人類不可能有這樣的生存力！

他一定不是人類！

羅納低頭看著留營那兩個手下的人皮。

他一定是在他們離開營地不久，先潛進去殺了這兩個人，然後在他們到達醫療營不久，也跟了上來。

原來在他以爲自己主掌大局的時候，這個如鬼魅般的男人一直他們的身後潛伏！

如果第一次在飆風幫營區的對峙讓羅納嘗盡羞辱的滋味，這一次他嘗到眞正的絕望。

他終於知道什麼叫「死亡」。

他知道狄玄武不可能放過他了。

今晚就是終點。

咻！

銀光一閃，狄玄武手中的藍波刀直直射入羅納的胸膛。

沒有花招，不拖泥帶水，不需再製造恐懼效果。

直截了當，一刀穿心。

羅納低頭看著透胸而入的刀柄，再抬起頭時，臉上竟然有一種奇異的平靜。

狄玄武的眼神漠然。

羅納仰天倒了下去。

他的一生霸凌，威逼，強迫，凌辱了這麼多人，在今晚終於結束了，沒有人知道他生命中的最後一刻在想什麼。

空地上一片死寂。

狄玄武拖著受傷的右腳，蹣跚地走到羅納的屍體前，輕輕抽出那把藍波刀。

剩下的幾個飆風幫突然醒了過來。

「吼——」菲尼狂吼一聲衝了過來。

狄玄武手中的刀橫向一劃，直向一揮，最後銀光脫手，總共三道寒芒。

衝過來的菲尼捂著被劃開的喉嚨，仰天倒地，壓在他一心效忠的男人屍體上，噴出的鮮血是他留給世界最後一樣禮物。

另一名追在菲尼身後衝過來的飆風幫有著跟他相同的命運，脫手的尖刀刺中第三個男人。

沒有人看清楚是如何開始的，一切就結束了。

這次，狄玄武不必再向任何人展示力量，他只想單純讓這些人不再呼吸，所以最直接的方法就夠了。

喬歐是飆風幫最後一個站著的人。

「……」勒芮絲動了動唇，卻沒有聲音發出來。她不敢硬擠，因為她怕擠出來的是眼淚，模糊的視線會讓她看不清楚他。

「狄……」從看見他活著的那一刻起，梅姬空白的眼中重新燃起希望。「艾拉……」

狄玄武只是對她微微一點頭，然後轉身面對喬歐。梅姬哽咽一聲，幾乎被強烈的喜悅和釋然淹沒。

喬歐的臉色慘白，一雙拳頭慢慢舉在胸前，準備放手一搏。

他不是一個會跪地求饒的男人。如果今晚要死，他要死得轟轟烈烈，沒有人可以說他死得像懦夫一樣。

叢林裡突然傳來一陣雜沓的腳步聲。

「快！」

「還來得及嗎？」

「好安靜，說不定我們來遲了！」

一群青壯男人突然衝出來，最前頭的幾個看見空地上的屍骸，驚駭地停下腳步，差點嘔出來。

貝托瞪著站在場中央的狄玄武，幾乎不敢相信自己的眼睛。

「你……你……你還活著？」

狄玄武看他們手上拿的掃把木棍鐵條，眉冷冷一挑。唯一有殺傷力的是貝托手中的弓，不過看他拿弓的手勢，他應該不知道如何使用。

「這麼晚了，出來賞月？」此情此景，狄玄武的冷笑話簡直超現實。

「我、我們被羅納關起來，他本來要把我們都殺了，後來又改變主意。我們設法衝出來，發現外面根本就沒有守衛。我們一把老人和婦孺放出來，就立刻拿了武器過來幫忙。」貝托的臉孔漲紅。

他們外面沒有守衛是因爲守衛被他幹掉了。

「噢。」

「你說錯了。」貝托固執地昂起頭，「我們和飆風幫的人不同，我們不是怪物！我們不是禽獸！我們是來救醫療營的，不會讓羅納傷害任何人！」

狄玄武無可無不可地轉身。

「現在飆風幫只剩下最後一個了。」他盯住喬歐。

喬歐的心一橫，握著拳開始防衛。一戰到死就是了！

「不！」貝托突然揚起弓對準狄玄武。「你不能殺他，喬歐救了我們。如果不是他，羅納早就把我們都殺了，我不會讓你傷害喬歐的。」

喬歐一楞，意外地看著貝托，心頭五味雜陳。

「是嗎？」狄玄武冷冷一笑，拖著跛行的腿，從死掉的飆風幫身上抽回他的刀。

他在第三個飆風幫的頸項看到一樣東西：一根針筒。

他抬頭看向醫生，醫生站在一旁，臉色慘白，雙手微微發抖。

艾爾葉草是強效鎮定劑，過量的艾爾葉草會讓人心跳停止。

當我心愛的人受到威脅，我選擇毫不猶豫地傷害。

他微微點頭，然後站起來面對喬歐。

「我不會求饒，你要殺就殺吧！不過你只能把我活活打死，我不會放棄的。」喬歐咬著牙。

狄玄武不理他，只是看著貝托。

「這樣吧！我告訴你我要做什麼。」他手中的刀往喬歐一比，「我要殺他，你的手上有弓，你可以阻止我。我看得出來你不擅長使弓，不過我們之間只有五公尺的距離，呆子都不會誤射。你唯一能阻止我殺他的方法，只有用你手上的那把弓殺了我。」

「不！」勒芮絲大叫，想從後面衝出來，醫生卻伸手攔下她，柯塔連忙再把她拉回去。

貝托的臉色發白。「我……我不想殺你！我不會殺你！你、你也不需要殺喬歐，我們可以一起活下去，沒有人必須死。」

「直到現在你還在想著和敵人共生？」狄玄武嘲笑他。「你唯一能和野獸共生的方法，就是把你自己也變成一隻野獸。」

「不，不是！我不是野獸，我們不是怪物！」貝托大喊。

「我數到五，然後我就會割斷喬歐的脖子，你只有五秒的時間。」

「不！不！阻止他！叔叔！阻止他們！」勒芮絲困在柯塔的臂彎中大叫。

「別逼我……」貝托顫抖的手抓緊弓箭。

「五、四……」

「不！貝托！別射！」勒芮絲大叫。

「我們不是禽獸……」貝托的臉色白得像一張紙。

「貝托，你不用管，帶著他們離開，這裡不關你的事。」喬歐咬著牙，舉高拳頭護住頭臉，開始跳動。

「三……」

「不，貝托！求求你！」

「我不會射你……」

「二……」

「貝托，你們快離開！不用管我！」

「貝托，不要！」

「別逼我……」

「一。」

我們是過來救醫療營的。

貝托突然狂叫一聲，丟下弓衝到狄玄武和喬歐中間，崩潰大喊：

「住手！我們不是怪物！我不是禽獸！我不會殺你！我也不會讓你殺喬歐！你要殺就先殺我，先殺了我，先殺了我……」

他癱坐在地上痛哭。

今晚的第二陣死寂。

喬歐呆呆注視著貝托，完全不知道淚水流滿了他的臉頰。

他沒有想到這些鎮民會救他，他對他們甚至算不上很好……

無論他們是想救他，或是想救贖自己的靈魂，他永遠不會忘記這一刻。自成年後從未流過的淚，從他的眼眶不斷往下掉。

勒芮絲緊緊捂著自己的唇。

狄玄武把藍波刀往地上一插，刀刃直接沒入土裡。

沒有任何人死去。

勒芮絲嗚咽一聲，推開柯塔的手臂奔入他的懷裡。

狄玄武緊緊擁抱她。他的臉埋進她的髮中，嗅著她馨香的氣息。

他的味道可怕極了，全是爛泥巴和血腥味，勒芮絲卻覺得他從來沒有這麼好聞過。

這是生命的味道。

他還活著，心臟在她臉頰下旺盛地跳動，她只想聽著他的心跳聲一輩子。

「你們還站在這裡做什麼？難道要我送你們回去？」狄玄武冷冷地看著貝托的人。

喬歐胡亂抹掉臉上的淚，有點不敢相信自己眞的逃過一劫。

貝托呆呆地坐在地上看著他。

不知道是哪個老人家歡呼一聲，醫療營的人全湧向他們遲來的救兵，狄玄武馬上被一堆臂膀包圍。

勒芮絲緊緊抱住他的腰，片刻不捨得鬆開。

這一個恐怖的夜晚，終於結束了。

尾聲

半年後

「嘿，小子！」

瑪塔將一個剛出爐的藍莓麵包丟過來，提默跳在半空中接住，然後很愛現地做一個後空翻落地，旁邊的人看了鼓掌喝彩。

「不錯嘛！看來都恢復得差不多了。」柯塔笑呵呵的。

「早就恢復了，都過這麼久了。」提默咬著麵包含含糊糊地說。

他昏迷了一個月才醒來。

這一個月來，狄玄武寸步不離地在他身旁——真的是寸步不能離，他的手一直握著提默的手運氣過去，吃喝都在提默床邊。

有好幾次提默狀況危急，醫生幫提默急救的時候，狄玄武就負責度氣。醫生不知道狄玄武做的是什麼法門，他只知道當狄玄武加強度氣時，提默的心跳就會變強，然後他們兩人中西方雙管齊下，提默的情況終於漸漸平穩下來。

每天狄玄武固定要在提默身上點一輪。後來醫生很好奇，在旁邊看提默的心電圖：狄玄武每點一下，提默的心跳就彈一下，醫生事後就這個現象纏著狄玄武聊了許久。

總之，在兩人通力合作之下，提默終於度過這場生死大劫。

他醒來的那一刻，狄玄武立刻鬆開他，一臉很嫌棄的樣子，頭也不回地跑出去吃飯洗澡睡覺去了。

又休養了一個月，提默終於能下床。

傷好之後，提默留在他們這裡，正式變成醫療營的一分子。

飆風幫營區——噢，不能再這麼叫了，現在叫鎮民營區。

貝托承續了父親當年的工作，成爲營區的管理者。他找了三個較有威望的老鎮民，組成一個小型顧問團，這個顧問團類似諮詢的角色，協助他管理整個營區。

喬歐和其他人處得竟然非常好。其實不意外，當時他暫代羅納管事時，大家本來就覺得他比較好相處，後來那群老弱婦孺知道是他阻止羅納殺了他們的年輕人，每個人更是感激不已。

其實喬歐本性是個隨和的人，胸無大志，有老大跟就跟著老大，沒老大跟就隨便過日子。如果他的堂哥不是羅納而是貝托的話，現在他應該也是個普通善良老百姓吧？

這樣的日子過起來還不壞。

總之，大家都在互相修補和重建彼此的關係。

貝托曾提議醫療營的人搬到他們營區去。他們的營區夠大，又有高牆，總是比醫療營安全多了。

狄玄武考量之後認爲並無不可，但對這個提議感到恐懼的人卻是梅姬。

她人生最慘烈、最求助無門的一段日子就是在那個碉堡內發生的，她無論如何都無法再踏進去。

她只是跟勒芮絲說：「她和艾拉可以自己住在醫療營沒關係，她們會沒事的。」

勒芮絲當然不可能讓她們自己住在這裡。

最後醫生婉拒了貝托的提議。畢竟他們也花了很多心思，好不容易把醫療營整頓得舒舒服服，每個人都有感情了，將來有需要再說吧！

勒芮絲覺得最好笑的是提默和狄玄武。

提默一聽說是狄玄武和醫生救了他，醫生也就罷了，醫生本來就該救人的，此後他就黏定了狄玄武。

最後狄玄武拿起一根五尺長的棍子，伸長手臂轉了一圈，跟提默說，如果他進入這個範圍以內，他會把他癒合的每根骨頭打斷。

於是提默很精準地站在五尺遠加一根手臂的距離外跟著他。

狄玄武無論對他狺狺咆哮，厲聲威嚇，甚至作勢要揍他，通通沒效。

「我照你教我的運氣方法一直練習，那天羅納的人打我，反被我打傷兩個，所以他們才會留下來看守營區。怎樣，我有進步吧？。」提默驕傲地向他邀功。

「只打傷兩個？不要說是我教你的，太丟臉了，我不承認。」狄玄武很嫌棄。

提默耷拉下腦袋。

後來，爲了讓自己不要太沒面子，狄玄武開始教他一些基本的練功行氣法門。

「那飛撲呢？飛踢呢？刷刷刷射飛刀呢？」提默邊講邊比畫。

「等你入了門再說吧！」狄玄武不客氣地道。

「噢，那練這個『氣』要練多久？」

「你？三年吧！」

「三、三年……？」提默張口結舌，最後他垂頭喪氣地練氣去了。

狄玄武深知，入門的內功是最基本的，內功不厚，再多拳腳招式都只是好看而已。從提默日漸輕盈的身法，誰都看得出來他的內功眞的有進展。狄玄武雖然沒有說什麼，但他看提默的表情從「嫌棄」進展到「不予置評」，提默就知道自己練得應該還不錯。

所有人最擔心的艾拉，受到的影響反而不大。

她最害怕的時候是狄玄武差點被活埋的那一幕，但他帶著她脫困了，至於後續的血腥醜惡她都不在場，一點都不受影響。

大人跟她說，羅納那幫壞人再也不會回來了，她只是嚴肅地問：「狄把他們趕走了嗎？」大人說：「對。」她就安心了。

她的小臉蛋一日日明亮起來，終於有了五歲小孩應有的天眞模樣，所有盤據在她記憶中的惡鬼通通消失了。

兩個營區的人互相幫忙，遇到紛爭時雙方協調溝通。每件事都漸入佳境，大家努力在這個原始叢林裡建立一個新的文明社會。

「提默，你看到狄了嗎？」勒芮絲從診間走出來，問道。

「他說他要去那頭，叫我不要當跟屁蟲。」提默指了指臨時醫院的方向。

勒芮絲點了點頭，回頭向診間裡說：「醫生，我去林子裡找狄，大約半個小時回來。」

醫生從正在寫的醫療記錄裡抬頭，眼鏡後的雙眼露出仁慈的光芒。

「去吧！不用擔心，下午沒什麼事要忙的。狄最近好像留在森林裡的時間越來越長了？」

勒芮絲的心頭微抽，只是對叔叔一笑。「大概留在營裡被提默和艾拉纏煩了吧！」

叔姪倆一起笑了出來。

她離開診間，往臨時醫院走去。

好快，轉眼雨季又將來臨。

想想去年從雨季開始發生的一連串事件，眞難相信一年就這樣過去了。

去年此時，她絕想不到有一天飄風幫會不再是他們的問題。

她對羅納那干人的死並不遺憾。

她不是聖人，她已經接受了這個世界上有些人不應該存在的事實，並且與自己心頭的惡念和解。

她在能眺望裂地草原的地方找到他。

他雙手插在口袋裡，背心挺直，一道昂然不屈的身影，光看著他的背影就讓她心跳加速。

她走到他身後，圈住他的腰，他抬高手臂讓她偎進他的身側，兩人一起眺望著差點掩埋他的地點。

「你和艾拉是怎麼躲開的？」她從來沒有問過他，她怕她的心臟承受不了。

她只知道那天晚上柯塔等人陪著梅姬到臨時醫院的空地，是齊阿魯圖和另外兩個土著陪伴驚惶的艾拉等在那裡。

「我們沒有。」狄玄武吻一下她的髮心。

勒芮絲的手收緊。

「崩下來的土把我和艾拉埋住，我把她護在懷裡，盡量擴張自己的身體，讓四周有更大的空隙，我猜我和艾拉都短暫地失去意識過。等一切平靜之後，我聽到外面有人的聲音，於是知道我們被埋得離表層不遠。

「土被我撐開的空隙讓我和艾拉勉強能呼吸。那些人開始挖掘，不過他們沒有挖到我們就放棄了。等他們離開之後，我突然聽到有人繼續挖，我心想這下小命休矣，沒想到是齊阿魯圖和另外兩個土著把我們給挖出來。」

勒芮絲倏然想到，那天她遠遠看到有土著往坍塌的方向走來。

「是土著嚇走了他們！齊阿魯圖應該是在遠方看到發生了什麼事，趕快到現場去，飆風幫的人向來不跟土著打交道，又怕他們之前染過瘟疫，才趕快離開。」

「所以我們應該感謝醫生當時堅持救他們。」

「還有你幫忙翻譯，醫生才救得了他們。」她偎緊他。

狄玄武想過這件事。

天機叫他學舒阿爾族語，果然還是間接救了他一命。如果沒有之前的緣分，齊阿魯圖不會認識他，土著們也不會出面理他們這些外來者。

他也想過羅傑的事。他發現羅傑的性格、作風與他有太多共通點，如果當初他出生在這個世界，他很可能就是「羅傑」，羅傑的命線就是他的命線。然而他的靈魂脫離，自然界自我修補的方法，是降生一個替補的生命來接管這個空位，如今他的魂魄回歸本位，那個替補的生命必須提前離開。

他沒有把這個想法告訴勒芮絲。一來它太過玄幻，二來他不曉得她會不會因此怪他。

他只知道一件事，勒芮絲是屬於他的，無論他是「羅傑」或是狄玄武。

「山崩的時候，我想起所有的事。」他輕聲說。

「告訴我。」她仰頭看他。

「勒芮絲，我和妳來自不同的世界。」他靜靜地說。

「我知道，你是另一個地方來的人。」

「不，我說的不是地方，」他低頭看進她眼底。「我接下來要告訴妳的事超出科學的界限，我需要妳保持開放的思想來理解，可以嗎？」

「好。」勒芮絲一楞，點頭同意了。

「我們所知的世界其實不是只有一個，在此時此刻，有無數個平行時空同時存在。我和妳站在這裡，但是在另一個平行時空裡，這個點可能是一處懸崖，一座城市，有不同的人在這裡做不同的事。每個世界互不干擾地運作，彼此都不知道其他世界的存在。」

「嗯……」

「我替一個權勢很大的集團工作，它的首腦南先生是一個神祕的男人。在我的世界裡，妳想像得到的領域南集團幾乎都有涉獵。在南先生手下有七個忠心耿耿的死士，叫作『七星』，是以天上的星座來命名，我的師父辛開陽就是其中一顆星星。」

「Mizar（開陽），我知道，它是大熊座的一顆恆星。」

「是，在東方的星象學裡，它屬於北斗七星的一顆。」狄玄武繼續說。「在我的世界並沒有大爆炸，也沒有回聲爆炸，一切很正常地運轉。美國是世界強權，紐約依然存在，整個中東正在打仗，世界還是一團亂。」

把世界弄得一團亂是人類的長才，有沒有大爆炸都一樣。

「所以你剛醒來的時候，你說你是從紐約來的。」勒芮絲慢慢消化他說的每一個字。

「我最後一個記憶停留在紐約，當時我剛從中東的一項任務回來。」

「那你是如何從你的世界來到我們的世界呢？」她不解。

見她毫不猶豫地接受他的理論，他不禁好笑又有些感動。

「七星裡有一個很厲害的人叫作天機。我們的世界是一個純科學的年代，和這裡差不多，只是科技更先進一點而已。但是，天機……她擁有科學無法解釋的力量，像魔法一樣，即使我親眼看過好幾次，我依然很難理解她爲什麼能擁有那些古老的力量。」

「你的師父也有古老的武學能力。」她對他微笑。「或許他們都有很古老的靈魂。我不是科學狂，每件事只要有個合理的解釋，我不介意它合不合乎科學。」

狄玄武將她抱緊。他沒有想到他根本不需要說服她相信。

他不知道的是，對勒芮絲來說，從他出現的那一刻開始，他就不斷在他們每個人面前展現神奇。他早就讓她相信他必然來自於一個不可解之處。

「所以，是那位天機讓你過來的嗎？」她輕聲問。

他的神色陰暗下來。

「大自然的運行有它一定的秩序，她亂了其中的秩序，導致平行時空的平衡被破壞了。有些不屬於我們那個世界的靈魂跑到了那個世界去，在那個世界出生成長，但是這些人既然不屬於那個世界，遲早必須回到他們原先的世界裡，才能將亂掉的自然法則導正。」

她突然從他胸口掙遠一些，瞪著他。

「你……不會就是其中一個吧？」

他點點頭。

一陣喜悅突然沖上她的心田。太好了，這表示他是屬於這個世界，他不會再離開了！

她隨即感到罪惡。他從小在另一個世界長大，他所愛的人都在那裡，她竟然還爲他回不去而開心。

勒芮絲，妳眞是自私的壞蛋。

可是她克制不了，她不想他離開。

她希望他能留下來，永遠跟她在一起……他的神情讓她的心整個揪住。

噢，不。

不。

「你要離開了……」她低語。

這一天終於來了嗎？雖然他曾經跟她說過，她一直以爲或許他會改變主意……

「勒芮絲，我不知道我在這個世界的意義是什麼，只是爲了老死在一座叢林裡？」他沈沈地道，「這是土著的生活，是貝托的生活，甚至是羅傑的生活，但這不是我的生活。」

「不……」她難以承受地搖頭，轉身退開。

「勒芮絲。」他抓住她的手臂，深深地注視她。「聽我說，我會回來。」

「不，不要再說了！」她雙手掩住自己的臉。「求求你不要再說了……」

「這個世界不可能只有這座叢林有活人，必然有其他人類倖存下來，我必須出去，找到那些人。」

「爲什麼？我們在這裡很好啊！這座叢林提供我們食物，屏障我們。我們有太陽能，有用不完的電力，我們可以一直生活在這裡！」

「如果有一天藥物用完了呢？日用品、鍋子、衛生紙沒有了呢？別忘了，我們有一半以上的物資依然仰賴進城補給，我們沒有辦法像土著那樣過著全然原始的生活。如果明年有新的瘟疫呢？度過了明年，後年呢？」狄玄武握住她的雙臂，每一句都問得她啞口無言。「我評估過，城裡的資源頂多再支援我們十年，十年後呢？我們每個人年紀更大，體力更衰退，那個時候才來找出路嗎？」

「不、不！」

「你們不能跟我走，我明白，外面太危險了，沒有人知道荒蕪大地有多廣，下一個人類城市在哪裡。我必須一個人離開，但我會回來。我發誓，等我找到有人類文明的地方，我一定會回來帶你們走。」

「不……」勒芮絲將臉埋在手中哭泣。

當年離開的人，也是跟他一樣的考量才選擇出走，可是他們都沒有回來，他們甚至沒有走出太遠就失敗了。

「你會死的！」

「我不會，我不是那麼容易死的人。嘿，看著我！」他把她的下巴抬高。「我答應妳，我一定會回來！」

「不！不要說這些……不要給我任何承諾……拜託你……」她心碎地低語。「如果你給我承諾，我會有期待，然後，你永遠不再回來的話……我不能活在虛幻的期待裡，所以，求求你不要給我任何承諾……」

他將她緊緊抱在懷裡。

「好，我答應妳，我們不給彼此承諾。」他低沈的嗓音在她耳畔震動著，「從我離開的那一刻起，我們對彼此不再有義務。如果有其他男人對妳很好，妳也愛他，妳就嫁給他吧！不用顧忌我。如果三年後我沒有回來，那就表示我已經死在外面了，你們也不必再等，明白嗎？」

她埋在他的懷裡，只能低聲啜泣。

「但是，只要我沒有死，三年後我一定會回來。」他說，「我說過不會讓妳留在有危險的地方，現在飆風幫已滅，你們再也沒有威脅，貝托會幫忙醫療營的事。我已經警告過喬歐，他要是輕舉妄動，我回來後會把他的骨頭一根一根拆掉，他竟然還一副很受傷、我不信任他的樣子。」他諷刺地低笑一下。「勒芮絲，只要我沒死，三年後無論妳是不是有了別人，我都會回來帶你們出去。」

如果他沒說，那三年後他沒有出現的話，她起碼可以騙自己他變心了，他迷路了，他懶得回來。可是現在她卻知道，三年後他若沒有出現，就表示他已經不在這個世界上了……

她不曉得自己是希望知道還是不知道。

「你什麼時候要走？」她埋在他懷裡說。

「雨季的時候。」

雨季來臨時，萬物皆歇，所有生禽猛獸都寧可待在乾爽的巢穴裡，直到這一季濕冷結束。雨季是最適合離開的季節。

狄玄武離開的那個黎明，雨下得特別大，天剛濛濛亮，他準備好行李，向醫生和所有人道別。最後他來到艾拉的床前，小傢伙睡在狄玄武替她做的小床上，格外的安適可愛。

他身上的寒氣弄醒了她，她揉揉小鼻子，惺忪地睜開眼。

「狄？」她打個大呵欠，圈住他的脖子。

狄玄武聞著她身上的甜香，心中實是難捨。

「嘿，聽我說，我要進森林打獵，這次會久一點，不過我會回來的，妳乖乖在這裡等我，知道嗎？」他柔聲道。

他以前不是沒有出門好幾天過，艾拉貼著他的臉頰努一努，含糊地咕噥一聲。

狄玄武又抱了她一會兒，直到她重新睡著爲止。

勒芮絲待在房裡沒有出來，該說的話他們已經說完了，她沒有辦法看著他離開。

醫生，柯塔，魯尼，瑪塔，梅姬……醫療營的每個人都醒了，安靜地站在門外等他。

「如果荒蕪大地眞的太危險，你就回來。再怎麼樣，叢林還是比荒蕪大地安全一點。」醫生低沈地告訴他。

「我知道。」他點點頭。

「一切小心。」柯塔走過來感傷地拍拍他肩膀。

「我會的。」

魯尼只是嚴肅地看著他。「我們這些人年紀大了，過了頭兩年，我早就放棄有人會進來接我們的想法。對我們來說，最差的情況也就是老死在這座該死的叢林裡，可是梅姬、瑪塔、勒芮絲她們都還年輕，她們的一生不該埋葬在這裡。還有艾拉，將來我們都死了，她一個人怎麼辦？所以，如果你能夠找到新的城市，就回來接她們吧！」

「我會的。」他向老人承諾，「我會找到新的城市，帶你們離開。」

輪到瑪塔，她的眼眶紅紅的。

「勒芮絲說你三年後會回來？」

「是的，如果我沒……」

「停！說到這裡就行了。」瑪塔把一大袋餅乾塞進他懷裡。「這是我爲你烤的，你拿去路上吃，雖然可能撐不了幾天就是了。」

「謝謝。」狄玄武對她微笑。

其他人陸續過來跟他握手，拍他的肩膀，低聲祝福他。

他和這群人共同生活了一年多，他們就是他在這個世界的家人。

他和每個人揮手告別，然後揹起行囊，往外走出去。

「玄武！」

勒芮絲突然打開門衝出來。

狄玄武在叢林的邊緣回過頭，她雙目紅腫，冒著大雨，直直衝入他的懷裡，狄玄武緊緊抱住她，臉埋進她的髮中，嗅著她芳甜的女性馨香。

勒芮絲抬起頭，兩手緊緊捧住他的臉頰。

「聽著，所有我們對彼此說的話都不變，你不必對我有任何牽絆，我也不會牽絆你，」她含著淚快速地說。「甚至，如果你眞的很難再回來的話，不必回來也沒有關係。」

「勒芮絲……」

「不，聽我說完。」她有點兒猛地說。「我要說的是，活下去！無論如何都要活下去。不要死，不可以死。即使你沒有回來，我也相信你依然活在世界上的某個角落。我要你好好地活著，明白嗎？」

他低嘆一聲，溫柔地吻住她。

勒芮絲絕望地讓他的舌深入自己口中，品嘗著他們之間可能再也不會發生的吻。

她要牢牢記住他的味道，他的唇，他的體溫。如果他最後沒有回來，她起碼還能牢記他離開時的餘溫。

狄玄武鬆開她，深深注視進她的眼底。

「等我。」

「嗯。」

他轉身，在他愛人和新家人的目送下，踏上未知之旅——

〈第一部完．故事未完〉

國家圖書館出版品預行編目資料

遺落之子：〔輯一〕荒蕪烈焰／凌淑芬 著；
--初版--台北市：春光出版：家庭傳媒城邦分公司發
行；民106.03
面； 公分
ISBN 978-986-5922-99-3（平裝）

857.7 106002962

遺落之子：〔輯一〕荒蕪烈焰

作　　者／凌淑芬
企劃選書人／楊秀真
責 任 編 輯／李曉芳

行 銷 企 劃／周丹蘋
業 務 主 任／范光杰
行銷業務經理／李振東
副 總 編 輯／王雪莉
發 行 人／何飛鵬
法 律 顧 問／台英國際商務法律事務所 羅明通律師
出　　版／春光出版
台北市104中山區民生東路二段 141 號 8 樓
電話：(02) 2500-7008 傳真：(02) 2502-7676
部落格：http://stareast.pixnet.net/blog E-mail：stareast_service@cite.com.tw
發　　行／英屬蓋曼群島商家庭傳媒股份有限公司城邦分公司
台北市中山區民生東路二段 141 號11 樓
書虫客服服務專線：(02) 2500-7718 / (02) 2500-7719
24小時傳眞服務：(02) 2500-1990 / (02) 2500-1991
服務時間：週一至週五上午9:30～12:00，下午13:30～17:00
郵撥帳號：19863813 戶名：書虫股份有限公司
讀者服務信箱E-mail: service@readingclub.com.tw
歡迎光臨城邦讀書花園 網址：www.cite.com.tw
香港發行所／城邦（香港）出版集團有限公司
香港灣仔駱克道 193 號東超商業中心 1 樓
電話：(852) 2508-6231 傳眞：(852) 2578-9337
E-mail : hkcite@biznetvigator.com
馬新發行所／城邦（馬新）出版集團 Cite(M)Sdn. Bhd
41, Jalan Radin Anum, Bandar Baru Sri Petaling,
57000 Kuala Lumpur, Malaysia.
Tel: (603) 90578822 Fax:(603) 90576622 E-mail:cite@cite.com.my

封 面 設 計／黃聖文
內 頁 排 版／極翔企業有限公司
印　　刷／高典印刷有限公司

■ 2017 年（民 106）3月 30 日初版
■ 2019 年（民 108）5月 13 日初版4.8刷
Printed in Taiwan

售價／350元

城邦讀書花園
www.cite.com.tw

ISBN 978-986-5922-99-3

書號： OF0036	書名：遺落之子：〔輯一〕荒蕪烈焰

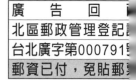

請於此處用膠水黏貼

讀者回函卡

謝您購買我們出版的書籍！請費心填寫此回函卡，我們將不定期寄上城邦集
最新的出版訊息。

姓名：______________________________

性別：☐男　☐女

生日：西元__________年__________月__________日

地址：______________________________

聯絡電話：______________　傳真：______________

E-mail：______________________________

職業：☐1.學生 ☐2.軍公教 ☐3.服務 ☐4.金融 ☐5.製造 ☐6.資訊

☐7.傳播 ☐8.自由業 ☐9.農漁牧 ☐10.家管 ☐11.退休

☐12.其他 ______________________________

您從何種方式得知本書消息？

☐1.書店 ☐2.網路 ☐3.報紙 ☐4.雜誌 ☐5.廣播 ☐6.電視

☐7.親友推薦 ☐8.其他 ______________________________

您通常以何種方式購書？

☐1.書店 ☐2.網路 ☐3.傳真訂購 ☐4.郵局劃撥 ☐5.其他 __________

您喜歡閱讀哪些類別的書籍？

☐1.財經商業 ☐2.自然科學 ☐3.歷史 ☐4.法律 ☐5.文學

☐6.休閒旅遊 ☐7.小說 ☐8.人物傳記 ☐9.生活、勵志

☐10.其他 ______________________________

為提供訂購、行銷、客戶管理或其他合於營業登記項目或章程所定業務之目的，英屬蓋曼群島商家庭傳媒（股）公司城邦分公司，於本集團之營運期間及地區內，將以電郵、傳真、電話、簡訊、郵寄或其他公告方式利用您提供之資料（資料類別：C001、C002、C003、C011等）。利用對象除本集團外，亦可能包括相關服務的協力機構。如您有依個資法第三條或其他需服務之處，得致電本公司客服中心電話 (02)25007718請求協助。相關資料如為非必要項目，不提供亦不影響您的權益。

1. C001辨識個人者：如消費者之姓名、地址、電話、電子郵件等資訊。
2. C002辨識財務者：如信用卡或轉帳帳戶資訊。
3. C003政府資料中之辨識者：如身分證字號或護照號碼（外國人）。
4. C011個人描述：如性別、國籍、出生年月日。

請於此處用膠水黏貼